에로게임 백작 영애를
봉사 메이드로 타락시키는 악역 도련님으로
전생한 나는 정의구현을 회피한다

Nariagari Yuusya no Gahuin Harem Musou

릴리안
브라시카
용사학원의 학원장

"기꺼이 노르드를
당 학원의 교원으로
채용하겠습니다."

마오 간 첸
마왕 수하의 사천왕 중
한 사람

"노르드가 키워줄 때까지
계속 붙어있을 거야."

마리안느
빌런스
노르드의 여동생

"마리,
멋진 오라바니랑
결혼할래!"

"이 메이나를 마음껏
다뤄 주세요."

메이나
마르크
노르드와 마리안느의
유모 메이드

"얼마나, 이날을 애타게
기다려왔는지……."

엘리제
막달리아
『벼락출세 용사의 학원 하렘
무쌍』의 메인 히로인

"누가 당신의 더러운 손 따위를
기분 좋다고 생각하겠어요?!
자, 뜻대로 하세요."

에로게임 내 이벤트

"입으로는 무슨 말이든지 할 수 있겠지만
몸은 정말로 솔직해."

노르드
빌런스
용사에게서 엘리제를 빼앗는
악역 도련님

아앙…… 안 되는데…….

저는 탐하듯이 노르드 님께 입맞춤을 거듭했습니다.

하아, 하아…….
푹 빠져 버릴 것 같아요.

CONTENTS

Nariagari Yuusya no Gakuin Harem Musou

SAVE LOAD CONFIG AUTO SKIP

에로게임 **백작영애**를
봉사메이드로 **타락** 시키는
악역 도련님으로 전생한 나는
정의구현을 회피한다

Nariagari
Yuusya no
Gohuin Harem
Musou

SAVE LOAD CONFIG AUTO SKIP

▶ Newgame

Load

Option

Exit

커버 그림, 본문 일러스트 | **루나 리아**

서장 에로게임 악역 도련님 노르드

콰————————앙!

대체 뭔데, 이 빌어먹을 에로게임!

『벼락출세 용사의 학원 하렘 무쌍』이라는 제목은 사기 아니냐고, 나는 저도 모르게 책상을 세게 내려치고 말았다. 줄여서『벼락용사』속 주인공의 라이벌 캐릭터인 노르드가 너무 강해서 스트레스만 쌓였기 때문이다…….

뭐가 "허전한 신사의 고간에 쿠웅 스트라이크입니다"냐고!

하지만 무지막지 귀여운 엘리땅 섬네일에 낚여서 어른 신사 대상 이커머스 사이트에서 풀 프라이스로 사버린 이상, 도중에 내던질 수도 없었다. 나는 플레이를 다시 시작했다.

————어느 용사학원의 투기장.

특별 주문한 검은색의 교복을 몸에 두르고, 날카로운 눈빛을 가진 검은 머리카락의 청년. 그가 검을 지팡이 대신 삼아 짚으며 투기장 돌바닥에 무릎을 꿇고 만 금발 남자를 향해서 말했다.

"용사의 재능이 있다고 해서 기대했는데, 그저 내 착각이었던 모양이로군. 케인……, 정말이지 너에게는 실망이다!"

한숨 섞어서 낙담의 빛을 보인 남자의 이름은 노르드 빌런스. 나이는 열다섯 살, 정신은 시꺼멓지만 키가 크고 잘생긴, 애커센 왕국의 공작 영식이었다.

　노르드는 금발 남자의 공격을 일절 닿지 않게 했기에 상처가 없었다. 한편 남자는 전신 타박에 더해서 골절에 열상, 찰과상을 입었다.

　케인이라고 불린 남자는 『벼락용사』의 주인공으로 노르드와 동급생이었다. 케인은 의식이 있기는 했지만 그대로 바닥에 쓰러졌다. 그리고 케인은 노르드를 노려본다는 마지막 저항을 했다.

　"뭐냐, 그 눈은? 나에게 진 게 그렇게나 분한 건가. 아아, 그렇다면 좀 더 분하게 만들어 주마."

　"크윽……."

　노르드는 바닥에 댄 케인의 손바닥을 정성스럽게 닦인 가죽 신발로 짓밟아 담뱃불을 끄듯이 짓이겼다.

　"평민 주제에 나에게 거스른 어리석음을 깨닫도록 해라."

　"으윽━━━━━!"

　둔탁한 소리가 투기장에 퍼억 울려 퍼졌다. 노르드가 케인의 옆구리를 강하게 걷어차자, 케인의 몸은 튕기면서 투기장 바닥을 굴러갔다.

　"케인!"

　케인의 몸이 장외로 떨어질 뻔했을 때, 아리따운 외모의 영애가 관객석에서 뛰쳐나와 그를 감싸듯이 위에서 덮었다.

　그녀의 이름은 엘리제.

　은색 머리카락은 햇빛을 눈이 부실 만큼 아름답게 반사했다. 그 푸른 눈동자는 아무리 깊게 바라보려고 해도 바닥까지 투명하게 비쳤다.

왕립 용사학원의 학생이라면 다들 한결같이 규칙에 따른 교복을 입었을 텐데, 열다섯 살이라고는 여길 수 없을 만큼 성숙하고 요염한 용모에 남자들은 눈을 뗄 수 없게 된다.

왕국 사람은 그녀를 본 순간 기도를 바치고 말 만큼, 타고나면서부터 성녀의 자질을 갖췄다고 이야기들 했다.

엘리제는 곧바로 케인의 용태를 보고서 회복 마법을 걸려고 했다.

"상처 입고 쓰러진 슬픈 자를 지모신 유르하의 자비로 치유하소서!"

하지만 영창 도중에 케인은 그녀의 팔을 붙잡고서 회복을 거부했다.

"엘리……, 안 돼……. 이건 나와 노르드 사이의 결투야……. 위험하니까, 하아하아……, 물러서 있어……."

케인의 몸을 걱정한 엘리제는 일어서더니 불길하리만치 투기를 두른 노르드를 겁먹지 않고 불렀다.

엘리제가 일어서는 모습을 본 노르드는 저도 모르게 입맛을 다셨다. 학원 교복이 너무나도 선정적이었기 때문이었다.

조끼 정도 되는 길이뿐인 블레이저에, 짧은 치마라서 더 넓어지는 절대 영역.

하지만 그런 것은 사소한 일이다.

용사학원의 여자 교복 블라우스는 짧아서, 다들 배꼽을 노출하고 있다……. 거기에 엘리제의 미모가 더해지면, 색기로 치트 무쌍이라고 해도 과언은 아니다!

"노르드! 이미 결판은 났어요. 이 이상의 행패는 그만두세요."

"행패? 바보 같은 소리를……. 나에게 결투를 신청한 건 거기 있는 천치다. 게다가 케인이 지면 너는…… 크크크……."

————평민 따위는 해치워 버려!

————유서 깊은 학원에 평민 따위는 필요 없다!

"무슨 소리를 하는 건가요? 케인은 이 나라를 구하려고……."

관객석에서 케인을 멸시하는 야유가 날아들자, 엘리제가 관객석을 둘러보며 곤혹스러워했다.

그런 야유 사이에, 투기장 출입구에서 연미복으로 몸을 감싼 장년의 남자가 다가왔다.

"노르드 님, 분부하신 건은 잘 처리됐습니다."

"그런가. 물러가도 좋다."

"네!"

남자는 무표정으로 담담하게 필요한 말만을 노르드에게 전하더니 그대로 투기장에서 떠나갔다. 정보를 받은 노르드는 애검인 사복검 갈리아누스를 땅에 질질 끌면서 엘리제 앞에 섰다.

"엘리제, 이런 곳에서 한눈을 팔아도 되는 건가? 막달리아 백작은 뒤에서 이웃 나라와 결탁해서, 놀랍게도 국왕에게 반기를 들려고 획책했다. 어찌 이리도 어리석은지……. 대역죄인인 네 부모는 내일 당장이라도 단두대에서 목이 떨어지겠지."

"뭐라고요?! 아버님도 어머님도 폐하께 반기 따위를 들 리가……. 설마 노르드 당신이 부모님을……."

엘리제는 놀랐지만 금세 눈앞에 있는 자의 책략이라는 사실을 간파했다. 하지만 노르드는 주눅 드는 기색도 없이 고개를 좌우로 내저으면서, 엘리제에게 도저히 받아들일 수 없는 제안을 했다.

"누가 들으면 오해할 소리를 하는군. 너희 선조는 국왕의 충실한 번견이었는데, 지금은 어떠냐? 너희의 평소 태도가 되어 먹지 않은 거다. 하지만 엘리제여, 기뻐해라. 마음 다정한 나는 너만큼은 구명해 주마. 다만 내게 봉사하는 메이드로서 말이지."

"당신 밑에 있을 바에야, 차라리 여기에서 저는 목숨을 끊겠어요."

"흐음, 그건 재미있지만 네가 그럴 수 있을까?"

엘리제가 넓적다리에 숨겨둔 나이프를 만졌을 때, 숨이 끊어질락 말락 하는 케인이 그녀를 타일렀다.

"엘리……, 살아……라……."

"케인!"

엘리제는 주룩주룩 눈물을 흘리면서, 의식이 흐려져 가는 케인을 끌어안았다.

그 후로 노르드가 한 말이 정말이라는 사실을 알게 된 엘리제는 메이드복을 입고서, 불안스러운 표정을 한 채 그의 방에 있었다.

'세상에, 아니아니……. 엘리땅, 노르드에게 정조를 빼앗겨 버리는 거냐고!'

메이드복이라고 해도 치마 길이가 길거나 조신한 것은 아니었다. 엘리제의 차림새는 주점 급사 담당이나 길거리 창녀 어느 쪽으로도 받아들일 수 있는 선정적인 의상이었다. 뷔스티에의 가슴께는 크게 벌어져서, 계곡으로 모자라 치부까지도 보이고 말 것 같았다.

치마는 길이가 짧아 방심하면 금세 속옷이 엿보인다. 상스러운 모습을 노르드에게 보이자 엘리제는 얼굴을 잘 익은 사과처럼 붉게 물들이며 치맛자락을 움켜쥐고서 속옷을 감추었다.

하지만 앞을 가리면 뒤쪽 엉덩이가 드러나 버려서, 그 모습을 본 노르드가 웃었다.

"크크크……, 멋진 광경이다. 애커센 왕국…… 아니, 이 플라노아 대륙에서 가장 아름답다고 평가받는 엘리제가 나에게 봉사하는 메이드가 되어 밤 시중을 들어주니까아."

"누가 당신의 상대 따위를……."

"괜찮겠나? 내 말대로 안 하면 부모는 처형된다……. 나를 만족시킬 수 있다면 국왕 존에게 구명을 탄원할 수도 있는데에~. 그럴 마음이 없다면 나는 지금 당장 자겠어."

"기다리세요!"

"아~ 피곤해."

노르드는 능청스럽게 하품한 뒤, 소파 손잡이에 발을 내던지고서 거만한 태도를 보였다. 그가 테이블에 놓인 벨을 향해 손가락을 튕기자, 검은 옷을 입은 집사가 나타나 엘리제를 내보내려고 했다.

"노르드 님께서는 취침에 드십니다. 물러가시길."

그러자 그녀는 당황해서 노르드 곁으로 달려가 그 앞에서 무릎을 꿇었다.

"기, 기다리세요……. 뭐든지 하겠어요. 그러니 아버님과 어머님을 부디 구해주세요."

"처음부터 솔직하게 응하면 좋을 것을……."

노르드는 고개를 내저으며 어이없어했지만, 당찬 엘리제를 굴복시킨 기쁨을 절절히 느끼고 있었다. 그는 턱을 꾹 들어 올려 말없이 집사를 물러가게 하더니 엘리제에게 말을 내뱉었다.

"하지만 나는 관대해. 엘리제, 너에게 기회를 주지."

철퍼덕 주저앉은 엘리제의 앞에 고간을 들이민 노르드는 말을 이었다.

"나를 보낼 수 있다면, 네 부모의 구명을 청원해 줄 수도 있어."

"보낸다는 건 대체……."

노르드가 한 말을 알아듣지 못해서 당황하는 엘리제.

"이건 좋군! 소극적인 용사 후보와 순진한 영애. 빼앗기에는 최고의 조합이잖아!"

엘리제의 반응을 본 노르드는 몸을 뒤로 젖히며 폭소했다. 그리고 지나치게 웃은 탓에 눈꼬리에 맺힌 눈물을 닦더니 그녀의 귓가에 속삭였다.

"핥고 무는 거야. 남자의 물건을, 말이지."

노르드는 바지와 속옷을 단숨에 벗었다.

"부, 불결해요……. 그런 것을 보이다니?!"

노르드는 부끄러운 나머지 손으로 얼굴을 가린 엘리제를 협박하면서 그녀의 손을 움켜쥐고서 과시했다.

"크크크…… 괜찮겠나? 네 부모의 목숨이 걸렸다고. 자, 빨리 핥아라."

"으윽, 그런 곳을 핥다니……."

케인과는 키스조차 하지 않고 손을 잡기만 하는 깨끗한 관계였던 엘리제는 노르드의 하반신을 얼굴에 가까이 대자 토악질이 나올 것 같았다.

"아아, 오늘 밤은 싸늘하군. 내 마음이 바뀌기 전에 시작하는 편이 좋아."

엘리제는 머뭇머뭇 각오를 정하고 일을 시작했다.

엘리제의 아름다운 입술과 깨끗한 혀는 능욕당해, 콜록거리면서 노르드의 추잡한 욕정을 토해내고 있었다.

"이 정도로는 네 부모를 구하기엔 무리로군. 기껏해야 처형 날짜를 뒤로 미뤄주는 정도야."

"그럴 수가……."

화사한 융단에 손을 대고 새파래진 표정으로 엘리제는 떡 버티고 선 노르드를 보았다.

"다음엔 잘할 테니, 부디…… 부모님만큼은……."

엘리제는 익숙지 않은 봉사를 사죄하며 보고 싶지도 않은, 냄새 맡고 싶지도 않은 노르드의 하반신에 필사적으로 매달렸다.

"크크크, 성녀라는 칭송까지 받던 네가 지금은 창부 같구나. 그 마음가짐만큼은 칭찬해 주지. 하지만 그건 이제 됐다."

노르드가 엘리제의 몸을 가볍게 안아 올려 천천히 침대로 향했다. 순진한 엘리제라고 해도 노르드의 의도를 꿰뚫어 보았는지 투닥투닥 주먹으로 때리며 저항을 시도해 보았지만, 노르드는 전혀 꿈쩍하지 않았다.

저항도 허무하게 엘리제의 몸은 침대에 눕혀지고 말았다. 노르드는 엘리제가 도망칠 수 없게끔 곧바로 그녀의 손발을 누르고 위에서 덮쳤다.

그것만으로 그치지 않고 메이드복 가슴께를 강제로 내리자 엘리제의 탐스럽게 익은 가슴이 드러났다.

"멋지군!"

황급히 억눌리지 않은 쪽 손으로 가슴을 감췄지만, 극상의 과실을 떠올리게 하는 엘리제의 아름다운 가슴과 감도는 좋은 향기는 노르드를 굶주린 늑대로 변모시키고 말았다.

"그렇게 다 큰 남자가 가슴을…… 응! 으응~~!"

노르드는 엘리제의 가슴을 보고서 그저 몸을 떨면서 한마디 칭찬을 늘어놓을 수밖에 없었지만, 5초도 버티지 못하고 아기처럼 엘리제의 가슴을 빨아들였다.

"처음히고는 느히고 이짜나, 이 음란 성녀 같으니!"

"아, 아니에요오……. 음란 성녀 따위는……, 응……, 아니……에요."

싫은데, 노르드가 핥자 달콤한 소리를 내고 말 것 같아진 엘리제는 입술을 꽉 깨물고서 필사적으로 목소리를 죽이며 참고 있었다.

히죽 웃은 노르드가 손가락을 튕기자, 하인의 대기실에서 남자 몇 명이 나왔다.

"으으, 으으, 으으으으으……."

그중에는 노르드의 수하에게 손발을 구속당한 데다 입마개까지 끼워진 케인이 있었다.

"자아, 보라고, 엘리제. 네가 가장 사랑하는 남자가 관객이다."

"싫어, 싫어, 보지 말아요, 보지 말아요, 케인! 싫어어어어——!!!"

엘리제의 부탁은 의미가 없었고, 케인은 머리카락을 잡혀서 억지로 머리를 고정당하고 말았다.

"읍——! 읍——! 으으읍——!!"

"나는 한심한 케인에게 여자 다루는 법을 강의해 주려고 한다. 어떠냐, 고맙겠지. 내가 질리면 네게 하사해 줘도 상관없다고, 하하하하하하하하하!"

노르드는 엘리제의 뒤에 붙더니 다리를 벌리게 만들어, 그녀의 속옷을 케인에게 보여주듯이 넓적다리를 쓰다듬기 시작했다.

노르드의 손가락 놀림은 뱀이 땅을 기어가는 것처럼 움직여, 엘리제의 넓적다리를 쓰다듬어 댔다.

"흐음, 애쓰고 있잖아. 그럼 직접 만져 보면 어떨까?"

"히익?!"

케인의 눈앞에서 느껴 버린 것을 들키지 않게끔 필사적으로 참았던 엘리제를 땅바닥으로 떨어뜨리는 것 같은 한마디에, 그녀는 눈을 크게 뜨고 침대 위에서 뒷걸음질 치고 말았다.

"어디 가려는 걸까? 넌 이 침대에서…… 아니, 나에게서 도망

칠 수 없는데."

넓은 침대 위에서 도망치려고 한 엘리제의 다리를 붙잡은 노르드는 그대로 끌어당겨 그녀의 치마 속으로 손을 집어넣으려고 했다.

"이 음란 성녀 같으니. 아직 거기는 만지지 않았는데 이 얼룩은 뭐지?"

"거짓말이에요! 이건 당신이 만져서……."

노르드는 이미 손을 떼었는데 엘리제의 팬티는 점점 습기를 띠고 말았다.

"크크크…… 그렇게 내가 만져주기를 바랄 줄이야……. 입으로는 무슨 말이든지 할 수 있겠지만 몸은 정말로 솔직해."

"누가 당신의 더러운 손 따위를 기분 좋다고 생각하겠어요?! 저는 도망치지도 숨지도 않아요. 자, 뜻대로 하세요."

고명한 성기사를 몇 명이나 배출해 온 명문 막달리아가의 자존심과 케인에게 느끼지 않았다는 사실을 어필하기 위해서, 엘리제는 여기사처럼 강하게 나왔다.

잘생긴 얼굴의 노르드가 추악한 웃음을 띠었다. 당당하게 누구의 도전이든 받아들이겠다는 태도를 취하는 엘리제였지만 그것은 완전히 예상과 어긋나고 말았다.

노르드가 엘리제를 만지자, 그녀가 세운 자존심의 요새는 순식간에 함락되고 말았다.

케인은 엘리제가 노르드의 손길에 느끼고 만 광경을 목격하게 되자 커다란 눈물방울을 흘릴 수밖에 없었다.

"손쉽군. 그럼 울어 버린 네 틈새를 내가 위로해 주지. 감사해라."

"으으으으으으읍(그만 둬어어어어어)————!"

케인은 입마개로 입이 막힌 와중에 필사적으로 외치며 노르드를 제지하려고 했다. 하지만 노르드가 그것을 들어줄 리가 없다. 의식이 몽롱해진 엘리제의 다리에 간신히 걸려 있던 팬티를 벗긴 노르드는……,

"내가 주는 사소한 선물이다. 그걸로 자위라도 하도록 해라."

벗겨낸 팬티를 케인의 얼굴에 툭 던졌다. 케인이 속옷에 눈길을 빼앗긴 사이에 노르드는 엘리제의 첫 경험을 빼앗고 말았다.

입에 끼워진 입마개로 인해 목소리를 낼 수 없는 케인은 그래도 힘껏 외쳤지만, 그래봤자 어떻게 되는 것도 아니었다.

시트에 흐른 새빨간 선혈…….

가장 사랑하는 연인을 최악의 남자에게 빼앗기고 말았다.

"후하하하하하하하하! 기뻐해라, 케인. 내가 이 대륙 제일의 미녀를 성인 여성으로 만들어줬다고!"

케인에게 시선을 옮긴 노르드는 느긋한 미소를 띠며 만족스러워했다.

'으윽! 으윽! 아아앗————!! 나, 나의 엘리땅이 빌어먹을 노르드에게 당해버려따아아아아!!'

노르드 손에 몇 번이고 몇 번이고 계속 절정에 다다라서 쾌락과 죄책감으로 엘리제의 마음은 피폐해지고, 반라인 채 강간당해 그저 숨만 쉬고 있는 상태가 되고 말았다.

"으으…… 으으…… 으으……."

케인은 그저 울 수밖에 없어서, 증오해야 할 노르드와 가장 사랑하는 엘리제의 치태를 계속 보게 되자 정신은 붕괴 직전이었다.

"하하하, 케인. 네 여자는 겉모습과 다르지 않은 명기였다고. 내가 질릴 때까지 기다려라, 헐렁헐렁해질 때까지 말이지!"

케인은 이미 노르드에게 저항할 기력도 남지 않았는지, 그저 엘리제를 망연하게 보고 있었다.

노르드는 그런 무기력해진 케인에게 흥미를 잃었는지 종자에게 명했다.

"흥이 식었으니 치워라."

케인은 쓰레기와 마찬가지로 빌런스가 부지 밖으로 내던져져서 망령처럼 비틀거리면서 어딘가로 사라졌다.

——스읍, 하아……, 스읍, 하아…….

"노르드! 지금의 난 엘리를 지킬 수조차 없었던 나약한 인간이다……. 하지만 기억해 둬라! 너에게서 반드시 엘리를 되찾겠다! 엘리의 자애에 충만한 눈빛, 모성을 드러내는 커다란 가슴, 마침 임신시켜달라고 주장하는 양 부드러운 엉덩이에, 얼굴을 꽉 끼우고 싶어질 만큼 부풀어 오른 넓적다리……."

'노르드……, 나의 엘리땅의 정조를 빼앗다니 절대로 용서 못해————!! 이런, 케인에게 동조해서 외쳐 버렸네. 그보다 케인아……. 무슨 복수 맹세를 엘리땅의 팬티 냄새를 맡으면서 하냐. 살짝 뿜어 버렸잖아!'

"엘리가 그렇게나 흐트러지다니…… 보고 싶지 않은 걸 봐 버려서 이상해져 버렸다고!"

'덤으로 가볍게 NTR 성벽에 눈을 떠 버렸군…….'

―――엘리제가 노르드에게 정조를 빼앗긴 지 3년의 세월이 지났다.

엘리제를 향한 마음을 끊어낼 수 없었던 케인은 타도 노르드를 목표로, 마침내 용사로서 각성했다.

"으으……, 한칼만 더 먹일 수 있다면, 노르드를 쓰러뜨리고…… 엘리제를 되찾을 수……."

"마무리가 허술하군……. 그러니까 너는……."

사력을 다해 싸운 두 사람은 서로 대지에 쓰러져서 꼼짝할 수 없게 되었다.

위를 올려다보며 드러누운 노르드 앞에 메이드복으로 몸을 감싼 여자가 나타났다. 메이드는 노르드의 머리카락을 사랑스럽게 쓰다듬으며 미소 지었다.

"노르드 님, 무사하셨나요."

"오오, 때마침 좋을 때 왔다. 나에게 힐을 걸어라. 곧바로 이 썩을 용사를 없애서…… 엘리제, 너…… 무슨 생각을 하는 거지?!"

미소 짓던 엘리제는 치마 속 넓적다리에 찬 홀더에서 나이프를 꺼내더니 역수로 쥐고서 크게 내리쳤다.

"겨우……, 겨우…… 이날이 찾아왔어요. 당신에게 능욕당한 이후, 얼마나 애타게 기다려왔는지. 자, 당신 같은 인간쓰레기는 지옥의 업화에 타서, 정화되어야만 해요."

시퍼런 날에 햇빛이 닿아 눈부심을 느꼈던 그때, 나이프가 기세 좋게 노르드의 배를 향해 내려갔다.

"그……, 그만둬……, 크아아아아."

엘리제의 얼굴이 새빨갛게 물들고, 노르드가 비명을 질렀다.

"그, 그만둬……, 엘리제……. 너는 나를 사랑하는……."

푸슉, 푸슉, 푸슉!

"바보 같은 사람……. 제가 당신의 명령에 따라서 신음했다고, 느꼈다고 생각해 버리다니. 그럴 리 없잖아요……. 전부 다 연기예요. 이제 두 번 다시 만날 일도 없을 테니, 잘 가요……. 노르드."

엘리제는 요염하게 미소 지은 뒤, 아무런 망설임 없이 노르드의 심장에 마지막 일격을 펼쳤다.

칠칠치 못하게 턱이 올라가 입이 벌어진 노르드. 동공이 완전히 열려서 꼴사납게 시체임을 드러내는 그 옆에서, 케인과 엘리제는 행복하게 서로를 바라보고 있었다.

'꼴좋다————————————!'

이건 죽어도 싸지…….

겨우 최종 보스가 되어 버린 노르드가 죽어서 속이 후련해졌다. 더군다나 엘리땅 손에 당하다니!

꿀꺽! 꿀꺽! 푸하아아앗————————!

두 사람의 복수에 축배를 들었다.

"뭐가 무슨 수를 써서라도 매상을 올리라는 거냐. 웃기지 마!

그런 짓을 하면 노르드의 전철을 밟는 거잖아, 바보 자식!"

직장 내에서 갑질하는 상사에게 계속 들볶이던 사축의 슬픔은 이제 없다. 진짜로 없다. 바쁜 나머지, 바깥에 나갈 기력도 없이 한 달 만에 맞은 휴일에 에로게임을 하며 지내다니……

그건 아무래도 좋다.

진짜로 후련했으니까.

다른 쪽도…….

술을 들이켜며 마음이 넓어진 나.

뚜르르르르르르르르 ♪ 뚜르르르르르르르르 ♪

띠링 ♪ 띠링 ♪ 띠링 ♪ 띠링 ♪ 띠링 ♪ 띠링 ♪ 띠링 ♪ 띠링 ♪

스마트폰에 집요한 전화와 집요한 메시지가 오지만 무시한다!

내가 케인으로 전생하면 잘 대처해서, 절대로 노르드에게 엘리제를 빼앗기지 않게끔 노력할 텐데.

자세히 서술되지는 않았지만, 노르드와 케인의 레벨 차이는 상당히 많이 났다. 명확히 노르드 쪽이 강했는데, 엘리제는 일부러 노르드에게 안김으로써 노르드의 정력을 빨아들여 케인의 승리에 공헌했던 것 같다.

노르드에게 처녀를 빼앗겼음에도 몸을 바치며 계속 케인을 그렸던 엘리제의 헌신에 감명받은 플레이어도 많았던 모양이다.

딸그락.

내 손에서 빈 스트롱 캔이 미끄러져서 떨어졌다.

"하나, 두울, 세엣, 네엣, 다섯, 일곱……, 유욱."

아뿔싸, 지금 몇 캔째였더라?

책상 밑에 구르는 500ml의 빈 캔 수를 제대로 셀 수 없었다. 제로 계열 스트롱은 마시기 편하지만, 무심코 술이 술술 넘어가고 만다.

어라? 지진인가? 으응? 뇌가 흔들려……. 아니, 몸이 흔들린다. 전부 흔들리는데————.

크윽……, 머리 아파…….

아아, 어쩐지 의식이 아득해지기 시작했다. 전원을 꺼야 하는데, 오늘은 그냥 잠들어 버릴까…….

"……님, ……님, 일어나실 시간입니다."

뭘까, 머리가 아파서 일어나기 싫네.

응? 님?

사축인 나를 그렇게 부르는 녀석이 있었던가?

아니, 없다!

그보다 누군가가 깨우러 와 줬던가?

아니, 그런 녀석도 없다!

"이 두통은 뭐냐! 이렇게 개운치 않은 아침은 처음이라고!"

나는 무거운 눈꺼풀을 뜨고서 몸을 일으키고는 이상한 말투로 떠들고 있었다.

눈앞에는 흰색과 검은색 투톤 컬러 메이드복으로 몸을 감싼 아름다운 여성의 모습.

"안녕히 주무셨습니까, 노르드 님."

메이드님은 내 말투에 당황하지 않고 웃는 얼굴로 인사했다. 그녀의 얼굴은 눈에 익었다. 그녀의 이름은 메이나. 아름답게 빛나는 은실을 묶은 듯한 포니테일이 흔들렸다. 그 푸른 눈동자는 보는 사람에게 평온함을 가져다주는 것 같았다.

"뭐? 노르드…… 님이라고?"

"네, 노르드 빌런스 님."

그녀는 나에게 미소 지으면서 명확하게 대답했다.

이봐, 이봐, 이봐! 어떻게 된 거야?!

두리번두리번 주위를 둘러보자 그곳은 캐노피가 달린 침대였는데, 그 하얀 기둥이 악취미로 여겨질 만큼 금은으로 장식되어 있어서 눈이 부셨다. 낯선 방의 벽이나 가구 등도 침대 기둥과 마찬가지로 호화로운 사양이었다.

설마 나는 혐오를 한 몸에 받고 정의구현 당하는 노르드가 되어 버린 거냐고?!

'메이나 씨, 거울은 어디에 있나요?'

"메이나, 거울을 가져와라! 지금 당장!"

"네, 알겠습니다."

나는 자신을 진정시켜서 정중하게 전할 생각이었지만, 어째서인지 강한 말투로 그녀에게 말했다.

이 거만한 말투는 역시……

아니, 아직 정해진 것은 아니다.

"노르드 님, 가져왔습니다."

으아아아아…….

거울에는 눈꼬리가 째진 벽안에 찰랑찰랑한 흑발, 악역 주제에 이목구비는 대단히 좋은, 지나치게 잘생긴 얼굴이 비치고 있었다.

툭…….

내가 거울을 힘없이 폭신폭신한 깃털 이불 위에 떨어뜨리자, 메이나 씨가 표정을 바꾸며 걱정했다.

"노르드 님?! 왜 그러십니까? 또 너무나 아름다운 존안에 넋을 놓으신 건가요?"

이 녀석은 얼마나 나르시시스트인 거냐고!

나도 모르게 메이나 씨에게 태클을 걸 뻔했지만 입을 다물었다. 그건 그렇고, 내가 아는 노르드보다 어려 보였다.

아마 학원에 입학하기 전이라서 열 살 안팎이겠지.

하지만 이대로 학원에 입학하면 엘리제 손에 죽어서 정의구현을 당하잖아…….

확실하게 찾아올 파멸에 불안을 느껴 얼굴을 누르며 신음하고 있노라니, 메이나 씨가 불안하게 나를 불렀다.

"노르드 님……, 모닝 가슴을 드시겠어요?"

뭐?

"당연히 마시지! 빨리 벗어라."

무슨 소리를 하는 거야, 나아아아안——!

꿀꺽…….

메이나 씨는 뷔스티에처럼 가슴께가 벌어진 메이드복의 끈을 느슨하게 풀더니 어깨에서 팔을 빼려고 했다.

야하다.

내 눈은 메이나 씨에게 못 박혔고, 그녀는 내 시선을 깨달았다.

"노르드 님, 아줌마의 피부를 뚫어지게 보시면 부끄러워요……."

아줌마라니 터무니없다! 그녀는 노르드로 전생하기 전 나보다 훨씬 젊었으니까.

메이나 씨의 말투로 보아서 노르드는 평소부터 그녀의 가슴을 빠는 모양이었는데, 뺨을 붉히는 모습을 보아하니 아무래도 지나치게 뚫어져라 본 모양이다.

그나저나 성인 여성이 부끄러워하는 모습은 소셜 게임에서 치트 행위를 할 만큼 반칙적으로 귀엽다.

"어쩔 수 없군, 눈을 피하는 사이에 빨리 벗어라."

"네……."

탱글♪

이, 이게 여자의 맨가슴…….

시선을 피하는 척하면서 내가 힐끔힐끔 메이나 씨의 모습을 엿보자, F컵은 여유로워 보이는 탐스러운 가슴이 드러나 출렁출렁 튕기듯이 흔들리고 있었다.

메이나 씨는 내 머리를 끌어안더니 무릎베개를 해주었다. 아래에서 올려다보자 그녀의 볼륨 넘치는 밑가슴의 박력에 압도되었다.

다시 내 머리를 끌어안은 메이나 씨는 내 입가에 유두를 가져다 대 주었다. 본능에 따라서 내가 그녀의 유두를 빨아들이자,

그녀는 가볍게 움찔거리면서 한숨을 흘리고 나에게 물었다.

"노르드 님, 맛있으신가요?"

"음, 맛있다!"

뭐가 "음, 맛있다"냐고!! 거만한 말투지만 그냥 마더콘이잖아!

나는 열 살이나 먹고서 유모였던 메이나 씨의 가슴을 빨고 말았다.

출산을 경험했다고는 여길 수 없을 만큼 메이나 씨는 젊디젊었지만, 부드러운 피부는 10대와는 달리 빨아들이듯이 나를 감싸 주었다.

유모가 있는 것으로 보아 노르드는 친어머니인…… 분명 달리아였던가? 그녀의 손에 자라지 않은 거겠지.

"저 같은 아줌마의 가슴을 빨아주셔서 감사합니다."

저기, 조심스럽게 말해서 끝내주는데요…….

"감사해라, 내가 계속 빨아주마."

품을 잡는다고 하는 말인 걸까? 하지만 마더콘이죠? 이런 징그러운 노르드인데…….

"감사합니다, 감사합니다, 노르드 님……. 메이나를 좋아해 주셔서…….."

"신경 쓰지 마라, 메이나는 내 어머니나 마찬가지니까!"

메이나 씨의 눈꺼풀에서 주룩주룩 흐른 물방울은 뺨을 타고서 가슴에 떨어져 내게 빨렸다.

눈물 젖은 가슴은 신기한 맛이었다.

메이나 씨는 내 유모지.

그렇다면······.

"메이나, 아래에 누워라."

"네!"

나는 욕망을 억누를 수 없게 되어 그녀에게 명령했다. 내 명령에 싫어하기는커녕 순순하게 따라준다. 마지못해서가 아니라, 오히려 기쁘게.

전생하기 전의 나는 이런 말을 절대로 할 수 없지만, 건방지지만 잘생긴 쇼타라면 허용된다!

메이나 씨의 부드러운 허리의 옆에 무릎을 대고서 올라타 절경을 내려다보았다. 반쯤 헐벗은 메이드복에서 나온 탱탱한 푸딩처럼 부드러운 가슴이 내 눈앞에서 흔들렸다.

"노르드 님, 그렇게 내려다보시면 형태가 무너진 게 보여서 부끄러워요······."

뺨을 붉히면서 손을 교차시켜 가슴을 가리는 메이나 씨의 모습이 귀여워서 참을 수가 없었다.

"자식에게 젖을 주는 것을 부끄러워할 어머니가 있겠나? 당당하게 굴어라. 이 몸에게 수유할 수 있는 것을 영광으로 여겨라!"

"네! 노르드 님."

내가 부끄러워하지 않아도 된다고 전하려던 말은 정말로 열살 아이인가 싶을 만한 말로 바뀌어 메이나 씨를 설복시켰다.

굳게 닫힌 손은 천천히 열리고, 형태가 전혀 무너지지 않은 아름다운 가슴 전체가 드러났다.

그야말로 어머니의 자애를 모아 놓은 것 같은 가슴!

그렇다, 이것은 야한 행위 따위가 아니라 수유라고 하는 훌륭한 양육! 메이나 씨의 말을 받아들여 나는 그녀의 몸을 빨아들였다.

"아앙, 노르드 님! 간지러워요……, 할짝거리면 앙 대요오오……."

메이나 씨의 맛을 실컷 즐기고 있노라니, 거대한 벽을 연상시키는 방문이 열리는 소리가 났다.

"영차, 영차."

이 귀여운 생물은 뭐지…….

문 틈새에서 곰 인형을 안은 어린 소녀가 나타났다. 살짝 이쪽을 틈새에서 엿보고, 열성을 다해서 무거운 문을 작은 몸 하나 분량만 열더니 큰일을 끝냈다는 양 득의양양한 표정을 지었다.

키는 지금의 내 가슴께조차 닿지 않을 만큼 작은 여자아이. 어린 소녀의 모습은 모자를 쓰지는 않았지만 프랑스 인형을 연상시켰다. 금발 롤빵머리에 사파이어 같은 눈동자, 하얀 프릴에 블루 의상이 그녀의 하얀 피부를 돋보이게 했다.

나는 메이나 씨에게서 황급히 떨어지려고 했지만, 어린 소녀는 딱히 신경 쓰는 기색도 없이 평범하게 대했다.

역시 이게 노르드의 일상인가…….

부러워서 괘씸하다!

메이나 씨가 어린 소녀에게 꾸벅 인사하자 어린 소녀는 이마에 쓰다듬을 받은 고양이처럼 눈을 가늘게 뜨고서 행복한 표정을 짓다가, 퍼뜩 무엇인가를 떠올린 듯 나에게 물었다.

"오라바니, 오라바니! 아직 코 주무시나요?"

어린 소녀의 혀짧은 말투가 참으로 사랑스럽다.

아무래도 이 아이는 노르드의 여동생인 듯했다.

"내가 늦잠을 잔다고? 나만큼 근면하고 유능한 남자는 없다."

내가 일단 "좋은 아침이야"라고 대답하려 하자, 여전히 노르드는 가슴을 펴며 거만하게 어린 소녀에게 대답했다.

그럼에도 불구하고 어린 소녀의 반응이 의외라서 놀랐다.

"응! 마리, 오라바니가 이 나라에서 제일가는 남자라고 생각해요."

"귀여운 녀석 같으니!"

내 품에 포옥 뛰어든 어린 소녀는 머리를 쓰다듬어 주기를 바라듯이 눈을 위로 치켜뜨며 바라보았다.

머뭇머뭇 어린 소녀의 머리를 쓰다듬자 활짝 만면의 미소를 띠며 내 가슴을 꽉 끌어안았다.

"마리, 오라바니 너무 조아요!"

눈에 넣어도 아프지 않다는 말은 이런 귀여운 여동생에게 하는 거겠지.

메이드 씨가 다정한 눈동자로 우리의 화목한 남매애를 지켜보고 있었지만, 아직 상반신은 누드인 상태…….

물끄럼.

어린 소녀는 메이나의 드러난 가슴을 의아하게 바라보았다.

뭐야, 역시 열 살이나 먹어서 가슴을 빨다니 이상한 일이었다고 안심한 한편, 분위기에 휩쓸린 자신이 부끄러워졌다.

하지만 내 생각은 메이나 씨의 한마디로 뒤집혔다.

"마리안느 님도 빠시겠어요?"

"응! 메이나의 가슴, 마리 정말 좋아!"

아니, 너도냐―――――――――――아!

마리는 만면의 웃음을 띠며 메이나 씨에게 매달리고, 메이나 씨는 마치 자기 아이처럼 마리를 끌어안고서 미소 지었다.

"제 가슴은 다정함으로 이루어져 있으니, 부디 두 분이서 드세요."

결국 우리는 메이나 씨의 말에 어리광 부려, 쪼옥쪼옥 남매끼리 두 개의 가슴을 사이좋게 나누고 말았다.

"잘 먹었다."

"잘 머거따."

내 흉내를 내려고 한 마리의 말을 듣고 뿜을 뻔했다. 어린 소녀 시절부터 여자의 가슴을 빠는 걸 좋아하다니, 장래에 어떤 아이로 자랄지 상상도 못 하겠어!

'색녀가 되었다' 같은 미래였다간 큰일이라고.

메이나 씨는 식사 준비를 하고 오겠다며 일단 우리의 곁을 떠나갔다.

"오, 오라바니……."

단둘이서 방에 있자 마리의 얼굴이 새파래졌기에 나도 초조해졌다.

"어디 아픈 거냐?"

작은 아이는 어쨌거나 사소한 일로 컨디션이 바뀌기 쉽다. 병

원에 가려고 해도 제대로 된 의료 시설 따위는…… 아니, 애당초 에로게임 이세계에 병원이 있는지조차 모른다.

엘리제는 회복술사였으니까 마도로 어떻게든 될 법하긴 하지만…….

어떻게 대처해야 할지 머릿속이 어질어질 돌고 있자 마리는 얼빠진 소리를 해왔다.

"저기 있잖아요, 오라바니…… 마리는 있죠, 무서워서 화장실에 못 가요……."

"또냐?"

"또또예요……."

노르드의 말로 봐서는 아무래도 자주 있는 일인가 보다. 그보다 지금은 낮인데…….

다만 이런 귀여운 아이를 내버려 둘 수도 없는데, 노르드에게서 의외의 말이 나왔다.

"어쩔 수 없군. 이 몸이 따라가 주마. 실컷 감사하도록 해라."

"응, 오라바니는 최고의 오라바니야! 마리 너무 조아!"

뭐?!

설마 악역 도련님 노르드에게 이런 일면이 있었을 줄이야……. 좀 더 지극히 악랄한 녀석인 줄 알았더니, 의외로 여동생을 아끼고 잘 돌보는 구석이 있는 건가.

뭐 노르드는 주인공이 아니고, 거의 대부분 주인공 케인 시점이니까 몰라도 이상하지는 않지만…….

어쨌거나 갭이 엄청나네!

마리는 아장아장 걷더니 마리의 방에 있는 화장실 앞에서 멈춰 섰다. 방 중앙에서 2미터도 떨어지지 않은 것 같은데, 작은 마리에게는 그 정도로도 안 되는 모양이다.

"오라바니……, 안에 무서운 뭔가가 없는지, 봐줬으면 조케써요."

"내가 열면 어떤 몬스터라도 순식간에 도망칠 테니 맡겨둬라!"

이 노르드는 뭐지……. 제대로 오빠 노릇을 하잖아!

내가 벌컥 문을 열어젖히자, 안에 도기제 변기가 있었다. 잘 모르겠지만 푸른 유약으로 모자이크 모양이 들어간 것 빼고는 지극히 평범한 서양식 변기라서 내가 원래 있던 세계와 큰 차이가 없다.

마리는 아무것도 없다는 사실에 안심했는지 그대로 좌변기에 앉았다. 치마를 내리기 시작해서 내가 문을 닫으려고 했던 그때였다.

"안 대요! 오라바니는 마리를 버리려는 건가여?!"

버리다니, 그런 호들갑스러운 소리를…….

……여줘, ……여줘.

"히이이잉! 오라바니!"

마리는 갑자기 나를 끌어안았다. 나는 마리가 그냥 겁쟁이인 줄 알았는데 분명 내 귀에도 들렸다. 젊은 여성의 유령 같은 목소리가…….

딱 잘라 말해서, 마음이 성인인 나라도 오줌을 지릴 것 같을 정도다.

"다, 당황하지 마라! 빌런스가의 사람은 공포 따위는 모른다!"

"네에!"

마리가 힘껏 허세를 부려 낸 대답을 듣자 나도 모르게 마음이 훈훈해졌다.

"좋아, 마리! 혼자서 힘낼 수 있겠지?"

"으읏, 으읏, 역시 오라바니가 있어 줬으면 조케써요."

내가 문을 닫으려 하자 마리는 입 모양이 ㅅ자가 되어 당장이라도 울음을 터뜨릴 것 같았다.

가능하다면 나도 마리가 혼자서 쉬야할 수 있을 때까지 곁을 지키고 싶다. 하지만 작금의 정세가 그것을 허락하지 않는다!

어른의 사정을 마리에게 밝힐 수도 없어서 어떻게 해야 하나 생각에 잠기자, 한 가지 묘안이 떠올랐다.

"제대로 혼자서 쉬야를 하면, 나와 같이 자는 걸 허락하겠다. 할 수 있겠나?"

"응! 마리, 힘낼래!!"

마리가 애정에 굶주렸다고 짐작한 나는 노력에 대한 상을 줌으로써, 마리에게 자립을 재촉하는 방향으로 유도했다.

나는 마리가 쓸쓸하지 않게끔 아슬아슬할 때까지, 서서히 닫히는 문틈에서 마리를 계속 지켜보았다. 틈새가 좁아질수록 마리의 얼굴에 번져가는 슬픔을 쓰라릴 만큼 알았지만, 마음을 독하게 먹고서 문을 닫았다.

『오라바니! 거기 계세여?』

"그래, 잘 있어. 안심하고 해라!"

『네, 넵!』

꿀꺽……．

문 너머에서 들려오는 어린 소녀의 방뇨 소리……에 나도 모르게 숨을 삼켰다. 소녀의 부끄러운 금단의 소리를 듣고 만 배덕감을 느끼면서 기다리고 있자 소리가 뚝 멎었다.

벌컥 문이 열리더니 마치 깜짝 상자에서 튀어나온 것처럼 마리가 내 품으로 뛰어들었다.

"고마어요, 오라바니! 마리는 있죠, 마리는 있죠, 혼자서 쉬야 해써여!"

아역 모델도 옷 입기를 잊고서 알봄으로 도망쳐 나올 만큼 단정한 용모의 마리가 눈을 위로 치켜뜨며 나를 바라보았다.

소중하도다

아아, 소중하도다

소중하도다

                              노르드 빌런스 마음의 시

내가 감동에 몸을 떨고 있노라니, 마리는 검지를 대면서 내게 물었다.

"오라바니, 중요한 일을 잊고 있는 거시에여! 이제 쓱쓱 닦아 주지는 않는 건가여?"

"마리는 이제 쉬야를 혼자 할 수 있는 숙녀! 쓱쓱 닦는 건 안 된다."

"어쩔 수 엄네요……. 하지만 오늘 밤은 기대대여! 메이나도 불러서 셋이서 같이 자는 거예요."

이런 가정에 있으니, 당연히 노르드의 여성에 대한 가치관, 윤리관이 일그러지는 거라는 생각이 들었다.

단지 의외였던 점은 악랄한 노르드가 그의 방 안에서만 봤을 땐 야하기는 하지만 진짜 다정한 느낌이라는 것이었다. 아무래도 악역이라기보다, 두통이 나는 남매로만 여겨졌다.

아니, 두 사람에게 홀려서 완전히 에로게임 세계에 빠질 뻔했는데 그럴 때가 아니야!

이대로 가면 무척이나 곤란하다!

만약 게임 내와 마찬가지로 케인에게서 엘리제를 빼앗으면 나는 틀림없이 확실하게 엘리제의 손에 죽고 말 것이다. 노르드의 성욕 처리 메이드가 된, 그 아름답고도 음란한 엘리제의 모습을 보고 만다면 그녀의 유혹에 이기기란 불가능하다.

이럴 땐 역시 풋풋한 케인과 엘리제의 사이를 주선해, 두 사람의 좋은 친구로서…… 혹은 뒤에서 사랑의 큐피드 역할을 관철하는 것이 내게 남겨진 유일한 생존 루트이다.

케인이 마왕 토벌의 공적을 세워 작위를 하사받고, 경사스럽게 두 사람의 사이가 결혼 초 읽기쯤까지 진전하면 나는 두 사람에게 비밀로 몰래 퇴장해서, 염원하던 슬로 라이프를 보낼 예정이다.

　게임 내와 같은 시계열이라면, 슬슬 엘리제와 케인이 가까워지게 되는 만남의 날이 다가오고 있다. 나는 엘리제와 케인이 무사히 맺어지도록 뒤에서 응원할 생각이었다.

제1장 몰락 영애와의 만남

──── 【엘리제 시점】

저는 문도 없이, 그저 덩굴과 줄기로 짠 것으로 출입구가 막혔을 뿐인 너덜너덜한 집에 있었습니다…….

"윽, 윽, 아파……."

"상처 입은 어린양에게 지모신 유르하의 자비를 내려주소서. 【힐】."

다리가 부러지고 크게 다쳐 신음을 지르는 아저씨에게 미스릴제 지팡이를 가리키자, 고통으로 가득 찼던 얼굴이 평온한 표정으로 바뀌어 갔습니다.

"자, 이제 좋아질 거예요."

"고맙습니다, 엘리제 님……. 이건 얼마 안 됩니다만……."

아저씨의 부인이라 여겨지는 여성이 작은 주머니를 건네려고 하자 짤랑짤랑 소리가 났습니다.

"아뇨, 돈은 받지 않습니다. 마음만으로 기뻐요."

"아아……, 아직 어리신데…… 마치 성녀님 같아……."

"고마워, 누나……."

너덜너덜한 옷을 입은 저보다 작은 아이가 감사 인사를 해줘서, 피로도 싹 날아가 버렸습니다.

"미, 미안하군요……. 엘리제 님. 골다크 자작 님의 저택을 세울 때 다리가 미끄러져 버려서 이 모양입니다."

"치료도 안 하고 쫓아내다니……."

"지금은 어디나 그렇답니다……. 하지만 엘리제 님 덕분에 이렇게 나았습니다!"

아저씨가 치유한 다리를 뻗어서 건강해졌다는 사실을 어필하자 그의 가족이 웃었고, 좁고 너덜너덜한 집 안은 확 밝아진 듯했습니다.

"엘리제 님, 고맙습니다."

치료를 마치고 집 밖으로 나가자, 아저씨와 그 가족 여덟 명이 제게 손을 크게 흔들며 배웅했습니다.

저희 부모님께서는 왕도에 있는 풍족하지 못한 사람들에게 치료를 베풀러 갔는데, 아저씨들과 헤어져 잠시 걸은 참에 부모님과 만났습니다. 주위를 둘러보자 내일 끼니조차 얻을 수 없는 게 아닐까 싶을 만큼 가난한 사람들이 잔뜩…….

치유할 수는 있어도 굶주린 배를 채워 줄 수는 없습니다.

하지만 제가 할 수 있는 일은 해주고 싶다고 강하게 생각했습니다.

"아버님, 어머님! 이쪽 분들의 치유는 끝났어요. 그쪽에 다치거나 병드신 분이 계신가요?"

"아니, 이쪽도 끝났단다. 하지만 엘리……, 이런 건 우리만으로 충분한데. 좀 더 같은 나이 또래 영애들과 우의를 맺는 편이 좋아."

"아버님, 신경 쓰지 마세요. 이래 봬도 저는, 치유 마도를 훈련할 수 있어서 즐거워요. 조금씩이지만 능숙해지는 게 즐거워요."

"미안하구나, 엘리. 하지만 나는 그런 기특한 엘리를 정말 좋아해."

어머님께서는 저를 끌어안고서 뺨을 맞대줍니다. 기쁜 것 같기도 하고 부끄러운 것 같기도 한…… 저도 그런 부모님을 정말 좋아했습니다.

그리고 분담해서 궁핍한 분들을 치유하는 사이 일에 푹 빠져버려서, 부모님과 떨어지고 말았다는 사실을 깨달았을 때는 늦었습니다.

"당신들은 뭔가요?"

"헷헷헷, 아가씨. 그다지 못 보던 얼굴인데 꽤 예쁘게 생겼잖아!"

"지금도 아주 비싸게 팔 수 있을 법하지만, 장래엔 좀 더 뛰어오르겠어."

저를 에워싸는 번들번들한 눈빛의 질 나빠 보이는 남자들……. 거리낌 없이 제 턱을 아래에서 붙잡고, 마치 품평하듯이 봐왔습니다.

"그만두세요!"

그들은 아마 납치범이고, 분명 저를 노예상에 팔 셈이겠죠.

"저는 막달리아 백작의 딸 엘리제! 이런 횡포는 용서하지 않아요!"

"핫하──! 귀족댁 영애인가아! 이건 비싸게 팔 수 있겠어."

"아버……, 으읍! 으읍!"

제가 큰 소리로 외치며 부모님을 부르려고 했더니, 그들은 제 입을 막고서 팔다리를 붙잡았습니다.

'누, 누가 좀 도와주세요!'

――――【노르드 시점】

메이나 씨와 마리에게 메모를 남겨 두고서 아침 일찍 저택을 나선 나.

실물 로리제에게 흥미가 조금 있었다는 것은 비밀이다.

아니, 여자애에게 속아서는 안 된다. 귀여운 얼굴로 심장을 단번에 푹 찌르는걸.

뭐 노르드는 싫어하는 그녀의 그곳을 몇 번이고 찔렀으니 자업자득이지만…….

그런 바보 같은 생각을 하면서 왕도 외곽을 걷고 있노라니, 평소라면 생기가 빠졌을 사람들이 몹시 생생하고 밝은 표정으로 변화했다는 사실을 깨달았다.

틀림없다! 엘리제는 확실히 와 있다!

분명 엘리제와 케인이 만나는 곳은 왕도 슬럼가 이 부근이었을 터…….

왕도를 지키는 바깥 성벽에 의해, 낮에도 어스름하게 음울한 분위기가 나는 장소. 집조차 없이 노숙하는 자도 많았다.

나는 머릿속 한구석에 남았던 스틸컷을 기반으로 두 사람을 찾고 있었다.

찾았다! 아니…….

우앗! 납치당할 거 같은 상황이야?!

한 남자가 엘리제의 입을 막고, 나머지 두 남자가 그녀의 몸을 안고서 마차에 실으려고 하고 있었다.

저대로 엘리제가 납치범과 함께 납치당하면, 나는 어떻게 되는 거지? 그런 의문이 머릿속을 스쳤다.

그렇게 생각한 것도 잠시, 내 눈앞에는 골목 뒤에서 슬쩍 납치당하려는 로리제를 바라보는 뒷모습이 보였다.

케인이다!

"어쩌지, 어쩌지. 내가 동경하는 엘리제 님이 납치당하겠어어어……. 구하러 가는 편이 좋을까? 하지만 나로서는 저 녀석들을 못 당해낼 것 같은데……."

숨어서 꿍얼꿍얼 중얼거리기만 하는 케인.

바로 아까 전 머릿속을 스쳤던 의문의 답은 나왔다.

제기랄, 엘리제가 유괴당해서 험한 꼴이라도 당한다면, 이 녀석이 맛이 가서 나도 말려들 거 아냐!

좀처럼 행동에 옮기지 않는 케인의 태도에 속이 끓을 뻔했다. 하지만 뒤에서 안달복달한 느낌을 만끽하려고 했기에 긴 코트에 셔츠, 반바지라는 귀족 영식임이 고스란히 드러나는 차림새로 오고 말았다.

이 차림새로는 금세 빌런스가 사람이라고 신분이 들통나고 말겠지.

어떻게 하면 엘리제에게 들키지 않고서 끝날 것인가…….

그때 주위를 둘러보자 좋은 생각이 떠올랐다.

"이봐, 거기 남자. 그 넝마를 팔아라!"

밀짚으로 짠 돗자리 같은 것 위에 앉아 있는 수염을 텁수룩이 기른 거지 남성에게 나는 말을 걸었다.

초로의 거지 남성은 고개를 옆으로 내저었다.

"이 천은 도저히 귀족님에게 내어드릴 수 있는 만한 것이 아닌데……."

"시끄럽다! 그렇다면 이걸 빌려줘라."

"네에?! 이렇게 많이 주신다니…… 고맙습니다, 고맙습니다."

나는 금화 열 닢을 남자에게 건네고, 너덜거리는 천을 몸에 둘렀다. 참고로 내 감각으로 따지면 금화 한 닢에 원래 있던 세계의 10만 엔 정도의 가치가 있는 것 같다.

내 하루치 용돈을 건네고 거지로 분장한 나는 엘리제를 봉고 차 아닌 마차로 실으려 하는 세 사람 있던 납치범 아래로 비척비척 다가갔다.

"뭔가 베풀어 줘……."

"칫! 꼬맹이 거지냐! 방해되니 비켜라!"

나를 향해 들개라도 쫓아내듯이 휘이휘이 손을 내젓는 납치범들. 케인은 우리들 뒤에 숨어 손가락을 물고서 보고 있을 뿐이었다.

제기랄! 안타까운 케인의 태도에 속을 끓이며 나는 유괴 사건에 개입하고 말았다.

케인에게도 납치범에게도 열받아서, 이에 이끌려 노르드의 말투도 거칠어졌다.

"어엉? 나한테 비키라고? 나에게 거스른 자신의 어리석음을 후회하도록 해라."

【리플렉트】.

퍽…….

"아갸아아아아악!!"

흐아악, 아프겠다…….

나를 걷어차려고 한 털보 납치범의 무릎 관절이 원래 구부러지지 않는 방향으로 구부러진다는 끔찍함을 자아내고 있었다.

"네놈, 뭘 한 거지?!"

머리가 듬성듬성 벗겨진 또 한 남자가 나를 때리려고 했지만 결과는 바뀌지 않는다.

"파, 팔이이이이이!"

팔꿈치 관절이 보통이라면 절대로 구부러지지 않는 방향으로 추욱 구부러져서, 힐끔 보기만 해도 그로테스크했다.

"정말로 바보 같은 놈들이군. 인간은 배우는 생물이라고 생각했는데, 크큭큭."

"히익!"

머리에 반다나 같은 것을 감은 남자는 두 사람이 지면을 몸부림쳐 대는 모습을 보자 허리에 힘이 빠져서 떨고 있었다.

"죽고 싶지 않다면, 그 녀석은 놔주고 왕도를 떠나라. 나는 너를 감시하고, 언제든지 죽일 수 있으니까아."

쪼르르르르르……

끄덕끄덕 고개를 주억인 남자는 바지 앞섶을 검게 물들이면
서, 엘리제를 놨다 싶더니 다친 동료를 놔두고 마차를 몰았다.

"놔두고 가지 마아아……."

"목숨을 빼앗기겠어어어……."

엘리제는 놀랍게도 그런 두 사람에게 【힐】을 걸어주려고 했다.

"뭘 하는 거냐? 그냥 내버려 두면 될 것을……."

"아니요, 그럴 수는……."

엘리제는 자신을 납치하려고 했던 두 사람을 치유했고, 두 사
람은 그녀의 자비에 눈물을 흘리고 있었다.

역시나 열 살 아이에게 몸매 따위를 바랄 수는 없지만, 볼륨이
없는 모습에도 개화 전의 봉오리라고 인식되었다.

이게 그 폭유가 된다고 생각하면, 패전 후의 일본 같은 성장이다.

또한 역시 어려도 이목구비는 엘리제 그 자체라서, 은색 아름
다운 머리카락에 또렷한 벽안은 저도 모르게 넋을 잃고 눈을 뗄
수 없게 되어 버릴 것 같았다.

치유를 마친 엘리제는 떠나가려고 하던 나를 불러세웠다.

"누구신지는 모르겠지만 구해주셔서 고맙습니다. 저는 막달
리아 백작의 딸 엘리제라고 합니다."

"알아."

이, 이봐!

노르드가 멋대로 엘리제의 말에 반응해서 내 심정을 변환해서
대답하니까 곤란하다. 본디 귀족 자제는 부모끼리 사이가 좋은

것을 제외하고서, 데뷔탕트 전에 알게 되는 일은 드무니까.

크흠, 크흠.

나는 헛기침을 해서 되도록 엘리제와 이야기하지 않도록 마음에 새겼다.

"어머! 큰일이네요, 혹시 감기에 걸리셨다든가……. 제 치유마법으로 치료해 드릴게요."

아까 전 두 사람도 그렇지만, 정말로 다정한 아이구나~ 하고 홀리면 안 돼!

"필요 없다."

"그, 그럼 뭔가 약이라든가, 식사, 혹은 금품으로 사례를……."

"그것도 필요 없다!"

"신기하네요……. 구걸은 하고 있는데……."

"어, 어쨌거나 나에게 생판 모르는 여자에게 적선을 받는 건 치욕이다!"

"이상하네요. 아까 전엔 안다고 말씀하셨는데."

기억했던 거냐고!

엘리제는 입술에 검지를 세우며 고개를 갸웃거렸다. 그런 몸 짓조차 기품이 흘러넘치다니, 귀여운 것은 메인 히로인의 특권 인가?

나는 넝마를 나부끼며 엘리제에게 등을 돌렸다.

"어쨌거나 나는 바쁘다."

"저기~ 거지님인데 바쁘신가요?"

정말 싫다……, 감이 날카로운 애는 싫다고!

이것 참 기가 막히고 지쳐서 돌아가려고 하자 엘리제는 내 뒤를 세 걸음 물러서서 따라왔다.

"왜 나를 따라오지?"

"생명의 은인님이 뭐 하시는 분인지 신경 쓰여서요."

"나는 우연히 지나갔을 뿐 아무것도 안 했어."

"그런가요?"

"그렇다. 게다가 이런 곳을 어슬렁거리면, 또 아까 전처럼 유괴당하지 않는다는 보장은 없다고! 너는 보기 드문 용모라는 걸 자각해라."

"저를 구해주신 데다 용모를 칭찬해 주시다니, 정말로 좋은 분이세요. 무슨 일이 있어도 답례를 하고 싶어졌어요."

"안 해도 된다! 나는 그 녀석들의 얼굴을 봤더니 기분이 언짢았을 뿐이다. 네가 따라오면 지극히 민폐다."

"하지만 결과적으로 저는 도움을 받았어요. 그 일에 관해서는 감사의 말로는 모자라요."

"알았다, 알았어. 그럼 지모신 유르하에게라도 감사해라. 나는 돌아가겠다."

"저기 거지님은 잘 곳이 없는 거 아닌가요? 괜찮다면 저희 저택에 들르시는 건……."

아앗! 정말! 한 마디도 지지를 않는다.

"잘 곳이 없어도 취향에 맞는 장소란 게 있다. 거기를 다른 사람에게 빼앗기고 싶지 않다."

"그럼 그쪽에 가면 뵐 수 있는 거군요!"

제기랄……, 엘리제는 보석처럼 투명한 눈동자를 반짝반짝 빛내며 귀엽게 웃고 있다.

"없을 때도 많다."

"그럼 하다못해 성함만이라도……."

"나는 노……, 케인이다. 스워프 마을에 산다."

나도 모르게 노르드라고 이름을 댈 뻔했지만, 엉겁결에 거짓말을 해서 그녀의 추궁을 피했다. 다소 난처하기는 했지만 케인에게 전부 떠넘길 수 있으니 의외로 나쁘지 않은 수겠지.

————흐앗?!

"저기…… 뭐라고 하셨나요?"

"아니, 난 아무 말도."

그늘 뒤에 숨어 있는 케인이 놀라서 소리를 질렀다. 황급히 입을 다물었지만.

"어라? 갑자기 짙은 안개가……, 앗?! 케인 님? 케인 님~!"

나는 스킬로 검은 안개를 흩뿌려서, 엘리제의 추적을 방지하고 그 자리를 떠나갔다.

이로써 두 사람이 친해질 사전 준비는 했다.

이제 엘리제가 나에게 접촉해 올 일은 없겠지.

앞으로 내가 용사학원에 입학하지만 않는다면 틀림없이 만사가 잘 풀릴 것이다!

하아…….

부들부들 머리를 끌어안고서 떠는 케인을 보자 한숨이 나왔다.

허접하다는 사실을 알기는 했지만 정말로 얘가 용사로 각성하는 건가 싶다.

"이봐, 거기 쫄보. 이제 끝났다고."

"어?!"

"이봐, 케인. 내가 전부 판을 깔아 놨으니 반드시 엘리제를 손에 넣어라!"

"어떻게 내 이름을⋯⋯."

"그건 모르는 게 신상에 좋다. 그보다도 엘리제와 맺어지고 싶지 않은 건가? 대답해라, 미숙 용사!"

"네, 넵! 매, 맺어지고 싶습니다! 엘리를 나만의 아내로 만들고 싶습니다!"

"흠, 그렇다면 서둘러 가라! 네가 엘리제를 만나서 이름을 대면⋯⋯ '어머, 케인 님! 제게로 와 주시다니. 멋져요! 우리 약혼해요'라면서 쉬운 히로인으로 변해, 당장이라도 너에게 간단히 다리를 벌려 주겠지."

나는 엘리제의 목소리를 흉내 내면서, 케인에게 기회라는 사실을 재촉했다. 케인은 일어서서 주먹을 쥐고는 의욕을 보였다.

"꾸물꾸물 고민할 틈은 없다고. 그 녀석은 그런 외모이니 라이벌은 많다. 네가 지켜줘라."

"네! 누구신지는 모르겠지만 고맙습니다. 저, 힘내겠습니다!"

케인은 내 부추김을 받고서 엄청난 기세로 막달리아 백작가 방향을 향해 달리기 시작했다.

좋았어어어어어어어어어어!!

잘 풀렸다고.

이로써 케인이 엘리제의 저택에 가면, 두 사람은 멋지게 맺어져서 나는 평온무사한 슬로 라이프가 확정되는 거다.

역시 Win-Win 관계로 가야지.

──────【엘리제 시점】

양손으로 턱을 괴고서, 얼마쯤 시간이 지났는지…….

최근 공부에도 치료 베풂에도 열중할 수가 없습니다.

그것도 다 가난한 사람들이 사는 마을에서 그분께 도움을 받았을 때부터입니다.

"케인 님…….''

회색 후드를 뒤집어쓰고, 머리카락 색은 거의 모르겠지만 바람에 흔들렸을 때 검은색 같은 머리카락이 엿보였어요. 코에서 아래 얼굴 절반이 천으로 덮여 있었으니까 뚜렷하게 보이지는 않았지만, 그만큼 그 아름답고 푸른 눈동자가 제 뇌리에 새겨져서 떠나가지 않습니다.

그 맹금류를 연상시키는 날카로운 눈빛, 시선만으로 얼어붙어 버릴 것 같은 진한 블루. 보면 무서워서 오싹오싹 몸이 떨리는데도, 푹 빠져 버리고 말 것만큼 아름다워요…….

"엘리……, 왜 그러니? 계속 한숨만 쉬고.''

화들짜아아악?!

"어, 어머님……, 언제 오셨나요?''

"아까부터 계속 말을 걸었단다."

어느샌가 제 어깨를 만지며 어머님이 말을 걸어주셨는데 전혀 알아채지 못했습니다.

"저, 실은…… 아뇨, 아무것도 아니에요."

제가 테이블에 늘어놓은 과자를 한동안 시간이 지나도 한 입도 입에 대지 않자, 이를 걱정한 어머님께서 물으셨지만 입을 다물고 말았습니다.

혹시, 이게 사랑인 걸까요?

안경을 쓴 제 전속 메이드, 린이 곤란한 표정으로 물었습니다.

"실례합니다. 엘리제 님을 뵙고 싶다고 하는 자가 있는데…… 어쩔까요?"

"그자의 이름은요?"

"네, 케인 스워프라고……."

뭐?!

린의 입에서 나온 이름을 듣자 저도 모르게 심장이 멈출 뻔했습니다.

그렇게나 제 초대를 거절하셨는데, 설마 케인 님 쪽에서 제게로 찾아오시다니!

"린, 뵐 테니까 바로 들여보내 주세요."

"알겠습니다, 엘리제 아가씨."

응접실로 이동하자 케인 님을 자처하는 소년이 서서 악수를 청해왔습니다.

"엘리! 나와 만나줘서 고마워."

어?!

저를 궁지에서 구해준 그 케인 님이라고 해서 뵈었는데, 모든 것이 그때의 이미지와 달라서 저는 당황스럽기만 할 뿐⋯⋯.

평민과 귀족이라는 차이는 신경 쓰지 않는 편입니다만, 케인 님이라고 이름을 댄 남자애가 취하는 묘하게 허물없는 태도에 살짝이기는 하지만 화를 느꼈습니다.

저는 그의 손을 잡지 않고서 이름을 댔습니다.

"엘리제 막달리아라고 합니다. 단도직입적으로 여쭙겠습니다만, 당신은 진짜 케인 님이신가요?"

"나는 의심할 여지 없는 진짜 케인이야!"

그렇게 주장하는 그를 의심하면서 홍차를 입에 댔습니다. 아직 뜨거워서 혀에 화상을 입을 지경이었습니다만⋯⋯.

"린, 홍차가 식어 버린 모양이에요. 바꿔주시겠어요?"

"알겠습니다."

린은 티포트를 왜건에 싣고서 응접실에서 물러가고 말았습니다.

그러자⋯⋯.

"아가씨! 저 녀석입니까?!"

"네, 그를 지하 감옥으로 안내해 주세요."

"뭐라고?! 내가 뭘 했는데!"

린과 교대로 나타난 이는 저택을 지켜 주는 강건한 기사들. 케인 님을 사칭하는 소년의 의자를 끌고서, 그를 의자에 곧바로 포박해서 구속했습니다.

케인 님의 여자아이를 뭉클하고 두근거리게 만들 것 같은 날카로운 시선도, 그 강하고 자신감이 흘러넘치면서도 기품 있는 언동도, 어딘가 그늘진 위험한 향기도, 눈앞에 있는 남자애와는 정반대라고 해도 좋을 만큼 달랐습니다.

"뭘 했냐고요? 당신은 감히, 제 생명의 은인인 케인 님을 사칭했어요! 당신이 누구인지 알아낼 때까지 당분간 신병을 구속하겠습니다."

"엘리! 내가 진짜 케인이야! 믿어줘! 믿어달라니까아아———!"

케인 님을 사칭한 소년은 기사들에게 끌려가는 와중에 손을 뻗어서 변명 같은 말을 했지만, 그런 뻔히 보이는 거짓말에 속을 제가 아니었습니다.

진실한 사랑 앞에서 훤히 보이는 거짓말 따위는 쉽게 간파할 수 있으니까요.

린이 새로운 홍차를 컵에 따르면서 말했습니다.

"늘 관대한 처분을 내리시는 엘리제 님께서 구속을 하시다니, 별일이네요."

"네……."

신기하다는 듯이 물었습니다만 아무래도 나는 케인 님을 사칭한 소년을 용서할 수 없었습니다.

그 소년은 내 순진한 연심을 짓밟았으니까…….

아아……, 진짜 케인 님은 어디에…….

뜨거워……!

뜨거운 홍차에 혀를 데이고 말 것 같았습니다만, 케인 님과 함께라면 화상을 입을 만한 대연애를 해보고 싶다고 생각했습니다.

──── 【노르드 시점】

기상하고 나서 메이드님의 가슴을 빨고, 여동생의 쉬야에 동참하고…… 전생 시작부터 너무 나갔잖아!

"노르드 님, 옷을 갈아입으시죠."

"그래, 부탁한다."

나는 잠옷을 벗고 메이나 씨가 골라 온 옷으로 갈아입었다. 마리는 질리지도 않고 내 방에 있었는데, 스툴에 다소곳이 앉아 다리를 파닥파닥 흔들며 우리를 보고 있었다.

전신거울을 보자 목에는 자보(jabot) 타이, 몸에는 나폴레옹 시대의 군복을 연상시키는 화려한 재킷, 다리에는 짧은 바지와 흰 양말이라는 차림새.

마치, 이미 지나간 시치고산*의 의상을 뒤늦게 차려입은 느낌이라서 부끄러움이 치밀어 올랐다.

"아앗! 노르드 님……."

"오라바니……."

메이나 씨는 뺨에 손을 대고서 한숨을 흘렸고, 마리는 스툴에

---

* 남자아이와 여자아이가 세 살이 되었을 때, 남자아이가 다섯 살이 되었을 때, 여자아이가 일곱 살이 되었을 때 그해 11월 15일에 아이가 건강하게 자라기를 기원하는 행사

서 탁 뛰어내렸다.

어지간히 옷이 안 어울렸던 거겠지.

"정말로 신성하신 모습! 이 메이나는…… 노르드 님께 두근거리고 말았어요."

"마리, 멋진 오라바니랑 결혼할래!"

"크크크, 둘 다 너무 나를 칭찬하지 마라. 그저 하잘것없는 사실이니까아~!"

하아……, 노르드는 겸손이라든가 자중이라는 단어를 모르는 걸까? 한숨을 내쉬고서 전신거울에 비친 내 얼굴을 봤더니, 분명 상당히 잘생겼다는 사실은 인정할 수밖에 없었지만…….

옷을 다 갈아입고서 우리는 아침 식사를 하기 위해 메이나 씨가 이끄는 곳으로 이동했다. 널따란 식당에 부모님의 모습은 없고 가족은 나와 마리뿐.

원래 있던 세계라면 노르드는 초등학생, 마리는 유치원생이라 아직 부모가 그리울 나이대인데 식사조차 따로따로일 줄이야.

뭐 나는 알맹이가 아저씨니까 쓸쓸하지는 않다. 오히려 원래 있던 세계 쪽이 혼자라서 쓸쓸했다.

메이나 씨가 의자를 빼내자 마리는 어리면서도 숙녀라고 할 기품 있는 몸짓으로 자리에 앉았다. 하지만 주위의 상황을 보고서 실망했는지 고개를 떨구었다.

마리를 잔뜩 귀여워해 줘야겠다고 생각했다.

"마리여, 고개를 들어라. 같이 식사조차 하려고 들지도 않는 아버지나 어머니 따위보다 나를 존경하는 것이다."

"네! 오라바니! 마리는 오라바니를 늘 존경하고 이써요."

모두 긍정하는 여동생이 너무 귀여워!

이런 귀여운 아이를 내버려 두는 부모가 어떻게 생겼는지 보고 싶다고.

의식주만 제공하면 문제없다고 생각하는 이세계 부모의 정신적 학대에 분개하고 있노라니 메이나 씨가 마리에게 다가갔고, 마리는 메이나 씨를 끌어안았다.

"마리안느 님, 저라도 괜찮다면 얼마든지 어리광을 부리셔도 상관없습니다."

"응, 메이나에게 안기면 가슴이 따끈따끈해. 메이나도 마리라고 불러도 돼애."

"감사합니다, 마리 님……."

나에게는 성모가 아기 시절 성인을 안는 장면보다도 존귀한 광경으로 여겨져서, 두 사람을 보고 있노라니 화목한 진짜 가족 같았다.

"메이나여, 같이 아침 식사를 하자!"

"네?! 하지만 저는 그저 메이드……."

메이나는 끝에 대기한 집사와 다른 메이드들의 눈을 신경 써서, 착석을 고사하려고 했지만……,

"이의가 있는 자는 있나? 있는 자는 즉시 나에게 말해라! 없군, 뭐 당연한가."

나는 일어서서 실크처럼 반짝반짝 광택이 나는 식탁보가 깔린 다

이닝 테이블에 손을 대면서, 하인들의 눈을 하나하나 둘러보았다.

이완되었던 자는 등줄기를 쭉 뻗었고, 또 주눅 든 자, 식은땀을 흘리는 자 등 반응은 제각각이다. 역시 예상한 대로라고 할까 이의를 제기하는 자는 누구 하나 없었다.

"그렇게 됐으니 앉도록 해라."

"노르드 님, 마리 님……. 마음 씀씀이 감사합니다……."

눈꺼풀에 반짝 빛나는 물방울을 손수건으로 닦은 메이나 씨가 우리에게 인사를 한 후 자리에 앉았기에, 나는 오른손바닥을 위로 올려서 손뼉을 쳤다.

내 마음은 노르드의 거만하고 불손한 말로 변환되기는 하지만, 전하고 싶은 바는 대강 일치했다. 그가 단순한 악역이 아니라는 사실을 알게 되어 안심했다.

얼마 지나지 않아 차례차례 서빙되는 아침 식사에 눈을 크게 떴다.

고급 호텔의 조식용 크루아상처럼 바삭한 생지의 빵, 스크램블드에그, 베이컨 같은 훈제 고기에 익힌 채소를 곁들인 요리가 두 그릇 나왔다. 백자라 여겨지는 그릇에는 금 테두리와 아름다운 꽃무늬가 들어가 있었다.

그 뒤에 냄비를 든 급사 메이드가 수프 접시에 노랗고 걸쭉한 수프를 부었다.

내가 손을 대려는 순간 메이나 씨와 마리가 손깍지를 끼고서 기도를 바치는 듯했기에, 나도 그것을 흉내 냈다.

맛있어, 맛있어!

아침 식사인 만큼 특별히 호화롭다고까지는 할 수 없지만 내가 본 케인의 가정 스틸컷을 생각하면 서민과는 하늘과 땅 차이였다. 케인은 빵이 푸석거려서 맛없다고 몹시 연호했으니.

무엇보다 시간을 우아하게 들여, 느긋하게 식사할 수 있는 점이 기쁘다.

나는 맛있는 식사를 만들어 준 요리인에게 감사의 말을 전하고 싶어서, 가까이에 있던 집사에게 말을 걸었다.

"이봐, 요리장을 불러라! 녀석에게 해주고 싶은 말이 있다."

"아, 알겠습니다! 바로 부르겠습니다."

그는 나에게 인사하고서 성큼성큼한 발걸음으로 식당을 나갔다. 그 뒤 복도를 엄청난 기세로 달려오는 발소리가 들렸다.

그렇게 허둥댈 필요는 없는데.

"헉, 헉, 헉……. 무슨 일이신지요, 노르드 님! 식사가 입에 맞지 않으셨습니까?"

그 후로 1분도 지나지 않아서 주방장 코트를 입은 40대라 짐작되는 작고 풍뚱한 남성이 겨드랑이에 주방장 모자를 끼우고서 내 앞에 무릎을 꿇었다. 달려와서 폭포수 같은 땀을 흘려서 혈액순환이 좋아졌을 텐데, 그의 얼굴은 새파랬다.

"너는 나에게 이런 식사를 내놓고서 무슨 해명을 할 셈이냐. 대답해 봐라!"

"히익! 죄송합니다, 노르드 님! 곧바로 다시 만들어서……."

"아니다! 너무 맛있는 것이다!"

나는 그저 만들어 준 사람에게 감사 인사를 하고 싶었는데, 아무래도 말투가 거창해진다.

"네?"

요리장은 어안이 벙벙해서 무슨 말을 들었는지 의미를 이해하지 못하는 듯했다. 잠시 시간이 지나고, 내 말뜻이 서서히 전해졌는지 그의 눈에 눈물이 맺혔다.

"보르드 님 시절부터 빌런스가를 섬긴 지 수십 년. 처음으로 칭찬받을 수 있었습니다. 이 메타보르, 노르드 님께 평생 맛있는 식사를 내드리겠다고 맹세하겠습니다."

감격해서 커다란 눈물방울을 흘리는 메타보르.

집사나 메이드들이 그를 에워싸고서 "잘됐구나" 하고 말을 걸었다. 감동적인 장면이겠지만, 나는 그저 식사가 맛있다고 말했을 뿐인데…….

그건가? 신세기 세카이계 로봇 애니메이션 최종화에 나오는 '축하해' 같은 거창한 분위기.

풀썩.

아침 식사를 마치고 침대에 쓰러졌다.

역시나 왕국 필두 공작가라고 해야 할까. 그 뒤 메타보르가 지나치게 힘써서 아침부터 위가 버티지 못할 만큼 호화로운 식사를 대접받았으니까.

노르드의 고약한 여자 버릇과 그 원인에 대해서는 어쩐지 이해했다. 노르드의 가정 환경이 이 에로게임 세계의 표준인가 하는 점까지는 좀 더 자세히 조사해 봐야 알겠지만.

메이나와 마리…… 둘 다 귀엽지만, 열 살 남자에게 그 두 사람은 지나치게 발칙하다.

머리 뒤로 손깍지를 끼며 생각에 잠겼다.

노르드가 엘리제만을 원해서 막달리아 백작가를 짓밟은 것은 아니다. 백작가가 몰락한 이유는 귀족 사이에 벌어진 정쟁의 여파를 받았기 때문이다.

내가 노르드로서 얘기하려고 하면 그의 말로 바꿔 말하고 만다. 이른바 수정력이라는 것일지도 모른다.

우선은 가족 관계의 재구축과 나 자신의 강화!

왕립 용사학원에 입학해서 나에게 나이프를 박아 넣어 최후의 일격을 찌른 엘리제나 케인과 만나, 같은 반이 될 때까지 남은 시간은 4년 남짓.

그렇다면 현 상태를 확인해 둘까.

"스테이터스 오픈!"

내가 이세계에 가면 해야 할 것을 시험하자 방에 있던 수납장이 부들부들 떨렸다. 침대에서 일어나 떨리는 서랍을 열자 길드 등록증 같은 카드에서 문자가 떠오르며 빛나고 있었다.

종족: 인간
레벨: 80
고유 스킬: 딕테이터(악의 축), 매료, 여자 가로채기, 방중술
직종: 테라나이트(암흑기사)

숙련도: 75

직종 스킬: 암흑검, 암흑 마도

열 살에 벌써 이 정도로 완성됐을 줄이야…….

다시금 노르드의 치트성에 놀라움을 감출 수 없었다. 레벨 상한이 99인데 벌써 8할까지 도달했다.

그나저나 얼마나 애늙은이인 거냐고!

아직 소년인데 에로에 특화된 고유 스킬에 뿜어 버릴 뻔했다.

스테이터스를 보고서 방침은 정했다.

내가 목표로 하는 것은 케인과 엘리제의 좋은 친구 포지션!

뒤에서 두 사람 사이를 응원하고, 케인이 노르드…… 즉 지금의 나에게 엘리제를 빼앗기지 않는 트루 엔딩을 맞이한다. 노르드의 생존은 트루 엔딩에서만 【모든 지위를 잃은 노르드의 행방은 아무도 모른다】라는 한 문장으로 암시된다.

거기에만 다다르면, 내 해피 슬로 라이프는 확정이다!

하지만 불안이 남는다…….

케인은 너무 허접해서, 엘리제가 제대로 반할지 아닐지.

"그라함은 있나?"

"네! 도련님 곁에 있습니다."

"마침 잘됐다. 너에게 부탁하고 싶은 게 있는데 받아들일 수 있겠나?"

"네, 뭐든지 분부하십시오."

나는 게임 내에서, 엘리제의 막달리아 가문 실각시키기 공작
으로 암약한 장년의 집사를 불러들였다.

———【엘리제 시점】

쇠창살 너머에 있는 소년과 메이드 린이 대치해 있었습니다.
저는 그에게서 보이지 않을 위치에서 두 사람의 대화를 들었습
니다.

린은 안경 브릿지를 손가락으로 밀어 올리더니, 마치 바퀴
벌…… 거뭇한 그 곤충을 보는 것 같은 눈빛으로 그에게 말을
걸었습니다.

"당신이 케인이라는 사실은, 변경에 있는 스워프 마을로 찾아
간 조사원에 의해서 밝혀졌습니다."

"정말인가요?! 역시 제가 틀림없었잖아요."

그는 린의 말을 들은 순간 희망의 빛이 비쳐 든 것처럼 웃는
얼굴로 바뀌어 쇠창살을 붙잡았습니다.

뭔가 웃는 얼굴을 뛰어넘어서, 우쭐거리는 표정이 된 그의 모
습이 무척 열받아서 참을 수 없습니다.

린은 가볍게 헛기침하더니 그의 잘못을 지적했습니다.

"하지만 엘리제 님의 생명을 구해주신 은인의 이름을 사칭한
건 도저히 용서받을 만한 일이 아닙니다."

"그건 아닙니다! 저는 그 은인에게 속았어요. 막달리아가에
오면, 엘리와…… 이런 짓이나 저런 짓을…… 할 수 있다고요."

으, 그가 히죽 웃는 모습을 보자 닭살과 함께 엄청난 구역질이…… 아뇨, 그에 그치지 않고 두드러기까지 나고 말았습니다.

정말로 기분 나쁜 애예요.

【힐】!

오한을 없애기 위해서 【힐】을 스스로에게 거듭 걸어서, 간신히 차분함을 되찾았습니다.

"그 증거에 대해서는 아무것도 얻지 못했습니다. 당신이 거짓말을 할 가능성도 부정할 수 없으니까요."

케인은 불안한 듯이 린에게 물었습니다.

"저기이…… 저는 어떻게 될까요?"

"글쎄요……. 잘하면 변경 마을로 강제 송환, 나쁘면 기사단에 죄인으로 넘겨지지 않을까요."

"그럴 수가아아아~~~~~!"

린은 고개를 좌우로 내저으며 그의 말에 기막혀했습니다만, 저는 한 가지 신경 쓰이는 점이 있었습니다.

"엘리제 아가씨?!"

"엘리!"

"저에게 조력한다고 약속한다면, 당신의 사형과도 맞먹는 죄를 용서하겠어요!"

제가 모습을 드러내자 놀라는 두 사람. 케인은 곧바로 제 제안에 의문을 던졌습니다.

"조력?"

"네, 당신에게는 제 사랑하는 은인인 그분을 찾는 일에 도움을 받고 싶어요. 방금 제 은인님과 다소나마 말을 나누었다고 말씀하셨죠."

"응! 알았어, 엘리에게 조력할게. 내가 그 녀석과 한 얘기는 사실이니까 믿어줘."

태연하게 거짓말을 하는 분을 어떻게 믿으면 좋을까요? 게다가 이 묘하게 허물없는 태도에 인내의 한계를 맞이하고 말았습니다.

"저기…… 엘리라고 거리낌 없이 부르지 말아 주실래요? 그렇게 불러도 되는 건 그분과 가족뿐이에요."

"미, 미안……."

케인은 시무룩해져서 몸을 작게 웅크렸습니다만, 조금도 귀염성이 없습니다.

"린, 그의 감옥 자물쇠를 풀어주세요."

"아가씨?! 괜찮으시겠습니까?"

"네, 지금부터 은인님을 찾으러 갈 거거든요."

쇠창살 밖에 나온 케인은 마침내 해방된 기쁨 때문인지 팔을 뻗어서 높게 들었습니다.

"모쪼록 거짓말이라는 말은 하지 말아주세요. 그때는……."

"네에엡!"

그런 케인에게 한 가닥 희망을 맡기는 것은 찢어진 로프의 흔들다리를 건너는 것이나 마찬가지겠죠…….

하지만…….

기다려 주세요.

저는 당신이 어디에 계시더라도, 반드시 찾아내겠어요! 그리고 어찌할 방도 없이 애타서 멈출 수 없는 제 이 마음을 전하려고 합니다.

"아, 아가씨……. 정말로 이자를 믿어도 괜찮을까요?"

"모르겠어요……. 하지만, 그를 수하로 두면 언젠가 그분을 다시 만날 것 같은 느낌이 들어요."

그래요, 그저 여자의 감일 뿐이지만…….

──── 【노르드 시점】

널따란 정원 멀리 보이는 빌런스가의 저택. 프랑스 베르사유 궁전이 떠오르는 장대하고 화려한 건물은 나를 마치 해외여행이라도 간 것 같은 기분을 들게 만들어 주었다.

이제 사망 플래그만 없으면 끝내줄 텐데……. 그 사망 플래그를 회피하기 위해서, 나는 수행에 몰두했다.

【다크 웨이브】.

목검에서 뿜어지는 검은 충격파가 어른의 키보다도 큰 커다란 바위에 부딪히자, 바위는 산산이 부서졌다. 바위가 있었던 장소에는 껍데기를 빻은 것처럼 바위 가루가 쌓여 있었다.

무지 촌스러운 스킬명이지만 암흑계 마도에서는 파이어볼과 같은 마법이니 어쩔 수 없다.

또 다른 날에는…….

"크크크……, 날뛰는 강이라 이름 높은 드라켄이여. 내 날카로운 검을 받아봐라! 울어라, 【암각용파참(闇刻龍破斬)!】"

허리 위까지 격류에 잠겨 하반신의 움직임이 제한되는 것으로 모자라 휩쓸리지 않도록 버티며, 강의 흐름에 거스르면서 중2병 스킬을 펼쳤다.

내가 펼친 참격은 검은 파동으로 바뀌어, 눈으로 보이지 않을 만큼 멀리까지 강의 격류를 베어 찢었다. 공격을 때린 뒤에는 깊게 파인 강바닥과 참격에 억눌린 물살의 충격으로 강 건너편에 흙이 쌓이고 말았다.

"손쉽군. 날뛰는 강이라고 하길래 수행하러 왔는데 실로 실망이야."

나는 영지 내에 수행이 될 만한 강이 있으면 외출해서 시험 삼아 베어 보았지만, 별것도 아니라서 김이 빠졌다.

그러다 깨달았다.

집안에 전해져 내려오는 비보 중 하나, 갈리아누스가 지나치게 치트 무기라는 사실을. 칠흑의 검신에 황금으로 새겨진 룬 각인, 이 녀석을 계속 바라보고 있노라니 검정과 금색으로 채색된 오래된 F1 팀 컬러가 떠오르고 말았다.

내가 강한 게 아니라 갈리아누스가 강한 것이다.

이 녀석을 쓰면 강의 흐름을 바꾸는 것으로 모자라 산 하나가 없어지고 말아서, 수행할 때는 목검으로 암흑검 스킬을 쓰자고 명심했다.

다음 표적을 준비하려고 하자 누군가가 내게 말을 걸었다.

"노르드 님! 자못 피곤해지셨겠죠. 가슴…… 드시겠어요?"

메이드복 차림으로 나타난 메이나 씨는 부드러운 바스트를 셔츠 위에서 말랑말랑 주무르며 나에게 쉬라고 재촉했다.

"아, 아니, 됐다."

"역시 아줌마의 가슴 따위는 봐도 빨고 싶지 않으시겠죠……. 아아, 최근 피부의 탄력도…… 피붓결도……."

"아니야! 지금은 됐다고 말했을 뿐이다. 나중에 듬뿍 마셔줄 테니, 잘 주물러 둬라."

"네! 이 메이나, 노르드 님께 수유할 수 있어서 행복합니다."

이상한 성벽이 생기지 않게끔 노력하긴 했다. 하지만 가슴을 빨지 않으면 메이나 씨가 흑화할 것 같아서 나는 어쩔 수 없이 서른 언저리 미녀의 가슴을 달게 받아들였다.

"오라바니! 메이나뿐만이 아니라, 마리의 이쪽도…….'

"마리……, 무슨 소리를 하면 알아듣는 거냐? 남 앞에서 치마를 들쳐 속옷을 보여주는 건 상스럽다고."

"다른 남자애에게 보여주지는 아나요. 오라바니, 뿌니에요!"

뺨을 볼록 부풀리며 화내는 마리.

내가 친여동생에게 손을 대는 인간 말종 쓰레기였으면 어쩔 건데! 그렇게 늘 생각하고 만다.

내 마음은 노르드어로 변환되어 마리에게 전해졌다.

"이것 참, 마리가 내게 팬티를 보여줘서 내 정력은 이 나라 모든 여자를 임신시켜도 차고 넘칠 정도가 되었다고!"

"마리도 그 안에 들어가요?"

어린애는 무서워어어어―――――!

마리는 농담 섞인 노르드의 말을 진지하게 받아들여, 순진무구한 눈으로 나를 바라보며 어째서인지 팬티를 문지르고 있었다.

"하하하하, 재미있는 소리를 하는구나! 마리가 멋진 숙녀가 된다면, 생각 못 할 것도 없지. 수행에 힘써라."

"응, 오라바니에게 선택받는 레이디가 될 래애!"

착하다고 머리를 쓰다듬어 주자, 마리는 눈을 가늘게 뜨며 기뻐했다. 거절했다고 해서, 마리도 흑화하지는 않겠지…….

마리도 좀 더 어른이 된다면 근친상간은 해서는 안 되는 일이라는 사실을 이해해 줄 것이다.

"노르드 니임――, 힘내세요!"

"오라바니, 멋져요오오―――――!"

큰 바위를 한 손으로 움켜쥐고서 멀리 날린 후, 그대로 공중에 있는 바위를 쫓아가 목검으로 산산조각 낸 뒤 착지하자 두 사람에게서 성원이 날아왔다.

이마에 땀이 배었는데…….

"노르드 님, 땀을 닦아드릴게요."

"마리도, 마리도!"

둘 다 손수건은 가지고 있을 텐데 혀로 내 이마나 뺨, 턱에 방울진 땀을 핥으려 들었다.

나는 이미 포기했다.

"좋을 대로 해라."

마도만으로 바위를 파괴하기는 쉽지만, 자기 팔다리를 쓴다는 수수한 작업을 함으로써 노르드의 약점을 알게 되었다.

노르드는 검기, 마도 모두 뛰어났지만 비교적 쉽게 지쳐서, 완력과 HP가 낮다. 웬만한 상대라면 한 방에 쓰러뜨릴 수 있으니까 몰랐겠지.

유모와 여동생에게 야한 방식으로 격려받으면서 수행하기를 1년, 어쨌거나 무모한 짓을 해대서 마왕에게 매료된 노르드보다도 강해졌을 터⋯⋯.

다만 실력 테스트를 해봐야 상세한 데이터를 얻을 수가 있다.

그리하여 실력 시험에 적당한 상대를 찾으려 했는데⋯⋯. 약하면 상대가 되지 않으니, 내 상대가 될 수 있을 법하면서 딱 적당해 보이는 인물이 곁에 없었다.

결국 딱 한 사람 나아 보이는 인물을 수행에 참가시켰다.

"왜 그러지, 여용사? 아아, 전직 용사였던가, 미안, 미안. 너는 단련도 하지 않고서 무도회만 나갔으니까, 나한테 놀아나는 거야."

이름만 무도회고, 실질적으로는 맞선 같은 것인 모양이지만⋯⋯.

"시끄러워, 시끄러워! 나도, 너 같은 깜찍한 꼬맹이는 상대하고 싶지 않아."

녹색 곱슬머리를 한 노처녀 전직 여용사가 분노에 몸을 맡기고 나에게 달려들었다.

이름은 분명 릴리안이었던가?

무도회에서 아름다운 검기를 선보인다고 해놓고, 결국 결투로 번져 영식들을 때려눕힌 뒤 "이 정도의 참격조차 피하지 못하다니, 너무 허접해~. 오홋홋홋"이라고 높다랗게 웃으면서 희열에 빠져드는 녀석이다. 그래서야 혼기가 늦어질 만하지.

슝!

릴리안의 참격을 출퇴근 러시 때 개찰구에서 앞에서 닥쳐오는 인파를 피하듯이 회피했다. 내가 피하자 멀리 있던 바위가 두 개로 쪼개져 버렸다.

"오오, 상당히 좋은 검기였어. 하지만 옆구리를 어설프게 조인 탓에 맞혀도 치명상은 입힐 수 없었겠지."

"왜 노르드가 나한테 강의하는 건데!"

"아아, 미안, 미안. 무심코 성장할 법한 자에게는 손을 내밀어 버리는 게, 내 나쁜 버릇이다."

"큭, 어른을 우습게 여기고! 내가 선생님이라는 사실을 깨닫게 해주겠어!!"

10분 후…….
철썩!
"히익!"
철썩!

"히익! 아프다니까! 내 엉덩이가 부어서 혼기를 놓치면, 널 평생 저주, 히익!"

"내게 깨닫게 해주는 게 아니었나?"

"죄송하게 됐습니다……."

나를 베려고 했지만 내가 피해서 그대로 지면에 다이빙한 릴리안의 엉덩이를 벌줄 겸 목검으로 철썩철썩 때렸다.

내 주위에는 검기나 마도 사범 역할로 불러들인 선생들이 드러눕거나 엎드려서 쓰러져 있었다. 일제히 덤벼들게 했지만 아무래도 나는 그들을 아득히 능가해 버렸나 보다.

노르드는 아니지만 좀 더 어느 정도 강해졌는지 시험할 수 있는 상대가 없나 하고 한숨을 내쉴 뻔했는데, 그때 저택 앞을 마차가 지나갔다.

"저 마차는……."

객차 벽에는 유니콘 문장이 크게 그려져 있었다. 근위기사단을 표시하는 상징이다. 웬만한 기사라면 말을 타고서 이동할 텐데, 일부러 마차를 쓰는 점을 보니 안에 있는 사람은…….

엘리제의 오빠이자 필두 성기사 로터스!

마침 잘됐어. 저 녀석에게 날 상대하게 하자.

제2장 천재가 노력해 보았다

"뭐지?! 갑자기 안개가 끼기 시작했어!"

"그래, 더군다나 검고 꺼림칙해."

내 마도에 의해 마차 주변이 검은 안개로 뒤덮여, 시야가 맹렬한 블리자드 때보다 더 나빠졌다.

걷는 정도의 속도까지 떨어진 마차 앞에 후드와 마스크로 맨얼굴을 감추고서 뛰어나가자, 마부를 맡은 기사가 강하게 고삐를 당겼다.

"네놈은 정체가 뭐냐?! 이 마차가 왕국 근위기사단장 로터스 막달리아 님의 것이라는 사실을 알고서 행패를 부리는 거냐?!"

"피라미에게 댈 이름은 없다. 죽고 싶지 않다면 물러가라!"

"죽음이 두려워서야 근위기사 임무를 맡을 수 있겠나!"

마부를 맡은 또 한 사람의 기사가 마차에서 내려 검을 뽑았다.

"하핫! 위세만으로는 이길 수 없다는 걸 깨달아라!【슬리핑 섀도】."

"뭐……지, 눈꺼풀이 무거……워. zzz……."

검은 안개의 버프로 인해 최면이 잘 통한다. 암흑기사의 흑마도로 사람도 말도 꿈속으로 이끌자, 세기말의 패자처럼 커다란 남자가 마치 동면에서 깨어난 것처럼 객실 문에서 갑갑한 듯 나와 주위 상태를 살폈다.

"말도 한꺼번에 처리했나. 나 원 참 최근 기사는 해이하구먼!"

"우연이네. 그에 대해서는 나도 격렬하게 동의한다."

커다란 남자는 내 말에 입꼬리를 올리며 웃음을 흘리나 싶더니 무뚝뚝한 표정으로 돌아가 기사답게 이름을 댔다.

"내 이름은 성기사 로터스 막달리아. 꽤 어린 모양인데, 어린애의 장난치고는 도가 지나치군."

가련한 엘리제와 조금도 닮지 않은 근육뇌 기사! 그 근골이 우람한 용모는 아마 세기말의 세계에서 주먹 하나로 군림하려 한 그 마왕 아닌 패왕을 표절, 오마주한 것이겠지.

부하들은 크게 코골이를 하고 있지만 표절 권왕…… 로터스는 마도 내성이 더럽게 높았다. 나는 발끝으로 그들의 갑주를 쿡쿡 찌르면서 로터스에게 단언했다.

"그 어린 나에게 휘둘린 네 부하는 어떤데? 장난조차 꾸짖을 수 없는 실력이라니……."

"그건 인정하지. 나중에 이자들을 단련시키겠다."

"하하핫! 마치 이 자리를 간단히 빠져나갈 수 있다는 말투로군."

"승패가 아닌 것이다. 기사라는 존재는!"

로터스가 키 높이는 될 법한 대검을 뽑았다. 하지만 그가 덮쳐 오는 일은 없었다.

"귀공은 검을 뽑지 않는 건가?"

로터스는 성기사답게 상대가 검을 뽑을 때까지 기다리겠다는 정정당당한 태도로 부하들과는 다른 실력자의 위엄을 보였다.

"발검!"

내 손에 쥐여진 것은…… 평범한 목검.

"과연. 나 정도라면 목검으로 충분하다는 건가……. 하지만 지나친 자신감은 신세를 망친다는 사실을 알아라!"

격분한다면 좋았겠지만 로터스는 조용히 분노를 느끼며 슬금 슬금 간격을 좁혀 왔다.

"이야아아아아아압————!"

강하다!

로터스는 사정거리의 차이를 살려서, 내가 그에게 치명상을 줄 수 없는 거리에서 대검을 내리쳤다.

통♪

하지만 나는 초조해하지 않고 칼끝을 피해, 대검의 검신을 목 검으로 가볍게 때렸다.

"크크크, 성기사여, 좋은 무기점을 소개해 줄까?"

"나는 귀공을 얕봤던 모양이야."

무용지물이 된 검자루를 버린 로터스. 대검은 내가 때림으로 인해 한가운데서 깔끔하게 뚝 부러져, 두 동강이 나 구르고 있 었다.

로터스는 짊어졌던 무기를 손에 들고서 큰소리를 땅땅 쳤다.

"역시 검은 좋아하지 않아. 남자는 입 닥치고 메이스지!"

'사고 쳐 버렸네에!'

그런 말을 해버리고 말 것 같잖아!

어쨌거나 마침내 본궤도에 오른 느낌이로군.

"마침내 제 실력을 낼 마음이 든 건가……. 다음은 서투른 연극이 아니길 부탁하지."

내 말은 노르드어로 변환되어, 로터스를 심하게 부추겼다.

내가 열 살 안팎의 꼬맹이에게 이런 말을 들었다면 어른의 여유 따위는 어딘가로 날려 버리고 너무나 어른스럽지 못한 대응을 취해 버렸을 것이다. 그래도 냉정함을 유지한 로터스는 된 인물이겠지.

로터스는 메이스를 머리 위에 높다랗게 들고서 기세 좋게 내리쳤다.

노리는 곳은 엉터리였지만 지면에 맞은 메이스는 돌이나 모래 먼지를 뿜어 올리며 나를 향해 날아왔다.

기세 붙은 돌만을 목검으로 튕기며 처리했지만…….

"과연, 검보다는 어느 정도 나아졌군. 하지만 돌멩이 정도로 나를 쓰러뜨릴 수 있다고?"

그냥 모래투성이가 되기는 싫었기에, 상대가 한 번 더 메이스를 내리치려 했을 때 이번에는 내 쪽에서 간격 안으로 들어갔다.

"스스로 맞으러 온다고?!"

턱.

알통이 불룩 튀어나온 로터스가 휘두른 혼신의 일격을 받아 낸 나.

"왜 그러지, 성기사? 나를 짓뭉갤 생각이 아니었나?"

"말도 안 돼?! 나이도 차지 않은 소년이 내 메이스를 받아낼 줄이야……. 더군다나 한 손으로……."

더군다나 목검을 오른손에 들고 왼손만으로. 내가 가진 【레인 포스)라는 스킬을 써도 됐지만, 완력도 어느 정도 강해졌는지 시험해 보고 싶었거든.

좋아! 일단, 완력도 꽤 붙었다는 사실을 알았으니, 신분이 들키지 않은 사이에 물러가자!

"흥, 성기사도 이 정도인가…….홍이 식었다. 뭐 기회가 생기면 또 만나기로 하지, 그럼 잘 있거라!"

쿠우우우우―――웅…….

메이스를 손에서 놓쳐서 아연해하는 로터스. 메이스는 지면에 떨어지자 절반 이상 땅에 파묻히고 말았다.

그에게 최후의 일격 같은 괜한 한마디를 해버린 나는, 도망치듯이 검은 안개를 최대 농도로 올려서 그 자리를 떠났다.

그로부터 일주일 후.

'으음, 이세계의 공기에도 익숙해지기 시작……, 아니.'

내가 저택 발코니에서 양팔을 들고서 기지개를 켜자, 굵은 목소리가 메아리쳤다.

"이리 오너라! 이쪽에 노르드 빌런스 님이 계신다고 들었는데, 댁에 계시는가?"

으억?!

소리가 난 쪽을 내려다보자 현관에 갑옷을 입은 곰이 출몰했다.

설마. 왜 나라는 사실이 들킨 거냐고!

곤란해, 곤란해!

근위기사단에 싸움을 걸었다는 사실을 들키면, 최악의 경우

체포될 수도…….

내가 방으로 돌아가려고 발소리를 죽이며 걷자, 로터스가 내 모습을 재빠르게 발견했다.

"노르드 님, 아니 노르드 대스승님! 저를 귀공의 제자로 받아 주셨으면 해서 다급히 달려왔습니다."

"뭐? 제자?"

나는 무슨 뜻인지 이해할 수 없었다.

————빌런스가 응접실.

웃으면 안 되겠지만, 로터스가 의자에 앉자 자전거를 탄 서커스 곰의 모습이 떠오르고 말았다.

갑작스럽게 몹시도 덩치가 큰 방문자가 찾아오자 메이나 씨와 마리는 문 틈새에서 불안하게 이쪽 상황을 엿보고 있었다.

어지간히 우리의 이야기가 신경 쓰였던 거겠지. 잠시 시간이 지나자 메이나 씨는 급사 메이드도 아닌데 그 역할을 자처했는지, 나와 로터스의 컵에 홍차를 따르고 있었다.

메이나 씨에게 인사를 한 로터스는 커다란 몸에 어울리지 않을 만큼 작은 컵에 입을 대었다. 나는 그 모습이 우스꽝스럽기 그지없었다. 어쨌거나 컵의 손잡이에 가까스로 굵은 손가락을 넣을 정도인 녀석이니까.

로터스는 홍차를 반쯤 마시더니 입을 열었다.

"노르드 님의 제자로 받아주셨으면 해서, 다급히 달려왔을 따름입니다."

로터스는 커다란 덩치에 반해 무척이나 저자세였다. 말을 마치자 테이블에 박치기할 기세로 나에게 고개를 숙였다.

"음, 거절한다!"

하지만 내 마음도 생각해 줬으면 좋겠다. 열 살 안팎의 소년에게 스무 살을 넘긴 청년이 제자로 삼아달라고 요청하는 어색한 상황을.

"애당초 나 같은 꼬맹이에게 입문하게 되면 기사단은 어쩔 건데? 그야말로 체면이란 걸 유지 못하겠지."

"걱정하실 필요 없습니다! 그러기 위해서 기사단장을 사임했으니, 안심하시길!"

아니, 그만두면 어떡해!

오히려 걱정돼, 그런 짓을 하면……. 그야말로 막달리아 백작가가 몰락하는 원인이 되어 버린다.

내가 전혀 고개를 위아래로 끄덕이지 않자, 로터스는 의미불명의 제안을 해왔다.

"그럼 제 사랑하는 여동생 엘리제를 노르드 님께 시집보내려 하는데……."

"뭐라고?!"

왜 사망 플래그에서 벗어나려고 했더니, 오히려 상대방 쪽에서 다가오게 된 거냐고!

내가 아연해지자 로터스는 엘리제를 칭찬하기 시작했다.

"자화자찬이기는 합니다만, 제 여동생 엘리제는 눈에 넣어도 아프지 않을 만큼, 제 모습을 봐서는 상상도 못 할 만큼 외모가 빼어나고 무척 마음씨가 곱습니다. 뵙게 되면 노르드 님께서도 분명 마음에 들어 하실 겁니다……. 그러면 노르드 님께서는 제 매제가 되시니 체면에 지장은 없을 듯합니다."

아니, 이미 난 전부 알고 있거든……. 하지만 모르는 체를 하고서 로터스의 여동생 자랑을 귀담아들었다.

그보다 매제가 되면 체면을 유지한다니, 그런 문제냐고.

"내 남매는 마리만으로 충분하다. 너를 형님이라고 부르다니 역겨워!"

그나저나 의문점이 몇 가지 있었기에 로터스에게 물어보았다.

"어떻게 나라는 걸 알았지?"

"그 갈리아누스의 검술로 말할 것 같으면, 빌런스가 말고 다른 곳에 없으니까요."

아차…….

목검을 휘어지듯이 다뤘으니까, 로터스쯤 되면 훤히 알아채는 건가.

거치대는 아니지만 응접실 난로 옆에 자리를 차지하고 있는 갈리아누스를 오늘만큼 짜증스럽게 여긴 날은 없었다.

나는 테이블에 양 팔꿈치를 대고서 머리를 감싸 쥐어버릴 것 같았다. 하지만 그와는 정반대로 수정력의 영향인지 테이블에 다리를 얹고서 팔짱을 끼고 몸을 뒤로 젖혀 정말 예의 없는 태도를 취하고 말았다.

로터스의 말투를 통해 보자면 아무래도 나는 자신의 예상을 뛰어넘어 지나치게 강해지고 말았나 보다…….

나에게 테이머(마수조련사) 스킬이 있다면 마리를 기쁘게 하려고 로터스에게 공굴리기를 가르쳐 줄까 하는 생각도 하겠지만, 유감스럽게 나에게 여자 상대의 조련사 역할밖에 못 할 것 같다.

노르드에게 말타기를 시키면서, 여자애를 조련시켜 나가는 것이지만…….

다만 나는 제자 따위를 받을 마음이 없었기에, 적당한 이유를 붙여서 들개라도 쫓아내듯이 휘이휘이 손짓하며 로터스에게 집으로 돌아가라고 재촉했다.

"로터스와 나는 사용하는 무기가 다르다. 그러니 가르치는 일 따위는 불가능하다. 돌아가라!"

"제자로 받아줄 때까지 돌아가지 않겠다고 한다면요?"

"쓰러뜨릴 뿐이다!"

"바라던 바입니다!"

나와 로터스는 메이나 씨가 우려준 홍차를 들이켜고서, 컵을 접시에 놓은 것을 신호로 문을 열고서 경쟁하듯이 발코니 쪽으로 반쯤 뛰쳐나갔다.

"야압!"

로터스는 호령과 함께 난간을 뛰어넘어 4층에서 정원으로 뛰어내렸지만, 나는 급브레이크를 건 후 살짝 발코니 문을 닫았다.

【다크 인비저블】.

나는 마도를 사용해, 로터스에게서 빌런스가 보이지 않게끔 했다.

"노르드 님, 괜찮으셨던 건가요?"

메이나 씨는 밖에서 필사적으로 우리 저택을 찾는 로터스를 보며 걱정스러워했다.

"내버려 둬. 곰은 인간이 키울 수 있는 게 아니다."

"네, 네에……."

역시 인간과 곰은 공존할 수 없다.

그뿐이라면 또 모를까, 그는 노르드 같은 악인은 아니어도 엘리제의 오빠라서 문제가 한가득! 더군다나 엘리제의 의사도 묻지 않고서 나와 결혼시키려 하다니 근육뇌를 뛰어넘어서 지극히 개차반이라고, 저거…….

"오라바니……, 내이른……."

"오오, 그랬었지."

마리가 응접실 문을 살짝 들여다본 뒤, 손님이 아무도 없다는 사실을 알고서 나에게로 달려와 소맷자락을 붙들었다.

다음 날 아침, 마리와 피크닉을 가기 위해서 준비했다. 집사들이 커다란 여행 가방을 객차 뒤에 싣고, 마차 담당 종자들이 우리가 탄 마차의 점검을 마치자, 그다음은 출발하기만 하면 되었는데…….

"메이나, 뭘 하려는 것이냐? 넌 이쪽이다."

"노르드 님, 하지만 전 메이드 신분……."

메이나 씨가 객실이 아니라 밖에 타려고 했기에 객실에 타고 재촉했다.

"몇 번이나 말하게 하지 마라. 메이나는 나와 마리의 어머니나 마찬가지다. 그렇다면 탈 곳은 뻔하지 않나. 아니면 우리와 동승하는 게 싫은가?"

"당치도 않습니다! 오히려 두 분을 제 가슴으로 듬뿍 귀여워해 드리고 싶달까……."

"그, 그런가……."

메이나 씨는 뺨을 붉히면서 나에게서 시선을 피하더니, 가슴께를 주무르며 준비 체조를 시작했다.

"와아! 마리, 메이나의 가슴 너무 조아!"

마리는 메이나 씨의 다리를 바짝 끌어안으며 기쁨을 크게 어필하는 중이었다.

나도 너무 좋아해! 입 밖으로는 못 내지만…….

마차는 저택에서 보이는 약간 높은 언덕을 향해서 달리고 있었다. 내 수행이 일단락된 참에 피크닉을 가자고 약속해 두었던 상황. 어린 마리는 크게 기뻐했다.

영지 안을 한 시간 정도 달렸을 무렵일까? 나는 언덕 꼭대기 부근에서 마부를 맡은 청년 종자를 불렀다.

"모런, 마차를 세워라."

"여기에서 파티를 여시는 거군요."

"그래, 잘 아는군."

모런은 젊지만 종자 중에서도 총명해서, 내 뜻을 잘 헤아려 줬다. 그는 말을 달래며 천천히 마차를 세우고서 객실 문을 열어

주었다.

마차에서 내리자마자 나는 큰 목소리로 일갈했다.

은폐, 암살, 첩보에 특화된 내 눈으로 보면, 설령 교묘하게 뒤에 숨어 있다고 해도 적외선 비전을 쓴 것처럼 그 상은 간단히 떠오른다.

"피라미가 줄지어 있어 봤자 뭘 할 수 있지? 숨지 말고 나와라!"

그러자 언덕과 언덕 사이 움푹 팬 곳에서 줄줄이 사람이 나왔다.

다섯 명, 열 명, 백 명이 나오고, 마지막으로는 천 명에 가까운 인원수로 늘어나고 말았다. 이제부터 마족을 상대로 전쟁이라도 시작하겠습니다! 그런 분위기였다.

내 앞에 처음으로 나온 남자 둘.

"흐음, 또 나에게 당하러 올 줄이야. 고생이 많군."

로터스를 호위하던 그 두 기사였다.

"흥, 피라미라고 해도 숫자로 밀어붙이면 어떻게 될 줄 알았나……. 모런! 메이나와 마리를 부탁한다!"

"네! 하, 하지만 노르드 님께서는……."

"내가 이 정도 피라미들에게 뒤처지기라도 한다고?"

"아뇨, 그렇지는 않습니다만……."

내 수행을 가까이에서 지켜봐 온 모런이라도 기사 천 명은 많다고 생각한 것이겠지. 하지만 내 유모와 여동생의 반응은 정반대였다.

"모런! 약한 소리 하면 안 대! 오라바니가 질 리 업써!"

"맞아, 모런. 노르드 님을 믿는 거야."

"네, 네에……."

두 사람이 모런을 타이르는 사이에도 내게 복수라도 할 작정인 기사들에게서 환성이 올랐다.

————우어어어어어어어어————!!

말까지 풀 플레이트로 무장시킨 기사들이, 검을 뽑으면서 함성과 함께 나에게 일직선으로 향해 왔다.

"나는 거기 두 사람을 쓰러뜨렸을 때보다 몇 배는 강해졌다고! 내가 직접 너희의 진혼가를 불러주마."

내가 갈리아누스를 뽑았을 때였다.

기사들은 일제히 진군을 멈추고, 나와 일정 간격을 유지하면서, 경례를 하듯이 검을 얼굴 앞에 들어 올리더니.

"노르드! 노르드! 노르드! 노르드! 노르드! 노르드, 노르드, 노르드, 노르드노르드ㅇㅇㅇㅇㅇㅇㅇ————————!"

갑자기 거센 함성으로 내 이름을 연호했다.

대체 뭐지?

가족 앞이라 조금 부끄러우니 그만뒀으면 좋겠다…….

"멈추지 못하겠느냐! 이것 참, 남의 이름을 뭐라고 생각하는 거냐!"

내가 일갈하자 연호는 훈련이라도 하고 온 것처럼 뚝 끊겼다.

기사들은 수군수군 내 이야기를 꺼내기 시작했다.

"웬만한 사람은 다룰 수 없는 갈리아누스를 자유자재로 다루는 노르드 새 단장님이다!"

"불길하면서도 믿음직해!"

"그뿐만이 아니라 겉모습도 수려하셔!"

제각각 내 얘기를 하는데, 남자에게 겉모습이 반반하다는 말을 들으니 엉덩이를 가리고 싶어졌다…….

마도로 잠재웠던 두 사람이 내 앞에서 무릎을 꿇었다.

"노르드 님, 아니……, 노르드 단장님, 요전 날에 이어서 오늘도 무례를 저지른 점 거듭 사죄드립니다. 저는 가젤, 이쪽은 플루톤. 저희 근위기사단은 로터스 님의 후임으로 당신을 환영하기 위해서 왔으니, 부디 로터스 님의 부탁을 들어주시길 바랍니다."

"로터스도 기사들도 내 의사 따위는 전혀 묻지 않아…….

"멋대로 기사단장으로 만들지 마라!"

"저희는 노르드 단장님께 충성을 맹세할 따름입니다!"

가젤의 말을 듣고 주위에 있던 기사들이 깊게 고개를 끄덕였다.

"너희의 충성 따위는 필요 없다!"

"그렇게 된 이상 단장님께 우리의 충성심을 보여드리기 위해서 심장을 바치자!"

"""""""오오!"""""""

기사들은 가슴 보호대를 푸나 싶더니, 각각 나이프를 쥐고서 가슴께에 들었다.

설마 저 녀석들, 자결이라도 하는 건 아니겠지?

"그럼 충성의 증거를 세우자!"

"""""""오오!"""""""

"빌어먹을! 손이 많이 가는 놈들이다!!"

【패럴라이즈】.

나는 기사들의 몸을 마비시켜서, 바보처럼 충성심을 드러내는 방식을 말렸다.

"천치 같으니! 너희가 목숨을 바쳐야 하는 건 국가(애커센)이지 내가 아니다!"

""""""네?!""""""

뭐 『벼락용사』에서는 결국 노르드가 애커센을 좌지우지하는 입장이었지만……

모두 자신의 어리석음을 간신히 깨달았는지 잠시 놀란 표정을 한 채 굳었지만, 천천히 한 사람이 입을 열었다.

"역시 노르드 님이셔……"

"어찌나 충성심으로 똘똘 뭉치신 건지……. 목숨을 내던지려 한 내가 부끄러워."

"역시 단장은 노르드 님이 어울리셔!"

"우리 노르드 단장님께 만세!"

기사들은 얼굴을 마주 보더니 나를 일제히 에워싸고서 헹가래를 치려고 했다.

"그, 그만둬어어어어~! 내, 내려놔라아아아!"

기사들은 문자 그대로 나를 떠받들었다.

나는 매일 찾아오는 로터스를 앞에 두고서, 티베트모래여우처럼 허무한 표정을 지어왔다.

내가 기사단장직을 계속 고사하자 단장 자리를 비워 둔 채 로터스의 측근인 가젤과 플루톤이 부단장이 되어 둘이서 근위기

사단을 통솔해왔던 모양이다. 기사단 모두가 나 또는 로터스가
아니면 기사단장에 어울리지 않는다고 했다.

　내 마차가 근위기사단의 건물 앞을 지나갈 때는 큰일이 났다.

【새 근위기사단장】.

　기사들이 그런 영문 모를 네이밍을 붙여서 내심 민폐를 당한
이후, 그곳은 피해서 다니라고 마부에게 명했다.

　그런 고집이 통하다니, 역시나 이세계라 하지 않을 수 없다
고…….

　결과적으로 내가 기사단의 자리에서 끌어내렸는데, 제자로 받
아달라니 이상하잖아…….

　"그렇게나 오지 말라고 했잖나. 내 제자로 받아달라면서, 왜
스승의 말을 듣지 않는 거지?"

　"아직 제자로 받아주시지 않았습니다."

　로터스는 저택 문 앞에 떡 주저앉아서 팔짱을 끼고 요지부동
같은 태도를 취했다. 문기둥 앞이라면 취미 나쁜 오브제라도 되
겠지만, 한가운데에 버티고 앉았으니 거슬려서 참을 수 없다.

　"알았다. 오늘부터 로터스…… 너는 내 제자다."

　"오오! 기쁘기 그지없습니다!"

　"그럼 훈련을 전달하겠다. 내일부터 우리 저택에 오지 마라.
그리고 훈련이 끝나면 파문이다."

　"훈련 방법을 가르쳐 주셔서, 진심으로 감사합니다!"

　그렇게 깊숙이 고개를 숙이고, 오늘은 순순히 물러간 로터스
였지만…….

다음 날.

"무례를 사죄드리고, 또 제자로 받아주셨으면 해서 찾아왔습니다."

"오는 것 자체가 무례이자 비상식이야. 게다가 난 오지 말라고 전했을 텐데."

"파문되었으니 훈련은 무효인가 합니다."

질리지도 않고 찾아온 로터스에게 나는 질색했다. 반드시 입문하고 싶다는 로터스와 절대로 제자로 들이고 싶지 않은 내 근성 겨루기였다.

그런 대화가 몇 번이고 반복되고 있다.

"저를 꼭 노르드 님의 제자로 받아주셨으면 해서……."

"거절한다!"

로터스가 모든 말을 마치기 전에, 나는 그에게 전했다.

"그럼 제 가장 사랑하는 여동생 엘리제를 노르드 님의 아내로……."

이봐, 이봐, 이봐!

성기사씩이나 되면서 제자로 받아주길 원한다는 이유로 어떻게 봐도 악역인 나에게 여동생을 바치다니, 정신이 나갔냐고!

"네 야망을 위해서 여동생을 내준다니 로터스…… 네놈도 꽤 몹쓸 오라비구나. 하지만! 난 엘리제는 필요 없다!"

모처럼 케인 녀석이 엘리제를 사로잡을 수 있게끔 판을 깔아줬는데, 그것을 무로 되돌리는 일은 참을 수 없다.

로터스에게 딱 잘라 거부해 두었다.

이로써 엘리제가 내 반려가 될 일은 없다. 나는 접근하는 플래그를 뚝뚝 부러뜨려서 만족했다.

"그렇다면 안심입니다! 노르드 님께서 제 여동생 엘리제를 원하신다면, 틈을 봐서 자는 목을 벨 셈이었습니다."

"이봐……, 스승이라고 존경하면서 남을 시험하는 건 반칙이잖아."

"저는 노르드 님을 믿고 있었으니까요."

제기랄……, 근육뇌 주제에 마음을 교묘하게 간지럽힌다.

"그렇게 돼서 노르드 님은 신뢰하기에 충분한 분이라는 사실이 증명되었으니, 곧바로 집에 선물로 엘리제와의 약혼 이야기를 가지고 돌아가려고 할 따름입니다."

"쓸데없는 걸 가지고 돌아가지 마! 가지고 돌아가도 되는 건 소풍할 때 생긴 쓰레기뿐이다. 나 원 참 조금도 방심할 틈이 없잖아."

용모는 그야말로 미소녀와 야수라는 느낌이지만 역시나 남매…… 서로 닮은꼴이라는 걸 자~알 알겠다.

"만약 네가 엘리제를 우리 집에 넘기려고 한다면, 내가 널 제자로 받아들이는 일은 결코 없을 줄 알아라."

"그건 유감입니다! 제 여동생은 한 번 보시면 노르드 님께서도 곧바로 사랑에 빠질 만큼 아름다운 외모를 가지고 있다고요."

엘리제가 아무리 아름답다 해도, 내 여동생 마리의 귀여움에는 당해낼 수 없다.

"그건 나도 안다. 그런 문제가 아니다! 잘 들어라, 절대로 데리고 오지 마라, 절대로 안 된다고!"

이로써 로터스가 엘리제를 데리고 오는 일은 없겠지. 응, 틀림없어!

우리가 정원 앞에서 시끌벅적 소란을 부리고 있노라니, 우연히 밖에서 빨래를 널던 메이나 씨의 뒤에 매미처럼 딱 달라붙어 있던 마리가 나와 로터스를 보고서 달려왔다.

로터스를 얼핏 보고서, 그에게 삿대질하는 마리.

"오라바니, 곰도리 키우고 싶어."

"이거 봐, 마리, 잘 봐라. 이 녀석은 곰이 아니라 인간이다."

"하지만 귀여버."

마리의 감각으로 보자면 아기처럼 앉은 로터스는 귀여운가 보다…….

"어, 어쩔 수 없군. 내 사랑스러운 여동생 마리를 봐서 너를 키워주마. 감사해라!"

"기쁘기 그지없습니다! 마리 님, 이 로터스, 마음 씀씀이에 감사드립니다."

"응! 잘돼꾸나, 곰도리!"

로터스 덕분에 마리의 환한 웃음을 볼 수 있어서 좋다고 해 둘까…….

응? 나는 왜…… 엘리제가 아니라 그녀의 오빠 로터스를 키우게 된 걸까?

뭐 세세한 일은 신경 쓰지 않기로 하자!

게임 내에서 노르드는 로터스를 처참한 죽음에 이르게 하고, 엘리제에게서 강한 원한을 샀다…….

그러니 내 주위에 다가오게 하고 싶지 않았는데.

"로터스, 너에게 임무를 부여하겠다. 거기에 있는 메이나와 마리를 호위해라. 목숨과 맞바꿔서라도!"

"네, 스승님의 여동생분이라면 기꺼이."

―――――【엘리제 시점】

"아버님, 어머님, 다녀오겠습니다."

"엘리제, 조심하렴."

"정말로 너란 애는 열심이구나."

"케인이 따라와 주니까 괜찮아요."

부모님을 안심시키기 위해서 그런 거짓말을 하고 말았습니다. 케인이 따라오는 쪽이 불안합니다만, 역시 은인님과 재회를 이루고 싶다는 마음이 더 앞섰습니다.

저택 문 앞에서 부모님께 출발의 배웅을 받으면서 마차에 올라탔습니다.

"막달리아 님, 제가 엘리제 님을 지켜드릴 테니 맡겨주세요."

"부탁한다, 케인."

"부탁할게."

케인은 부모님 앞에서 가슴을 툭 두드리며 자신감을 보여줬습니다만, 반듯한 외견이 믿음직스럽지 않습니다…….

케인도 객실에 올라타려고 했습니다만.

"미안해요, 케인. 제 옆에 앉는 사람은 은인님뿐이라고 정했으니, 당신은 마부석에 앉았으면 좋겠어요."

"……네, 엘리제 아가씨……."

제게 거절당하자 케인은 부루퉁한 표정으로 마부석에 앉았습니다. 가난한 사람들에게 치유를 베풀기 위해서 저는 그들이 사는 지구로 외출했습니다.

"엘리제 아가씨, 도착했습니다."

"제가 치유를 하는 동안, 당신은 은인님을 찾아주세요. 저도 끝나는 대로, 합류하겠어요."

"알겠습니다."

왕도 거리 외곽에 온 순간 주위에 있는 집 분위기가 확 일변했습니다. 무너진 벽에 구멍이 뚫린 지붕……. 가난한 사람들이 사는 지구에 마차를 세우고, 저는 봉사를 명목으로 부모님께 외출 허가를 받아 생명의 은인님을 찾아 걸어 다녔습니다.

"엘리제 아가씨이……, 이제 그만두자고요~. 찾아낼 수 없어요."

"아니요, 아직 포기할 수 없어요."

다리가 나무토막처럼 뻣뻣해질 만큼 은인님의 실마리가 없는지 조사하고 있노라니, 케인이 뒷짐을 지고서 지루한 듯이 굴고 있었습니다.

그에게 짜증을 느꼈습니다만, 케인과 헤어져 다른 곳으로 이동해 분노를 잠재웠습니다. 가난한 지구 말고 다른 곳에서도 정보를 얻으려고 시장이 있는 거리에서 탐문을 해보자,

————로터스 님께서 기사단장을 그만두셨대.

————진짜로?!

————이 나라는 어떻게 되는 거냐고오~.

————쉬잇, 엘리제 님께서 오셔.

제 모습을 보자마자 입을 막고서 잡담을 그만두고 쓴웃음을 짓는 거리 사람들……. 이런 곳까지 로터스 오라버니의 화제가 퍼지고 말았을 줄이야.

잠시 물으며 걸어 다녔습니다만, 아무런 실마리도 얻을 수 없어서 피곤해지기 시작했을 때였습니다.

그러고 보니 신경 쓰이는 것은 아까 전에 들었던 이야기…….

막달리아가에서 오랜만에 배출된 기사단장이라서 부모님께서도 무척이나 기뻐하셨는데, 오라버니는 일도 하지 않고서 거리를 어슬렁거리며 놀러 다닌다는 한결같은 소문…….

그렇게나 성실했던 오라버니가 대체 어떻게 되신 걸까요?

설마……, 설마 그렇지는 않겠지만, 소극적인 오라버니가 나쁜 여성에게 속아 넘어가 악의 길로 들어섰다든가?!

"어?!"

사람들의 활기로 떠들썩해 길 양 끝에 수많은 노점이 나와 있는 큰길에서 너무나 의외인 광경을 보고, 저는 허리에 힘이 빠질 뻔했습니다.

"로터스 님, 장보기를 함께 해주셔서 죄송합니다."

"아니, 신경 쓸 것 없다. 스승님의 명령이라면 기꺼이."

그, 그 오라버니가 일하러 가지도 않고, 예쁜 여성과 사랑스러운 여자아이와 웃으면서 화목하게 걷고 있었던 겁니다!

"오라버니! 저는 물론이고 아버님이나 어머님께도 아무런 상의 없이, 여자친구를 만든 것으로 모자라 아이까지 두다니 불결해!!"

저는 남들 눈도 꺼리지 않고 오라버니가 가는 길을 막아섰습니다.

"엘리땅?! 오, 오해야. 이건 노르드 님께 부탁받아서, 이분들의 호위를……."

"난 마리야! 엘리 언니, 잘 부탁해."

오라버니와는 전혀 닮지 않은 무척 사랑스러운 여자아이가 인사를 해줘서……,

"어머! 정말로 귀여운 여자아이군요! 아니, 넘어가면 안 돼!"

무심코 저는 조카라 짐작되는 소녀를 끌어안고 말았습니다.

"아니, 오라버니! 저는 속지 않을 거예요. 제대로 설명해 주셔야 해요."

넷이서 점심에는 식사를 제공하는 주점으로 향했습니다.

주문한 홍차의 향기를 맡아서 조금은 진정을 되찾은 저에게 오라버니가 설명을 해주었습니다만…….

"네?! 빌런스 공작의 영식이신 노르드 님의 제자로 들어가, 그분의 여동생인 마리 님과 종자인 메이나 씨의 장보기에 따라온 거라고요?"

"그래⋯⋯."

"로터스 님께서 하신 말씀은 사실입니다."

"곰도리는 아바님이 아닌 거시다!"

자신의 착각이 부끄러워서, 어질어질 머리가 흔들리고 현기증이 날 것 같습니다.

"하, 하지만 셋이 나란히 걷고 있으니 부모와 자식인 줄⋯⋯."

삼자 삼색으로 고개를 내저으며 제 말을 부정했습니다. 그러고 보니⋯⋯ 오라버니는 노르드 님의 제자가 되었다고 말했는데⋯⋯.

"그 오라버니가 사사한다는 노르드 님께 인사를 드려야만 하겠네요. 어, 아뇨, 흥미 같은 건 털끝만큼도 없어요. 그저 오라버니가 신세를 지신다고 하니까요."

성함은 이따금 들었습니다만 얼굴은 모릅니다. 그렇기는 하지만 얼굴쯤은 비춰야만 하는 것이 귀족사회인 법.

하지만!

딱딱한 귀족사회에 질색하기 시작한 저는 은인님과 사랑의 도피를 해서, 둘이서 변경에 틀어박혀 알콩달콩 매일 몸으로 사랑의 대화를 나누는 생활을 보내고 싶습니다.

제가 흠모하는 분은 은인님이니까⋯⋯, 오라버니가 제자로 들어가 버릴 만큼 심취한 노르드라는 남자⋯⋯ 저와 은인님의 결혼생활을 방해하는 자라면 배제할 필요가 있다고요.

처리하는 건 케인이지만요♡

제가 세 사람에게 보이지 않게끔 테이블 아래에서 주먹을 쥐고 있노라니……

"나는 무슨 일이 있어도 엘리땅을 노르드 님께 소개하고 싶은데……"

오라버니는 커다란 몸을 작게 움츠리면서, 메이나 씨와 마리 님에게 눈짓한 것입니다.

"엘리제 님……, 무척 죄송합니다. 이유는 불명입니다만, 어쨌거나 엘리제 님과의 면회만은 사양하고 싶다고 말씀하셔서요……."

"오라바니, 엘리땅하고는 만나고 싶지 않은가 봐!"

"네?!"

얼굴도 마주하기 전부터 만나고 싶지 않다니, 이 얼마나 무례한 분일까요.

"대체 제가 노르드 님께 무슨 짓을 저질렀다는 건가요? 만약 제게 무언가 잘못이 있다고 한다면, 직접 뵙고서 사죄해야만 해요. 오라버니! 노르드 님께 교섭해 주시겠어요?"

"엘리땅……."

시무룩해진 오라버니는 도움을 청하듯이 메이나 씨와 마리 님을 보았습니다.

————빌런스 공작가.

애커센 왕국에서도 가장 유력한 귀족 빌런스가…… 거스르면 설령 귀족이라고 해도 이 나라에서 살아갈 수는 없다고 여겨집니다.

그 저택에 초대받아, 저는 놀라움을 감출 수 없었습니다.

응접실 문이 열리고, 나타난 청년의 모습에…….

"크흠~, 크흠~. 너……, 당신이 엘리제인가, 나…… 저는 노
르드 빌런스다……입니다, 크흠~."

제 눈앞에 나타난 사람은 가면을 쓴 남성이었던 것입니다.

그렇군요! 겉모습이 별로 좋지 않으니까, 가면으로 숨기지 않
을 수 없다든가……. 그렇다면 저와 만나기를 꺼리는 이유도 이
해합니다.

어라? 이상합니다. 거리 사람들의 말로는 잘생겼다고 할까,
노르드 님은 무척 외모가 반듯한 분이라고 들었는데요.

어?! 그리고 보니 저…… 무언가 잊은 것 같은 느낌이 드는데,
떠올리려고 해도 떠오르지 않습니다. 누군가와 같이 왔었던 것
같은 기분도 듭니다만…….

제3장 정체 발각의 위기

──────【노르드 시점】

제기랄······.

메이나 씨와 마리에게 부탁받아서, 엘리제와 회담하게 되고 말았다······.

나는 풀 플레이트의 머리 부분만을 뒤집어쓰고서, 철가면의 바이저 슬릿 사이로 엘리제를 보고 있었다.

"미, 미안하군······. 이런 모습으로 만나는 걸······."

"아, 아뇨, 저야말로 억지를 부린 것 같아서······."

뭘까, 이 맞선 같은 딱딱한 분위기는. 나는 몸을 떨면서 필사적으로 노르드어가 나오는 것을 억눌러 보았지만······.

"노르드 님, 만약 괜찮으시다면 가면을 써야만 하는 이유가 뭔지 가르쳐 주시겠어요?"

"괜찮지 않다!"

"네?!"

나는 엘리제의 물음에 딱 잘라 대답했다. 이유는 대답하고 싶지 않다고······. 그러자 그녀는 관자놀이에 땀을 흘리면서, 난처하게 말하는 것이 고작이었다.

"그, 그렇군요······."

"그렇다……. 아니, 그렇습니다……."

모처럼 엘리제에게 정체가 들키지 않게끔 이것저것 손써왔는데 이런 곳에서 들통나면 전부 물거품이다.

"만약 저주 부류라면 제가 풀어드릴게요! 부디 제게 맡겨주세요."

"아, 아니, 됐다……. 온 나라의 힐러(회복술사), 엑소시스트(퇴마사), 주술사, 약사 등 온갖 자를 불렀지만 그 무엇도 효과는 없었다."

"길고 짧은 것은 대봐야 한다고 하니……."

"필요 없다고 했잖나!"

엘리제의 배려, 혹은 끈질김에 나는 저도 모르게 언성을 높이고 말았지만, 제정신을 차렸을 때는 이미 늦었다.

"어라, 저, 노르드 님의 목소리와 닮은 목소리를 알아요. 게다가 신기하게 노르드 님과 대화하고 있으니 제 은인님이라는 생각이 들어요."

"그렇다면 사람을 착각한 거겠지. 나는 엘리제를 구한 기억 따위는 없다."

"아! 은인님께서는 그런 말투를 쓰셨어요! 설마, 설마……."

"제가 당신을 구할 이유는 없습니다. 게다가 저는 겉모습이 이러니, 시정에 나간 적도 없으니까요."

"시정? 어째서 그걸? 저는 어디에서 도움을 받았는지 말씀 안 드렸을 텐데요……."

"구구구구, 구해준다고 하면, 시정일 확률이 높겠다 싶어서요……."

"그렇군요……, 분명 그렇지만요……."

엘리제는 나를 도끼눈으로 쳐다보며 명백히 수상쩍어하는 기색이었지만, 추궁을 포기했는지 어째서인가 그녀는 화제를 바꾸었다.

"저기~ 노르드 님. 노르드 님께서도 당연히 용사학원에 입학하시겠죠?"

"저는 이런 저주 때문에, 입학은 사퇴할 생각입니다. 엘리제가 실력자 중 다섯 손가락 안에 들기를 여기에서 기도하겠습니다."

"그건 유감이에요……. 다섯 손가락 필두였던 오라버니가 사사할 만큼 뛰어난 분의 실력을 보고 싶었는데요……."

크으으윽……, 노르드를 억누르기가 힘들다.

나는 별말씀을 다 하신다는 식으로 고개를 내저으며 겸손하게 굴면서, 엘리제에게 무언으로 대답했다.

쓸데없는 소리를 떠들면 노르드가 "좋다, 내 실력…… 잘 보도록 해라" 같은 말을 꺼내서 변변치 않은 일이 벌어질 것이다.

"그럼 모처럼 오셨습니다만 저는 용건이 있으니, 이만 실례하겠습니다."

"번거롭게 해드려서 죄송합니다."

내가 일어서서 방에서 떠나고자 엘리제에게 등을 보인, 그때였다.

【해주(解呪)!】

위험해!

간발의 차이로 고개를 기울여 등 뒤에서 날아오는 영창이 생략된 해주 마도를 회피했다. 벽에 두둥실 형광 녹색 마도진이 떠올랐다가 잠시 시간이 지나자 사라졌다.

"거짓말……, 제 회복 마도를 피하다니……."

"무얼 하시는 건지?"

"엘리제! 무슨 실례되는 짓을! 노르드 님께 바로 사죄드려라!"

그 로터스가 애칭도 잊고서 엘리제를 꾸짖었다.

"노르드 님을 시험하는 짓을 해버려서 죄송합니다. 하지만 이로써 확신을 갖게 됐어요. 저도 노르드 님께 입문하고 싶어요."

"거절한다!"

"어째서인가요?!"

"남의 실력을 시험하는 자를 제자로 들이는 일은 없기 때문이다."

"오라버니의 실력은 시험했으면서요?"

"나, 가 아니라…… 저는 로터스의 스승입니다. 제자를 시험하는 일도 있겠죠."

"그럼 저도 시험해 보세요."

"방금 그걸로 알았다. 그대의 능력은 멋져서 내가 가르칠 것은 없다."

"아이참, 노르드 님께서는 거짓말을 하시네요. 제 실력은 뻔한걸요."

"나는 이 철가면의 저주 때문에 거짓말을 못 한다."

"알겠습니다. 오늘은 물러가겠습니다. 하지만 포기한 것은 아니에요. 반드시 제가 노르드 님의 가면에 걸린 저주를 풀어낼 테니까요."

제자로 받아달라는 게 아니라, 결국 그쪽이냐!

"아, 아니, 됐다! 내 혼은 이 가면과 동화했으니까, 저주를 풀면 죽어 버리는 것이다."

"절대로 죽게 하지 않겠어요. 당신의 얼굴을 이 눈으로 똑똑히 보지 않으면 밤잠도 설칠 것 같으니까요."

엘리제는 내 손을 잡더니 눈을 반짝반짝 빛내며, 철가면 틈새로 내 눈가를 들여다보았다. 나는 들키지 않게끔 기절이라도 한 인간처럼 필사적으로 흰자를 부릅뜨려 노력했다.

엘리제는 내 눈동자를 확인할 수 없다는 사실을 알자 떨어졌지만, 굳게 주먹을 쥐며 해주를 성공시키는 일에 자신감을 내비쳤다.

내가 완고하게 철가면을 사수하자, 엘리제를 구한 케인이라 이름을 댄 남자=나라는 가설이 그녀의 마음속에서 세워지고 말았다.

나는 끈덕진 탐정이나 형사의, 무슨 일이 있어도 사건을 해결하려고 하는 근성에 불을 붙이고 만 모양이다…….

────빌런스 공작의 서재.

"노르드, 용사학원에 가기 싫어한다는 말이 귀에 들어왔다만 정말이냐?"

"그래! 나는 용사학원에는 안 갈 거라고!"

"바보 같은 놈!!"

긴 머리에 웨이브가 진 머리 모양, 가늘고 긴 얼굴에 뾰족한 턱, 눈매가 사나우면서도 신경질적으로 보이는 남자는 말대답을 한 나에게 벼락을 떨어뜨렸다.

내 이세계에서의 아버지인 워르드가 낸 호통에 가구나 문 유리가 드르르 진동해서, 옆에 대기한 집사와 메이드들이 흠칫 반응하고 말았다.

"너도 알고 있겠지. 애커센에서 귀족의 역할이 무엇인지를! 요 200년 동안, 마도를 쓸 수 있는 자는 거의 귀족에 한정되어 평민들을 마족으로부터 지킨다는 명목으로 세금을 징수해, 유복한 생활을 보내는 담보가 되고 있다. 너는 그걸 버리겠다고 말하는 거냐?"

워르드가 이야기한 내용은 이른바 애커센판 노블레스 오블리주라는 것이다. 그것은 뼈저릴 만큼 잘 안다. 하지만 우리를 낳아 놓고 방치 플레이를 했던 주제에 잘난 척 말하는 아버지에게 대들었다.

"우리를 내버려 두고서 이제 와서 설교인가? 댁은 체면만을 신경 쓰는 거겠지."

"그렇다. 그게 뭐가 나쁘다는 거냐? 너도 마리안느도 내 소유물에 지나지 않으니까. 너는 좀 더 머리가 돌아가는 줄 알았는데 터무니없는 착각이라서 실망이다. 너에게 기대를 품은 내가 멍청했던 거겠지."

"걱정하지 마, 멍청이라도 내 실력이라면 모험가로 살아갈 수 있을 거다!"

"널 잘못 봤구나, 노르드! 네놈에게는 모든 귀족들에게 빌런스가의 사람이 얼마나 뛰어난지 알려주는 역할을 짊어지게 할 생각이었다만, 모험가가 되고 싶다는 미친 소리를 꺼낼 줄이야……."

"나는 용사학원에 들어가면……, 으으윽……, 으헉!"

허억……, 허억……, 하아, 하아…….

'엘리제와 같이 용사학원에 들어가면, 내가 죽어 버린다고!!'

내 이세계에서의 아버지인 워르드에게 그렇게 말하고 싶었지만, 내 몸이 붕 떠오를 만큼 센 불가사의한 힘에 목이 눌려 말이 나오지 않았다. 어쩌면 수정력이 움직이고 있을지도 몰랐다.

"좋다, 멋대로 하도록 해라. 다만 오늘부터 두 번 다시 빌런스가의 부지를 밟을 생각은 마라."

"그래! 난 변경에서 모험가로 살아가겠어. 여태까지 신세 졌다."

싸우고 헤어지는 것 같은 형태로 소파에서 일어서서 내가 서재를 떠나려고 하자, 워르드는 나를 불러 세우며 매섭게 말했다.

"기다려라, 노르드! 네놈이 집을 나가겠다면 마리안느도 데려가라!"

"뭐라고오오오?!"

나는 이전 생의 가난한 삶에도 끄떡없었지만, 귀족의 삶만을 살아본 마리에게 그것은 혹독한 일이다.

워르드는 마리를 불러내더니 내 옆에 앉혔다.

"오, 오라바니이이……."

마리는 우리의 험악한 분위기를 통해서 사정을 헤아렸는지 내게 매달리며 눈꺼풀 한가득 눈물을 글썽였지만, 나에게 미안하다고 생각했는지 필사적으로 울음을 참고 있었다.

제기랄! 나는 그렇다 쳐도 이런 가련한 아이에게 지독한 처사를……

후와아아앙♪

갑자기 내 머릿속에 떠오르는 광경…….

"오라버니, 배고파여어……. 앗, 마카롱!"

"마리, 그건 마카롱이 아니라 독버섯이야."

전생의 기억에 남은 전쟁 중 남매의 비애를 그린 영화의 한 장면이 우리 남매로 치환되어 버렸다.

붕붕 고개를 내저으며 제정신을 차리자, 아직 나이가 차지 않은 마리는 앞날을 걱정했는지 떨리는 목소리로 물었다.

"오라버니……. 마리, 가난해져 버려요?"

"그런 일은, 절대로 용납 못 해!"

나는 일어서서 서재에 있는 전원을 향해서 선언했다. 종자 모두는 "말씀 잘 하셨습니다" 같은 표정을 지었지만, 워르드가 노려보자 고개를 떨구고 말았다.

종자들은 의기소침해졌지만, 평소에는 다정한 웃음을 띠며 얌전한 사람이 소리를 높였다.

"기다리세요! 주인님, 제가 노르드 님을 설득할 테니, 부디 두 분과 의절만은 하지 말아주세요."

"노르드가 거만해진 건 메이나, 네 책임이다. 이 바보를 설복시키든 밧줄로 묶든, 용사학원에 들여보내라."

"면목 없습니다……, 주인님……."

메이나 씨가 고개를 숙이자 붉게 타오르는 철처럼 분개했던 워르드는 물에 담근 것처럼 증기를 뿜으며 화를 진정시켰다.

"그 메이나가 내게 의견을 낼 줄이야……."

서재 책상에 한쪽 팔꿈치를 대고서, 숨이 흘리듯이 중얼거리는 워르드. 평소 조용해서 도저히 남에게 의견을 낼 법하지 않은 메이나 씨가 의견을 내놓자 상당히 놀란 모양이었다.

"흥, 메이나에게 구원받았구나. 너무 부모를 곤란하게 만들지 마라."

워르드는 나에게 말을 내뱉다시피 토해내고서 일어서더니,

메이드가 입혀주는 코트를 걸치고서 방을 나가고 말았다. 방에 남은 모두에게서 안도의 한숨이 흘러나왔다.

메이나 씨에게 그런 말까지 들은 이상 나는 어쩔 방도도 없었다. 나를 친자식처럼 애지중지해 준 그녀의 얼굴에 먹칠을 하고 싶지는 않았으니까…….

마리에게 여태까지처럼 살 수 있다고 전하자 마리는 "와~아♪"라며 순진하게 들떠 나이에 어울리는 반응을 보여줘서 안심했다.

메이나 씨가 나와 단둘이서 얘기를 하고 싶다고 하길래, 내 방 침대 끄트머리에 앉아서 이야기를 나눴다.

"노르드 님……, 워르드 님의 사정도 헤아려 주실 수 있을까요?"

"워르드의 사정이라고?"

"네……, 주인님께서는 실력이 충분하다는 평을 받으시고도 다섯 손가락에 들어가지 못해서 준용사의 칭호밖에 못 얻으셨다고 합니다. 그러니 노르드 님께 기대하셔서……."

"그런 건 부모의 이기심이잖아. 우리 남매를 제대로 보러 오지도 않아 놓고."

"네……, 그것도 분한 마음에 다섯 명에 든 용사인 귀족님들을 짓밟기 위해 안간힘을 쓰시는 모양이라서……."

그렇구나, 워르드는 열등감 때문에 애커센을 지배하려고 했던 건가.

흠흠 소리를 내며 메이나 씨의 이야기에 수긍하고 있노라니, 그녀는 내 손 위에 손바닥을 포갰다.

"노르드 님……, 못난 저를 용서하세요……. 어느샌가 저는 노르드 님을 좋아하게 되어 버렸어요. 어머니로서가 아니라, 여자로서……."

"뭐?!"

내가 놀란 사이 메이나 씨가 업무용 머리 모양인 포니테일을 풀었다. 그러자 어땠을까, 그녀의 머리카락 향기가 물씬 감돌아 내 이성을 흔들었다.

메이나 씨는 눈을 감고서, 내 대답을 애타게 기다리는 모양이었다.

꿀꺽.

이건 역시…….

──────【메이나 시점】

저는 창부의 딸로 태어났습니다. 제게는 남동생과 여동생이 있습니다만, 다들 아버지가 다릅니다. 결코 유복한 가정은 아니었습니다만, 어머니에게 물려받은 외모로 인해 열다섯 살에 하이네라는 남성이 저에게 첫눈에 반했습니다.

그 사람은 전직 용병이었습니다.

"너 같은 창부의 딸을 일부러 거둬들여 줬으니, 감사라도 받고 싶군."

그는 겉모습만으로 저를 선택한 모양이라서…….

어머니에게서 창관에서 일어나는 일에 대한 푸념을 들었습니다만, 하이네의 저를 대하는 취급은 창부와 그리 다를 바 없는 것 같았습니다.

그래도…….

"영문 모를 손님을 받는 것보다, 내가 훨씬 낫잖아!"

"네……."

일하다가 못마땅한 것이 있으면 제게 손찌검하려 들 때도 자주 있었습니다. 그래도 가까스로 그를 달래서 일하러 보내는 괴로운 나날. 다만 조금이라도 가계에 보탬이 되고 싶어서, 하이네와의 결혼생활을 받아들였습니다. 그와 결혼하지 않았더라면 저는 어머니와 마찬가지로 창부가 되었을지도 모르니까요…….

하이네를 받아들이고서 잠시 시간이 지났을 무렵입니다.

"읍……."

갑자기 목 안쪽에서 구역질이 치밀어 올랐습니다. 그때는 감기라도 걸린 줄 알았습니다만, 그 정도로 집안일은 소홀히 할 수 없습니다. 휘청거리는 몸을 떠밀며 거리로 나가자, 우연히도 치유를 베푸시는 막달리아 백작 부인이 저를 얼핏 보시고는…….

"어머, 당신. 잠깐 기다리세요."

"저…… 말인가요?"

"네. 잠시 배에 손을 대도 괜찮을까요?"

백작 부인님이 제 배를 다정하게 손으로 만지시자 아까 전까지 느끼던 오한이 싹 가시고, 기분 좋다고 할 만큼 나아졌습니다. 그 뒤 그녀가 알려준 말을 듣고 저는 놀랐습니다.

"당신…… 배에 아기가 있어요. 축하해요!"

"아……기?"

"그래요, 아기. 저도 있죠, 뱃속에 아기가 있어요. 비슷한 무렵에 태어날까요? 낳게 되면 치유를 중단해야만 하니까 그 전에 와야겠다고 생각했어요."

백작 부인님은 자신의 배를 쓰다듬으며 기쁘게 미소 지으셨습니다. 저도 하이네가 기뻐해 주기를 기대했습니다만…….

레이를 임신하고서 산달이 되었을 무렵에는, 그는 거의 집에 돌아오지 않게 되어 버렸습니다.

나중에 알게 되었습니다만 그에게는 저와는 별개로 약혼자가 있었는데, 저는 그에게 놀아났을 뿐이었습니다.

레이가 태어났습니다만 하이네는 집에 돌아오지 않았고, 얼마 없던 돈도 바닥나 생활도 제대로 돌아가지 않았습니다. 그리고 그러던 와중 어느 귀족님께서 유모를 모집한다는 소문을 들었습니다.

그것이 빌런스가였고, 저는 레이를 업은 채 저택으로 향했습니다.

"유모를 모집한다고 해서 왔습니다."

"잠시 기다리십시오. 지금 주인님께서 오실 테니……."

저택 현관 앞에 계시는 서른 줄을 지났을 나이대의 집사님께 말을 거니 응접실로 들여보내 주셔서, 그의 말대로 잠시 기다리자 야위고 눈매가 날카로운 남성이 방에 들어오셨습니다.

옷차림으로 보아 이쪽 남성이 빌런스 공작 워르드 님이시겠죠. 워르드 님께서는 저를 힐끗 보더니 흥미 없다는 듯이 한마디만을 하셨습니다.

"자세한 이야기는 메이드에게 들어라."

신기하게 생각했습니다만, 적자를 얻으셨는데 워르드 님께서는 그다지 기뻐 보이지 않으셨습니다. 많은 귀족분들은 적자가 태어나면 며칠이고 성대하게 축하하는데…….

어쩌면 속으로 마음을 숨기는 분이실지도 모른다고 생각했습니다.

메이드님께 레이에게 젖을 주는 모습을 보이자 빌런스 공작

부인님을 뵐 수 있었습니다.

침실로 입실을 허가받자, 마치 그림책에 나오는 공주님이 잠잘 법한 호화로운 침대 한가운데에 병적일 만큼 살갗이 흰 아름다운 여성이 누워 계셨습니다.

그 옆에는 귀여운 아기가 천에 싸여서 새근새근 잠들어 있었습니다.

서로 소개가 끝나자 달리아 님께서 아기를 사랑스럽게 쓰다듬으면서 말씀하셨습니다.

"메이나 씨……, 이 아이는 노르드라고 해요. 저 대신 잘 부탁합니다."

"네!"

제가 대답하자 달리아 님께서는 눈에 눈물을 머금으면서도, 어딘가 마음을 놓은 듯 미소 짓고는 노르드 님을 제게 맡기셨습니다.

그 뒤 워르드 님께서 오셔서…….

"달리아, 무리하지 마라. 아직 몸 상태가 돌아오지 않았잖아?"

"네……, 하지만 메이나 씨에게 노르드를…….."

"나는 네가 더 소중해."

보는 사람을 꿰뚫을 것 같은 날카로운 눈동자를 가진 워르드 님이지만 달리아 님을 바라보는 눈빛은 겨울날에 비치는 따뜻한 햇살처럼 다정했습니다. 아무래도 워르드 님의 부인이신 달리아 님께서는 몸이 원래 약하시고, 또 젖이 잘 나오지 않아서 제가 뽑힌 것이었습니다.

————2년의 세월이 지났을 무렵일까요. 입주해서 일하게 되어 본가나 하이네의 집에서 보낸 삶과는 하늘과 땅 차이라 놀라기만 하고, 빌런스가의 여러분께서 무척 잘 대해주셨습니다.

젖은 아직 나오기는 하지만, 이미 유모로서의 역할도 끝나고…….

고용 종료도 시간문제라 앞으로 레이를 안은 채 어떻게 살아가면 좋을지 고민했을 때였습니다. 마님께 호출받아 마침내 이때가 왔나 싶어 전전긍긍하고 있노라니, 제 등이라기보다 다리 뒤에 숨어 계셨던 노르드 님을 본 마님께서 제게 말씀하셨습니다.

"메이나 씨, 노르드는 당신을 마음에 들어 하는 모양이군요. 이대로 집에서 일해줄 수 있나요?"

"마님! 물론입니다, 저 같은 게 괜찮으시다면……."

"잘됐구나, 메이나."

"감사합니다, 마님, 노르드 님."

그 후로 3년의 세월이 더 지났을 무렵입니다. 노르드 님께서 황급히 제 방문을 두드렸나 싶더니, 들어오셔서 한 말씀 하셨습니다.

"메이나! 알고 있나? 이제 곧 내게 형제가 생긴다고."

"네! 달리아 님께 들었습니다."

"그, 그런가……. 그렇다면 됐다. 그런데 메이나에게는 형제가 있나? 형제라는 건 어떻지?"

"네, 둘이 있습니다만……."

아버지가 다릅니다⋯⋯. 그렇게 말하려고 했습니다만 비천한 자의 이야기를 노르드 님께 말씀드리기 꺼려져서 입을 다물고 말았습니다. 하지만 흥미진진한 기색인 노르드 님을 보니 진정한 마음을 전하고 싶어서, 이렇게 말했습니다⋯⋯.

"형제가 있다는 건 좋은 일이에요."

"그런가, 기대하고 있다."

마침내 산달이 되어 애커센에서도 저명한 힐러를 불러들인 모양이었습니다만, 최고봉의 회복술을 가진 막달리아 백작 부인 님 정도는 아니었습니다.

"으윽, 으윽."

워르드 님께서 달리아 님의 손을 잡고서 한결같이 격려하셨습니다만, 힐러에게서 달리아 님의 용태가 좋지 않다는 보고를 받았습니다.

"면회 사절이다! 노르드, 넌 저쪽에 가 있어라."

쫓겨나듯이 달리아 님의 침실에서 나왔을 때, 늘 기가 센 노르드 님께서 툭 중얼거린 한마디에 제 가슴이 조여들었습니다.

"어머님⋯⋯."

거기에는 아버지뿐만 아니라 어머니하고도 같이 지낼 수 없는 쓸쓸함이 가득 채워져 있었으니까요.

달리아 님께서는 마리안느 님을 낳으신 뒤, 워르드 님의 지시에 따라 요양지로 떠나게 되었습니다.

"달리아가 이 녀석을 네놈에게 맡겨달라고 부탁했다."

워르드 님께서는 애정 한 톨도 보이지 않고서, 마치 물건처럼 제게 아기를 툭 건네셨습니다.

"하지만…… 저에게는……."

"시늉만이라도 좋다. 그 녀석이 죽으면 그뿐이다."

저는 달리아 님에게서 마리안느 님을 맡게 되었습니다만, 레이를 낳았을 때와는 달리 모유 따위가 나올 리 없었습니다.

다른 유모를 고용하게 되면 제 역할은 끝입니다.

본가에 돌아갈 수도 없고, 또 남편도 돌아보지 않아 아무도 없는 집에서 레이와 지내게 될 텐데…….

"흐냐, 흐냐, 으, 으, 으, 으애애애앵, 으애애애앵————."

워르드 님께서는 마리안느 님께서 울음을 터뜨리자 그대로 방을 떠나셨습니다.

달리아 님, 마리안느 님, 죄송해요…….

저로서는 마리안느 님을 달랠 수가 없습니다.

마리안느 님께서는 잠에서 깨어났을 때, 어머니이신 달리아 님이 없다는 사실을 깨달았는지 불에 덴 것처럼 울음을 터뜨리고 말았습니다.

그렇게 되면 집안에서 그녀의 울음을 그치게 할 수 있는 사람은 아무도 없습니다. 마리안느 님께서 바라시는 건 노르드 님과 레이를 키운 경험을 통해 유모라는 사실을 바로 알아챘습니다.

하지만 저에게 이미 젖은…….

"메이나도 어떻게 못 하는 건가……."

모처럼 여동생이 생겼는데 축 어깨를 늘어뜨리시는 노르드 님.

그때였습니다.

마리안느 님의 울음소리를 듣자 유방에 팽팽함을 느꼈던 것입니다. 혹시나 싶어서 가슴을 만져 보자 평소와는 다른 것 같은 느낌이 들었습니다.

브래지어를 풀고서 안쪽을 만져 보자 살짝 습한 느낌이…….

하지만 모유처럼 흰 액체는 아닙니다. 초조함을 느껴서 나온, 단순한 땀이었을지도 모릅니다. 제가 마리안느 님을 안자, 그녀는 제 가슴을 자극하듯이 작디작은 손으로 눌렀습니다.

마리안느 님께서는 눈을 뜨지 않았는데 제 돌기를 빨아들이셨습니다. 그것은 살고 싶다는 본능에 따른 행위인 거겠죠.

저도 가능하다면 마리안느 님의 바람에 응하고 싶었습니다.

마리안느 님께서는 냠냠 제 돌기를 입술과 혀를 교묘하게 사용해 빠셨습니다.

"앗, 마리안느 니임…….."

역시나 노르드 님의 여동생 되시는 분……. 빨리자 이상한 목소리를 내 버려서, 나오지 않을 모유가 나온 것 같은 기분이 들고 말았습니다.

마리안느 님께서 제 피부를 핥아 울음을 그쳐주신다면 저는 바라는 바라고 생각했을 때였습니다.

"말도 안 돼…….."

뺨을 오므린 마리안느 님의 입꼬리 끝에서 하얀 침이 흘러나왔던 것입니다.

"메이나, 젖이……"

마른 침을 삼키며 지켜보시던 노르드 님께서 마리안느 님의 입가를 검지로 훑고, 그대로 입으로 옮겨 확인하셨습니다. 저에게도 액체를 퍼낸 손가락을 옮겨 주셨기에 핥아 보자…….

"네, 네……. 틀림없습니다. 모유예요……"

암고양이가 버려진 새끼 고양이에게 모유를 줘서 키운다는 이야기는 들었습니다만, 설마 저에게 이런 일이 일어날 줄이야…….

저는 이 기적에, 그저 빌런스가 여러분께 감사의 기도를 드리고 싶었습니다.

달리아 님을 대신해 두 분께 수유할 수 있다는 사실을 행복하게 느낌과 동시에, 자식을 손수 키우고 싶다고 하시는 달리아 님께 죄송하다는 마음으로 가득해졌을 때였습니다.

"메이나, 손님이 왔대."

"저에게 손님이요?"

노르드 님께서 팔짱을 끼고서 기묘한 표정을 지으시길래, 설마 하이네가 저를 데려가려고 온 건가 싶었는데…….

"메이나, 괜찮아. 내가 함께 있어."

제 떨리는 몸을 알아채신 노르드 님께서 제 손을 잡고서 격려해 주셨습니다. 노르드 님께서는 아직 다섯 살이신데, 그 말씀이 얼마나 마음 든든했는지요.

어른인 제가 아이 앞에서 떨어서야 한심하다 생각해 떨리는 발을 내디뎠습니다.

노르드 님과 함께 응접실 앞까지 오자, 업무 동료인 메이드장 룩스 씨와 다른 사람이 수군거리고 있었습니다.

"마르크 남작의 적자 부부가 영지를 시찰 중에 갑자기 나타난 몬스터 무리에 습격당해, 타고 있던 마차가 절벽에서 굴러떨어져서 부모와 자식이 다 세상을 뜨고 말았대."

두 분의 이야기에 따르면 손님은 마르크 남작님이신 모양입니다만, 저에게 용건이 있다는 것이 전혀 이해가 가지 않았습니다.

설마 장을 보던 때에 저를 품평해, 창부 대신 자택으로 불러들이려는 게 아닌지……

귀족님의 밤 상대라면 지금보다 좋은 삶을 살 수 있을지도 모릅니다만, 저는 노르드 님, 마리안느 님과 헤어지고 싶지 않습니다.

그런 제안이라면 거절하려고 문을 열었을 때였습니다.

"어머니?!"

"오랜만이구나, 메이나!"

"언니, 오랜만이야~."

"누나, 안녕."

거기에는 귀족 의상을 몸에 걸친 어머니와 동생들이 있었습니다. 그 옆에는 하얀 수염에 다정해 보이는 장년의 남성이 앉아 있었습니다. 하이네와의 결혼이 거의 파탄 난 뒤 빌런스가에 신세 지게 되고 충분한 급료를 받게 되어 돈을 보냈습니다만, 거절당한 이래 만나지 않았습니다.

어?!

저는 그때 깨달았습니다.

일가를 통째로 창부로 만들려 하고 있다니!

어찌 이리 파렴치한…….

아들 부부가 세상을 떠난 것을 기회 삼아 동생까지 끌어들여서 주지육림의 부모 자매 덮밥을 맛보려고 하다니 용서할 수 없었습니다.

"어머니는 어쩔 수 없다고 쳐도, 동생들에게 손대게 할 수는 없어요! 밤 상대를 찾는다면 제가 받아들이겠어요! 그, 그게…… 수유 플레이라면 특기예요!"

다정해 보이는 분이 가장 위험합니다. 그렇게 생각해 장년 귀족님에게 큰소리치고 말았습니다.

"메이나 양, 아니, 메이나. 나는 그런 짓은 안 해. 너를 딸로 맞아들이러 왔단다."

"딸이요?"

그러고 보니 노르드 님께서 말씀하셨습니다. 이국에서 아버님께 봉사해서 돈을 받는 원조교제 행위가 유행하고 있다고요……. 그런 입 밖에 낼 수 없는 행위를 저와 하고 싶다니!

"의붓딸로 거둬들여서, 이런저런 몹쓸 짓을 가르칠 속셈이군요!"

제가 일어서서 마르크 남작님에게 따끔하게 말하자, 어머니는 곤란한 표정을 지으며 저를 달래기 시작했습니다.

"메이나……, 진정하고 들으렴. 여태까지 계속 입 다물고 있었는데, 너는 이쪽에 계신 슬레인 마르크 남작님의 딸이란다."

어머니가 손님에게서 얻은 병 때문에 정신이 나가 버린 게 아닌지 의심했을 때였습니다.

"유이나의 말은 사실이란다. 아내를 잃고, 쓸쓸해서 참을 수 없게 되었을 무렵에 유이나와 만나 서로 사랑을 나눴지. 그래서 네가 태어났어. 하지만 인지를 하려고 해도 아들 부부가 허락해 주지 않아서 말이다……. 여태까지 데리러 오지 못해서 미안하구나."

계속 아버지가 누구인지 모르는 제 생애였는데, 설마설마 귀족님이 제 아버지였다니…….

손으로 입을 막고서 말을 꺼낼 수 없게 되자, 슬레인 님께서는 제가 진정될 때까지 기다려주시고 천천히 말을 걸어주셨습니다.

"널 딸로 맞아들이고, 또 네 자식이기도 한 레이에게 마르크가를 잇게 하고 싶은데, 괜찮을까? 우리와 같이 살자꾸나, 메이나."

어머니뿐만 아니라 다른 아버지를 둔 동생들까지 거둬들인 것을 통해서 슬레인 님이 다정하시다는 사실을 금세 깨달았습니다.

하지만…….

"레이를 후계자로 받아들이시는 것에 관해서는 전혀 이의가 없습니다. 오히려 감사할 뿐이죠. ……하지만 저를 딸로 맞아들이시는 것은 거절하겠습니다."

"왜 그러니? 이제 힘들고 고생스러운 일은 하지 않아도 된단다."

"빌런스 공작 부인 달리아 님께서 제게 노르드 님과 마리안느 님을 맡기셨습니다. 큰 은혜를 입은 빌런스가의 일을 도중에 내던질 수는 없습니다."

어머니나 동생들과 협의를 거듭하는 슬레인 님.

"결의는 굳건해 보이는구나. 그럼 억지로 강요하지는 않으마.

하지만 휴가 때는 집에 얼굴을 보여주러 왔으면 좋겠구나. 넌 내 딸이니까."

"감사합니다……."

아버지……라고 부르려 했습니다만, 말해도 좋은지 망설이고 말아서 결국 말하지 못하고 끝났습니다.

————그리고 일주일도 채 지나지 않아 문제가 일어났습니다.

"메이나, 지금 밖에 나가면 안 돼."

메이드장 룩스 씨가 장을 보러 나가려 한 저를 불러세웠습니다.

"오늘은 외근 업무를 우리에게 맡기고, 넌 마리안느 님을 돌봐드려."

"네, 네……. 하지만 어째서요?"

"이유는 듣지 않는 편이 좋아."

완고하게 저를 밖으로 내보내려 들지 않는 룩스 씨. 저는 그것이 오히려 신경 쓰여서 저택 창밖을 봤습니다. 거기에는 눈에 익은 얼굴을 한 남성이 집사 그라함 씨에게 대들고 있었습니다.

"내 아들을 돌려줘!!"

하이네입니다.

그의 목소리는 창을 열지 않아도 울려 왔습니다만, 그라함 씨는 어디서 바람이 부느냐는 기색이었습니다.

거기에 노르드 님께서 아무렇지 않은 얼굴로 찾아왔습니다. 저는 아무래도 노르드 님이 걱정되어 저택 뒷문으로 나가 두 사람의 응수를 뒤에 숨어서 지켜보았습니다.

"메이나는 내 여동생을 수유하는 중이다. 메이나에게 용건이 있다면 내가 듣지."

"네놈은 누구냐?"

"말버릇이 되어 먹지 않은 하층민인가……. 뭐 좋다, 나는 노르드 빌런스. 당주의 아들이다."

"공작의 자식인지 뭔지 모르겠지만, 메이나는 내 아내다! 자기 아내를 데리러 오는 게 뭐가 잘못인데!"

"흐음? 가정을 전혀 돌아보지도 않고, 그것도 모자라 바람까지 피웠는데 메이나와 레이를 되찾아 가고 싶다는 건가……."

"시끄러워! 그 녀석들은 내 것이야! 외부인이 참견하지 말라고!"

하이네가 찾아온 이유가 뭔지는 금세 알아챘습니다. 제가 마르크 남작님의 딸이라는 사실을 듣고서, 레이를 핑계 삼아 남작가 재산을 노리는 거라고요!

"메이나에게서 들은 얘기에 따르면 네놈은 전직 용병인 모양이더군. 그렇다면 결투로 결정하지 않겠나."

"귀족 나으리! 댁들은 금세 마법을 쓰지? 그건 비겁하지 않나? 여기서는 정정당당하게, 마법 없이 싸우는 게 타당한 승부겠지."

"마도 얘기인가……. 그렇다면 검만으로 싸워주마. 그래서 내가 이기면 불만은 없다."

아무리 무슨 일이든 뛰어난 재능을 지닌 노르드 님이시라 해도 너무 무모합니다. 저는 룩스 씨 일행의 만류도 개의치 않고서, 황급히 두 사람 앞에 모습을 드러냈습니다.

"노르드 님, 그러시면 안 됩니다! 저를 위해서 그런……."

"메이나! 너는 입 다물어라! 이건 나와 거기 꼬맹이 사이의 결투라고."

"네놈이야말로, 그 냄새 나는 입을 다물어라."

하이네가 저에게 호통쳤습니다만, 노르드 님께서 그를 한번 노려보자 입 다물고 말았습니다. 고작 다섯 살이신데…… 이 얼마나 엄청난 위압감일까요. 하지만 노르드 님께서는 곧바로 평소의 다정한 목소리로 제게 말을 걸어주셨습니다.

"메이나, 착각하지 마라. 이 녀석은 나를 깔보았다. 마도를 쓰지 않는 귀족은 무능하다고 말이지. 그러니 이건 그저 무례한 자를 뉘우치게 하기 위한 제재다."

그것은 단순한 방편일 뿐 사실은 저를 위해서 하는 일임이 명확했습니다.

"마도는 쓰지 않겠다. 검만으로 네놈을 상대해 주마. 뭣하면 봐줘도 상관없다고."

"빌어먹을 꼬맹이가아아!! 어른을 깔보지 말라고!"

아무리 천재적 재능을 지닌 노르드 님이시라고 해도, 어른을 상대로…… 더군다나 하이네는 썩어도 전직 용병입니다. 그럼에도 불구하고 그라함 씨는 담담하게 노르드 님과 하이네에게 연습용으로 쓰는 목제 검을 나눠주었습니다.

"그라함, 시작 신호는 네놈에게 맡기겠다."

"알겠습니다."

저는 손깍지 끼고서, 기도하는 마음으로 부디 노르드 님께서 다치지 않으시기를 바랄 뿐입니다.

"시작!"

그라함 씨의 신호가 나오기 무섭게 하이네가 맹렬한 기세로 노르드 님을 때리려고 덤볐습니다. 어린아이인 노르드 님께 전혀 사양 없이…….

분별 있는 어른이라면 봐줘도 이상하지 않은데…….

노르드 님께서는 표정을 전혀 바꾸지 않으셨습니다. 머리를 향해 휘두른 하이네의 일격을 검으로 막으려는 동작을 하지도 않으시고, 그저 검의 궤도를 파악해서 몸을 벌려 슥 피하셨습니다. 그와 동시에 목제 검 끝을 하이네의 목덜미로 찔러넣었습니다.

"승자, 노르드 님!"

명백히 노르드 님의 승리인데 하이네는 받아들이지 않았습니다. 그는 오른손으로 칼자루를, 왼손으로 검 끝을 들더니 무릎에 검신을 대고서 부러뜨리고 말았습니다.

"시건방지긴! 이런 장난감 같은 나무로 된 검으로 나를 이겼다고 해서 우쭐거리지 말라고!"

하이네는 분노해 허리에 차고 있던 진검을 뽑고서, 날카롭고 뾰족한 검 끝을 노르드 님께 들이댔습니다.

"쫄아서 목소리도 안 나오는 거냐! 역시 어린애……."

노르드 님께서는 하이네에게 전혀 겁먹지 않고, 그라함 씨에게 가지고 오게 한 검의 자루를 툭툭 가볍게 두드리며 감촉을 확인하시는 모양이었습니다.

"나는 이걸로 싸워주마. 언제든지 원하는 때에 공격해라."

노르드 님께서는 맹고쉬라는 단검을 겨누셨습니다. 분명 장검과 함께 양손으로 쓰는 무기일 텐데…… 노르드 님께서는 맹고쉬만 드셨습니다.

하이네는 억지를 늘어놓으며 항복하지 않았습니다만, 노르드 님께서는 하이네의 검을 맹고쉬로 받아 흘렸나 싶더니 재빠르게 그의 뒤를 잡았습니다.

"네놈의 더러운 엉덩이에 갈라진 틈을 세로뿐만이 아니라 가로로 늘려줄 수도 있다. 그러면 남자에게서도 인기 있지 않겠어?"

"히익?!"

"흥, 몇 번을 해 봤자 결과는 마찬가지인 모양이군."

"말도 안 돼! 이런 꼬맹이에게…… 더군다나 마법도 쓰지 않았는데 지다니……"

"메이나와 재결합해서 귀족의 데릴사위라도 되려는 꿍꿍이였겠지만…… 네놈처럼 아이에게조차 지는 나약한 자가 귀족이 되려 하다니 백 년은 이르다."

왜 위험을 감수하면서까지 하이네를 상대로 핸디캡을 짊어지는 행동을 하셨는지 신기했습니다만, 노르드 님께서는 하이네에게 귀족의 엄격함을 몸소 깨닫게 해준 것입니다.

"이 녀석을 본가로 바래다줘라. 그때 배웅해 준 대금을 단단히 징수하는 것을 잊지 마라."

노르드 님께서는 그라함 씨에게 명해, 하이네의 본가로 마차를 보냈습니다. 수갑, 족쇄를 찬 하이네는 빌려온 고양이처럼 움츠러들어서 떨었습니다.

그 후로 잠시 시간이 지나고 돌아온 그라함 씨에게서 주머니를 받아 든 노르드 님께서는 그대로 제게 주머니를 건네셨습니다.

"메이나, 적기는 하지만 이건 위자료다. 고생했던 만큼 마음 껏 써라."

"노르드 님……."

한 손으로 아무렇지 않게 내민 손. 노르드 님께서는 쑥스러워서 나오는 행동 때문에 태도가 불손하다고 받아들여질 때가 많습니다만, 실은 다정하시다는 것은 유모인 제가 압니다.

그 마음을 받은 것만으로 나는 감정을 억누를 수 없게 되었습니다.

받아 든 돈에 뚝뚝 떨어지는 눈물을 본 노르드 님께서는 드물게 당황한 표정을 보이셨습니다.

"뭐지?! 역시 이 정도로는 불만이었던 건가……. 그럼 집과 토지도 몰수해 와 줄까!"

"아니에요……. 노르드 님께서 저 같은 것을 위해 나서 주셔서 기쁩니다."

"나는 메이나의 모유를 마시고 자랐으니 그 정도는 당연하다."

————현재.

몇 년 전 이야기를 하자 노르드 님께서는 쑥스러워하시면서, 이야기를 금세 끝내려고 하셨습니다.

"어렸기 때문인지, 그다지 기억이 선명하지 않군. 나는 그저 메이나의 고용주로서 당연한 일을 했을 뿐이니 신경 쓸 필요도 없겠지."

내려주신 큰 은혜를 신경 쓰지도 않고 담담하게 지나치시는 그 모습⋯⋯.

사랑이 무엇인지를 몰랐던 저.

저는 하이네의 주박에서 해방해 주신 다섯 살 노르드 님께 연심을 품었고, 아직도 여전히 그 열기는 식기는커녕 녹을 만큼 뜨겁게 제 몸을 태우고 있습니다.

───【노르드 시점】

"노르드 님⋯⋯, 못난 저를 용서하세요⋯⋯. 어느샌가 저는 노르드 님을 좋아하게 되어 버렸어요. 어머니로서가 아니라 여자로서⋯⋯."

"뭐?!"

내가 놀랐을 때는 메이나 씨가 업무용 머리 모양인 포니테일을 풀었다. 그러자 어땠을까, 그녀의 머리카락 향기가 물씬 감돌아 내 이성을 흔들었다.

메이나 씨는 눈을 감고서, 내 대답을 애타게 기다리는 모양이었다.

꿀꺽.

이건 역시⋯⋯.

타인인데 나에게 마치 친자식처럼 대가 없이 사랑을 쏟아부어

준 메이나 씨가 눈을 감고서 나를 기다린다.

메이나 씨는 자신이 아줌마라고 강조했지만, 전혀 그렇지 않아! 그건 어디까지나 전생했던 나와 비교해서 하는 얘기이고 전생 전의 나보다 띠동갑 이상으로 젊은 것이다.

손을 뻗어 메이나 씨의 뺨을 만지자 터질 것 같은 싱그러움과 내 손가락을 빨아들이는 것 같은 부드러움이 공존했다.

"노르드 님……, 사양하실 필요는 없습니다. 이 메이나를 마음껏 다뤄 주세요."

정신 연령이 어른이어도 처음은 긴장되고 만다.

내 손가락의 움직임을 통해 동요를 깨달았는지, 메이나 씨가 말을 걸어왔다.

나는 이전 생에서는 서른 언저리 동정 마법사였다. 암흑기사라는 마도에도 뛰어난 캐릭터로 전생한 이유에는 그런 인연도 있는 게 아닐까 싶은 생각이 왠지 모르게 들었다.

결국 노르드는 스스로 주체 못 할 만큼 강한 힘을 가졌으면서, 누구도 행복하게 해줄 수 없었다.

나는 아주 작은 테두리 안에서만이라도 행복해지고 싶다. 메이나 씨와 마리라는 진정한 가족만이라도 상관없으니까…….

그 결의를 표정으로 드러내서…….

나도 모르게 만지고 싶어질 것 같은 붉은 기를 띤 입술에 입맞춤했다.

여태까지 키워준 어머니 같은 존재였던 메이나 씨에게 처음으로 키스하자 죄책감보다도 배덕감이 앞서서, 전생을 포함해서도 처음 느끼는 강한 흥분이 일었다.

천천히 눈꺼풀을 뜨자 메이나 씨와 눈이 마주쳤다.

그녀는 얼굴을 붉히며 기쁘고 부끄럽다는 표정을 띠었지만, 아마 나도 마찬가지로 얼굴을 붉히고 있을 것이다.

"노르드 님, 기뻐요. 이런 제게 뜨거운 입맞춤을 해주시다니."

"메이나, 자신을 비하할 필요 없다. 너는 나에게 너무나 매력적이야. 한 번 더 키스해도 될까?"

"제 입술을 좋아해 주신다니 기뻐요."

쪽, 쪽, 쪽, 쪽, 쪽쪽.

나는 어머니가 작은 아이의 뺨에 뽀뽀하듯이 메이나 씨의 입술에 몇 번이고 키스를 떨어뜨렸다.

으음?!

그러자 메이나 씨는 후훗 미소 지으며, 내 뒤통수를 안고서 마치 동정인 나에게 견본을 보여주듯이 입술을 맞댄 채 입을 열고서 혀를 집어넣었다.

그녀의 혀로 애무받아 뇌까지 녹아들 것 같았다.

키스하면서 둘이 함께 침대로 쓰러졌지만, 역시나 공작가의 침대인 만큼 우리의 몸을 폭신하게 감싸 안아 주었다.

"노르드 님……, 너무 기를 쓰시면 안 돼요. 처음에는 서로 장난치는 것 같은 느낌이면 돼요."

"어, 그래……."

그녀의 말을 듣고 어떤 기억이 떠올랐다. 추운 겨울밤에 있었던 일이었다.

『메이나! 나와 같이 자라.』

『네, 노르드 님.』

건방지게도 명령하는 말투였는데 메이나 씨는 싫은 내색을 전혀 보이지 않고서 웃는 얼굴로 대답해 주었다. 노르드가 되어, 아직 지금보다 훨씬 어렸을 때 메이나 씨는 같은 침대에 누워 나를 따뜻하게 데워주었다.

그때와 마찬가지로 그녀의 다리에 내 다리를 휘감았다. 다른 점은 내가 사춘기를 맞이해서, 서로에게 느끼기 쉬운 부분을 비비고 있다는 것이겠지.

늘 메이나 씨와 마리가 내 땀을 닦아줄 때 해주는 것처럼 메이나 씨의 목덜미를 핥자,

"노, 노르드 니이이임! 간지러워요♡"

달콤한 숨결이 흘러나와서 두부집 아저씨는 아니지만 내 가슴의 고동은 1만 1천 회전까지 딱 돌아버리고 말았다.

머리카락과 목덜미에서 감도는 메이나 씨의 좋은 향기와 그녀의 신음은 나를 평범한 소년에서 수컷으로 바꾼다.

탐스럽게 익어 그야말로 가슴 주머니라고 부르기에 걸맞은 메이나 씨의 메이드복을 떨리는 손으로 강하게 내리자 주머니에서 멜론이 출렁 튕기듯이 나오고 말았다.

가슴이 잔뜩…….

두 개뿐인 가슴이었지만, 너무 흥분해서 머리가 원숭이 이하

로 사고력이 떨어져 버렸다. 터질 것 같은 가슴께에서 직접 쥐어짜기 시작한 나.

메이나 씨가 너무 초조해하지 말라는 표정을 보여주었다. 전희도 적당히 하고, 이제부터 나는 두 사람의 애정을 서로 확인하는 것이다.

긴장 때문인지 목소리가 갈라졌다.

"메, 메이나, 간다."

"네……, 언제든지 와 주세요."

메이나 씨는 나를 원하는 것처럼 아래에서 양손을 뻗어 맞아들여 주었다.

나와 메이나는 하나가 되었다.

눈을 뜨자 내 옆에는 행복하게 잠든 메이나 씨의 옆얼굴이 있었다.

내가 덮었던 침구를 치우고, 메이나 씨를 깨우지 않게끔 침대에서 슬쩍 나가자 알몸이었다.

발코니 창에서 천천히 햇볕이 비치고, 새까맸던 세계는 붉은 빛을 띠면서 점차 밝아진다.

나는 용사학원 입학을 앞두고 졸업을 맞이해 버렸다…….

전생에서도 이루지 못했던 여자와의 관계!

알몸으로 떠오르는 아침 햇살을 맞으면서 서서히 치밀어오르는 감동에 몸을 떨고 있노라니, 메이나 씨가 눈을 뜬 모양인지 침구를 감은 채 나를 불렀다.

"아아……, 노르드 님께 안겨서 메이나는 정말로 행복해요. 이렇게나 사랑하는 사람에게 사랑받는 게 기분 좋은 일일 줄은 몰랐어요. 노르드 님과 약혼하시는 영애분에게 살짝 질투가 나요."

후훗, 소리 내어 웃음을 흘리는 모습은 10대 미소녀와 전혀 다르지 않았다.

나는 아침 해를 배경으로 삼아 메이나 씨에게 말했다.

"내가 메이나를 몇 번이고 사랑해 줄 테니 감사해라."

"고맙습니다."

"그리고 님이라는 경칭은 떼라."

"네, 네?"

"나와 메이나는 지금은 연인 사이. 서로 이름으로 부르는 편이 훨씬 기분 좋아질 수 있겠지."

"네!"

그녀에게 키스하자 우리 둘 다 불이 붙었고, 나는 유부녀였던 메이나 씨의 피부를 탐했다.

"아, 안 대애애……."

레드존까지 돌아간 엔진은 분명 시들었을 텐데, 메이나 씨의 교성을 듣기만 해도 또 격렬하게 피스톤 운동을 할 수 있는 준비가 갖춰지고 말았다.

그 후 잔뜩 관계를 맺었다!

도중에 메이나 씨에게 S 기질이 강한 메이드 역할을 맡기거나

하며 즐겼지만, 그녀에게 피로한 기색이 보여서 휴식을 취했다.

내 팔베개를 베고 누운 메이나 씨는 부탁을 해왔다.

"노르드 님, 이제 용사학원에 입학하지 않겠다는 투정은 안 하시겠죠?"

"어, 그래……."

나를 옆에서 사랑스럽게 끌어안는 메이나. 나는 그녀의 의심할 여지 없는 사랑 앞에 홀려 버린다…….

내 말을 듣고 안심했는지 새근새근 온화하게 고른 숨결을 내며 메이나 씨는 잠들어버렸다. 행복하게 자는 메이나 씨의 모습을 보자, 나는 생에 대한 집착이 더욱 강해졌다.

나는 워르드에게서 받은 명령을 퇴짜 놓을 생각이었지만, 유모인 메이나 씨가 부탁하자 거절하지 못하고 마지못해 용사학원 입학시험을 치르러 출발했다.

제4장 【비보】 나의 호감도가 떨어지지 않아!

"노르드 님, 도착했습니다."

"그래."

마차를 타고 최고급 귀족 전용 교문으로 들어갔다. 집사를 따라 내리고, 내 새로운 학사 복도를 걷고 있노라니,

"노르드 님, 죄송합니다. 본 학원은 부정 입학 대책을 위해서, 가면을 착용하고 시험을 치르는 것은 거절하고 있습니다."

하아······.

한숨밖에 안 나오는군.

엘리제에게 들키지 않게끔 철가면을 쓴 채로 입학하려고 했더니, 녹색 머리카락에 곱슬머리 여성이 나를 불러세웠다.

"릴리안이잖아, 오랜만이로군."

나를 불러세운 사람은 용사학원의 학원장 릴리안. 내 어깨를 뒤에서 단단히 움켜쥐고 있었다.

"애당초 나라는 걸 잘 알잖아. 그럼 별실에서 치르게 해라."

"그것도 거부하고 있습니다. 본 학원은 공명정대를 모토로 하고 있거든요."

서른 언저리의 전직 여용사 릴리안은 새침한 표정으로 엄격하게 떠들었지만, 현역 시절에는 남자와 심하게 놀아나서 용사학원 학원장이라는 딱딱한 현장에 밀어 넣어진 형태이다.

"좀 더 널널할 줄 알았더니, 묘하게 똑 부러지네……."

"뭐라고 하셨나요?"

"아니, 아무것도."

뭐 됐다.

설령 정체를 들킨다 해도, 그 때문에 그라함이라는 보험을 준비해 뒀으니까 괜찮겠지. 내 예상으로는 엘리제와 케인은 잘 지내고 있을 것이다!

작중에서는 자신에게 무르고, 타인에게 엄격한 릴리안…….

그런 생각을 하다 보니, 융통성이 없는 릴리안에게 못을 박고 말았다.

"맞아, 한마디 해 두지. 릴리안, 전에 비해서 잔소리가 늘어났군."

"뭐?!"

내 지적을 듣자 릴리안을 입을 벌리고 아연해하나 싶더니, 미간에 주름을 새기면서 대꾸해 왔다.

"누, 누가 할망구가 됐다고?!"

"나는 잔소리가 늘어났다고 말했을 뿐이다. 혹시 뭔가 찔리는 건가?"

"네가 빌런스 공작의 영식이 아니라면, 퇴학시켰을 거야!"

"꼭 그렇게 해주면 좋겠군!"

"뭐?!"

나에게서 생각지도 못한 말이 나오자 놀라는 릴리안. 나는 그녀를 더 놀라게 해보았다.

휙.

나는 철가면에 새겨진 봉인 주술을 해제해, 벗은 철가면을 릴리안에게 공 던지듯이 건넸다.

"무, 무거워어어어어——————————————."

"빌런스가의 가보이니 정중히 다뤄라, 릴리안 학원장. 벗으라고 한 건 너니까, 크크크."

"두, 두고 보자, 노르드ㅇㅇㅇ!"

릴리안은 씨름 선수 같은 자세로 철가면을 안고서 필사적으로 말했다. 단기적이기는 하지만 내 교육 담당도 맡았던 그녀와 헤어져 엘리제 일행을 찾았다.

여기 있었구나!

【프리징 섀도】를 사용해 벽에 몸을 숨기면서 중류 귀족용 교문 앞에 있자 막달리아 백작가의 마차가 도착했다.

하지만 상태가 이상하네…….

케인이 마부와 함께 바깥 마부석에 앉아 있었던 것이다. 게임 내에서 엘리제와 케인은 객차에 올라 꽁냥거리면서 바보 커플처럼 내려올 텐데…….

"엘리제 님, 도착했습니다."

응? 어떻게 된 거야?!

케인이 마부석에서 내려와 객차 문을 열고 엘리제를 에스코트하려고 했지만,

"미안한데 손은 필요 없어요."

그녀는 케인이 내민 손을 잡지 않고 마차에서 내리고 말았다.

사이 좋았던 연인이 오래 사귀어서 권태기를 맞이한 것처럼 거리를 두고 있었다.

아, 아니, 아직 단정 짓기에는 이르다. 우연히 오기 직전에 싸우고 말았을 가능성도 있을 수 있으니까.

내가 의아해하면서 두 사람을 바라보자, 마차 계단을 밟은 엘리제와 눈이 마주치고 말았다.

아니, 기척을 차단했으니까 문제없다고 생각한 순간이었다.

엘리제는 케인이 어안이 벙벙해질 만큼, 기세 좋게 내게로 달려와 나를 끌어안고 말았다.

"이, 이봐!"

"여기에 계신 걸 보니 역시 당신께서 진짜 케인 님이셨군요. 이제 두 번 다시 못 뵐 줄 알았어요."

"내 이름은 케인이 아니다!"

"아뇨, 당신은 케인 님이세요. 제 마음이 그렇게 알리고 있어요. 굳이 못되게 구는 것 같은 말투……, 숨기려 해도 흘러넘치는 기품, 자신감으로 가득 찬 강한 힘……. 아아……, 사랑하는 진짜 케인 니임……."

"몇 번이나 말하게 하지 마라. 나는 케인 따위가 아니다! 노르드 빌런스다."

진짜 케인은 우리의 대화 장면을 목격해서, 흰자를 드러내며 한 번 더 타격을 주면 혼이 육체에서 빠져나가고 말 것 같았다. 엘리제는 그런 케인을 거들떠보지도 않고서 마이페이스로 내게 구애해 왔다.

"그럼…… 역시 노르드 님께서 제 은인님이 틀림없었군요. 저택을 방문했을 때, 철가면을 쓰셔서 은혜를 베풀었다는 생색을 내지 않으시려던 거군요. 그 다정하고 고귀한 마음을 자~알 알았어요."

아니, 하나도 몰라!

단순히 너에게 들키기 싫었던 거라고, 나는.

내가 엘리제에게 태클을 걸려고 한 그때였다. 그녀가 케인을 찌릿 노려보자 케인은 어깨를 흠칫하며 쩔쩔맸다. 마치 "피라미하고는 다르다! 피라미하고는!"이라고 말하고 싶어 하는 것처럼 케인을 멸시하는 시선이었다.

푸른 녀석이라도 그다지 다르지 않을 거라고, 엘리제. 나는 하다못해 양산형이어도 듬직한 호버크래프트가 딸려서 감사하다.

아무래도 좋은 생각을 하고 있노라니, 그녀는 아까 전보다 훨씬 강하게 나를 끌어안으면서 마음을 밝혀왔다.

"이제 뵐 수 없나 하고 포기할 뻔했을 때도 있었어요. 하지만 그 다정한 눈빛이 도저히 잊히지 않았어요."

다정한 눈빛?

아아, 엘리제의 끈덕짐에 쓰게 웃으며 눈을 가늘게 뜬 것이 그렇게 보였을 뿐이겠지…….

이 무슨 온도 차일까?

엘리제는 최애가 나오기를 기다리다가, 때마침 최애가 나온 것처럼 손깍지를 끼고서 기도하는 것 같은 몸짓을 하고 있었다.

"노르드 님의 학우로서, 3년 동안 함께 보낼 수 있다니…… 저는 참으로 행복해요."

"행복? 아니겠지, 엘리제여! 처음부터 말해두겠다. 내게 다가오면 너와 나 둘 다 불행해진다. 그러니 이 이상 접근하지 마라! 게다가 아직 시험이 끝나지 않았어."

제기랄, 이쪽 사정도 모르는 엘리제 녀석이 거침없이 매달려온다.

"노르드 님께서 1등으로 통과하지 않을 리 없어요! 저는 믿고 있어요."

"생판 알지도 못하는 인간을 믿으면 험한 꼴을 당한다고. 그야말로 내게 정조를 빼앗길지도 모르지!"

나를 끌어안았던 엘리제를 떼어내면서 단호하게 말했지만, 그녀의 표정은 어리둥절해져서 동그란 눈동자로 나를 포착하고 있었다.

"노르드 님께 제 정조를 빼앗긴다고요?"

"그렇다! 조심스럽게 말해서, 내 여자 버릇은 최악이다. 너도 그 먹잇감으로 삼아주마."

턱을 꽉 쥐면서 인물이 고운 엘리제를 마치 품평하듯이, 핥듯이 보며 그녀를 협박했다.

"저를 그렇게 보고 계셨군요. 흐윽……, 슬퍼요……."

그러자 엘리제는 멀거니 서서 눈꺼풀에 눈물을 머금고 울어버렸다. 이로써 그녀의 나에 대한 영문 모를 큰 호감도는 완전히 사라졌다고 생각하고 떠나가려 했다.

하지만…….

뭉클♡

"그 정도로 제 사랑이 흔들리고 말 거라 생각하시다니."

"뭐?"

뒤에서 수수께끼의 의성어가 들린 것 같은 기분이 들어서 뒤돌아보자, 양 뺨에 손을 대고서 꿈틀꿈틀 몸부림치는 엘리제의 모습이 있었다.

"노르드 님께서 만지신 턱…… 이제 목욕할 수 없을 것 같아요. 게다가 그런 요염한 눈빛으로 보시다니……. 몸이 달아오르고 말아서…… 어, 어쩌죠."

성녀 후보 필두라 소문난 엘리제의 눈동자는 에로게임에서 발정해 버린 히로인처럼 하트 마크로 변하고, 누구나 키스하고 싶어질 만한 분홍색 아름다운 입술 끝에서 침을 흘리고 있었다.

이래서야 발정 암컷 성녀(性女) 아닌지…….

무언가 엘리제가 망상에 빠진 틈을 타서 도망치려고 하자, 내 진로를 가로막듯이 마차 몇 대가 다가왔다.

선두에 선 마차는 한층 호화로웠는데, 그 안에서 위세 좋아 보이는 차림새를 한 사람이 나와 나를 불러세웠다.

"역시 빌런스 공작님의 영식이신 노르드 님이셨나요!"

"넌 누구냐?"

"그때 뵀었던 거지입니다!"

아, 생각났다……. 분명 엘리제를 납치범에게서 구했을 때 넝마를 빌리고, 그 대금으로 금화를 건네줬던 초로의 남성이었다.

하지만 왜? 왜, 지금 와 버리는 건데?

설마 이게 수정력이라는 건가?

망상에서 빠져나온 엘리제는 무슨 일인가 하고 우리를 보고 있었다. 이 상황은 무척이나 곤란하다…….

식은땀을 흘리는 나를 아랑곳하지 않고서 차림새가 좋아진 초로의 남성은 나를 마치 기도하는 눈빛으로 쳐다보며 벼락부자가 된 경위를 풀어놓기 시작했다.

"저는 신의 계시라고도 여겨지는 노르드 님의 조언을 기초로 장사를 시작한 렌살이라는 자입니다."

"장사라고? 무슨 장사인데?"

"네, 옷을 빌려준다는 장사입니다. 주신 금화도 있고 이게 크게 대박을 쳐서, 지금은 상업 길드의 이사까지 맡게 되었습니다. 노르드 님의 호의, 이 넝마를 보고는 잊은 날이 없었습니다."

그야 의상대여 장사는 없는걸. 그야 한몫 잡아도 이상하지 않다.

아니, 렌살이라고 이름을 댄 남자가 엘리제를 구한 증거가 되는 물품을 꺼내 버려서, 그녀는 넝마를 손가락으로 가리키며 입을 뻐끔거렸다.

"그런 더러운 물건은 냉큼 집어넣어라!"

나는 당황해서 렌살에게 집어넣으라고 지시했지만 이미 늦었다.

주룩, 주룩…….

렌살과 입씨름하는 와중, 문득 엘리제에게 시선을 옮기자 그녀의 눈동자에서 진주처럼 빛나는 물방울이 흘러내렸다.

"역시 당신께서 진짜 은인님이셨군요. 겨우……, 겨우…… 이

날이 찾아왔어요."

나에게 오싹거리는 오한이 퍼졌다.

【겨우……, 겨우…… 이날이 찾아왔어요.】

그렇다, 게임 내에서 노르드가 엘리제에게 최후의 일격을 찔렀을 때 꺼낸 말이었기 때문이었다.

"기다리십시오, 노르드 님께 원금 이자를 돌려드려야만 한다고 생각해서 준비했습니다."

나는 쓸데없는 일에 휘말려 버렸다고 생각해 떠나가려 했지만, 렌살이 나를 불러세우니 엘리제에게서 도망칠 수 없었다.

렌살은 사용인이라 짐작되는 사람들에게 명령해서 마차에서 커다란 주머니를 들고 오게 했다.

"윽?!"

몇 닢쯤 될까~♪

머리가 꽃밭으로 뒤덮여 버릴 만큼 산처럼 쌓여가는 주머니를 보자 벌어진 입이 다물어지지 않았다.

"10만 닢입니다. 부디 노르드 님께서 받아주셨으면 합니다."

"나는 너에게 그런 적선 따위는 안 했다! 빨리 가지고 돌아가라!"

나는 렌살에게 필사적으로 수령을 거부했다.

1만 배로 불려서 돌려주다니 이상하잖아!

이것을 받게 된다면 케인으로 위장해서 엘리제를 구했다고 하는 사실을 인정하는 것이나 마찬가지.

"노르드 님께서는 정말로 겸허한 분이시네요! 저뿐만이 아니라, 렌살 씨의 답례를 거절하시다니!"

"아, 아니야, 난 돈과 여자에 환장하는 최악의 남자다———!!"

엘리제는 더욱더 반한 것 같은 눈빛으로 나를 쳐다보았고, 렌살은 우리를 따스한 눈빛으로 지켜보았다.

마치 못되게 굴던 사람이 좋은 사람이라는 사실을 들켜 버린 것 같은 기분이었다.

고, 곤란해!

대히트 SF 판타지 영화『그대의 이름은.』처럼 엇갈리기만 하던 엘리제가 제대로 재회를 이루고 말자, 케인은 양손을 뺨에 대고서 뭉크의『절규』처럼 몸이 가늘고 길어져서 비장감을 드러내고 있었다.

아직이다! 아직 희망은 있어!

겁쟁이 용사지만 의외로 신경줄이 굵은 케인이 다시 일어설 때까지 나는 잠시 기다렸다.

"엘리제 님, 제 말 좀 들어주세요. 저는 거기에 있는 노르드의 함정에 빠졌습니다!"

그러자 내 예측대로 다시 일어선 케인은 나를 손가락으로 가리키며 악행을 폭로하려고 했다.

"나 원 참 이래서 평민은 곤란하군. 비뚤어진 근성이 배어들어서 자기의 태만을 제쳐놓고, 금세 남의 책임으로 떠밀려고 해. 애당초 네놈 따위를 함정에 빠뜨려서 내게 무슨 이득이 있지?"

나는 케인을 멸시함으로써 엘리제에게서 미움을 사도록 했다.

내 상상으로는…… "어머, 노르드 님! 그건 너무 심해요. 신분으로 사람을 차별하는 당신의 행동에 실망했어요" 하고, 이렇게 될 것이 틀림없다!

그렇다, 에로게임 속의 엘리제는 케인을 깔본 노르드의 뺨을 손바닥으로 때리고 격렬하게 혐오했으니까. 한편 노르드는 입학 첫날에 학생들 앞에서 수치를 당해, 그녀에게 집착하게 되었던 경위가 있다.

————크크크……하하하, 아 하하하————!

이러면 완벽하게 미움을 사게 되리라는 사실을 확신하고, 노르드화 하면서 높다랗게 웃었다.

————콜록, 콜록, 콜록…….

지나치게 웃으니 기침이 나와 버려서 몸을 웅크리고 있자, 엘리제는 내 뺨을 때리기는커녕 옆에서 등을 쓸어 주었다.

설마……. 아니, 그럴 리가…….

내 우려는 멋지게 적중했다.

"노르드 님의 말씀이 맞아요! 케인! 또 거짓말만 하고……. 당신에게는 성실함이라는 게 없나요? 앞으로는 노르드 님의 손톱에 낀 때라도 달여 드세요."

흐억?!

검지로 척 삿대질하고, 이미 다 죽어가는 케인에게 저공 드롭킥 같은 전력의 시체 걷어차기를 먹이는 엘리제…….

진짜로 그만두라고!

케인에게 매섭게 말한 엘리제는 나에게 "괜찮으신가요?"라고 말하고 눈썹꼬리를 내리며 불안한 표정으로 걱정해 주었다.

아니, 나는 엘리제의 사고회로와 케인의 SAN치를 향해 "괜찮으신가요?"라고 묻고 싶어서 참을 수 없었다……

나보다 케인을 걱정하라고.

혼이 빠져나가 건어물이 된 케인을 내버려 두고서 엘리제가 손을 잡아달라는 듯이 내밀었지만, 나는 보이지 않는 척을 하고서 앞길을 재촉했다.

"기다리세요! 노르드니이임————!"

————용사학원 대강당.

툭 까놓고 말해서 원래 있던 세계에 있는 체육관쯤 되는 넓이의 강당에 모인 우리 용사 후보.

다른 학생은 기대와 불안을 섞어서 수군수군 대화하고 있었는데, 어느 세계나 기본은 다르지 않은 모양이다.

다만…….

"노르드 님과 같이 학원에 들어가다니, 저는 행복하기 그지없어요."

엘리제에게서 거리를 두려고 몇 번이나 자리를 바꿨는데 그녀는 그때마다 쫓아와, 이제 이 강당에서 결혼식을 올리자는 말을 꺼낼 우려가 있을 법한 행복한 표정을 짓고 있었다.

"나는 따라오지 말라고 했을 텐데?"

엘리제에게 그렇게 대꾸했지만, 그녀는 강당 단상에 오른 릴리안을 보며 집중하느라 내 말을 귀담아듣는 기색은 없었다.

내가 한숨을 흘린 뒤, 릴리안은 소리 높여서 인사했다.

"제군! 애커센 왕국이 자랑하는 왕립 용사학원에 입학시험을 보는 용사에게 경의를 표하겠다! 하지만 우리 학교는 정예만을 배출한다. 정예를 키우는 곳에는 예비 정예만이 입학할 수 있는 것이다. 지금부터 입학 선발 시험을 치르겠다. 바로 여기에서 나가라!"

이럴 거면 강당에 모인 이유는 뭔데~.

용사학원 뒤뜰의 황야 같은 곳에 오자 마치 사격장처럼 먼 곳에 표적이 보였다.

"네놈들, 귀족 자제일지도 모르지만 여기에서는 내가 네놈들의 선생이다! 그리고 네놈들은 내 개다! 귀족이라는 신분 따위는 통하지 않는다고. 만약 귀족으로 지내고 싶다면, 냉큼 도망쳐 돌아가서 엄마 젖이라도 빨아라! 여기에서는 이미 내 말이 법이다!"

우리의 눈앞에서 떡 버티고 선 남자는 사관학교 호랑이 교관 같은 소리를 떠들었다. 남자의 이름은 도안인데, 신입생을 괴롭힐 대로 끝까지 괴롭히는 간수 같은 교사이며 자신의 실력을 자랑으로 삼고 있다.

"지금부터 나와 네놈들의 실력 차가 어떤 건지 보여주겠다."

노르드도 맛이 갔지만, 도안도 상당히 맛 간 캐릭터다…….

마침내 시작된 마력 측정.

"거기에 있는 수정구슬에 손을 놔봐라. 그러면 네놈들의 마력량을 전부 꿰뚫어 볼 수 있다! 참고로 나는…… 99다!!"

그 정도로 맛 간 도안은 오히려 굉장해, 진짜로…….

"그럼, 내가 해보겠어!!"

데스 게임이나 던전에 숨어들면 맨 먼저 죽어 버릴 것 같은 붉은 머리의 열혈 캐릭터 글렌이 수정구슬을 움켜쥐었다.

"우어어어어어, 풀 버어어어어스트으으!!"

무정하게도 측정기가 표시한 마력량은…… 30.

띠잉♪하는 유감스러운 종이 울린 것 같은 소리가 들리고, 글렌은 고개를 떨구고 말았다.

"큭큭큭, 이 정도의 마력도 없는 건가, 올해의 용사학원 학생도 수준이 뻔하구나. 이봐, 평민! 네 실력을 보여 봐라!"

뭐라고?!

귀족 자제를 멸시하는 데 질린 도안은 표적을 케인으로 바꾸었다.

도안에게 겁먹은 케인은 머뭇거리면서도 "나는 엘리제를……"이라고 무언가 중얼중얼 혼잣말하면서 수정구슬에 손을 댔다.

"뭐라고?! 펴, 평민 주제에 마력량이 100이라니 말도 안 돼!"

케인이 뽑아낸 수치를 보고 도안의 주위에 있던 학생들이 순식간에 소란스러워졌다. 케인이 일부러 그러는 양 제가 무슨 일을 저질렀나요? 하고 시치미 떼는 표정으로 있는 사이에, 나는 정신을 집중시켜서 측정을 마치려고 했다.

마침내! 찾아온 내 슬로 라이프로 향하는 스타트라인.

나는 여기에서 케인에게 지면 된다.

다행히도 순서는 케인이 먼저니까 나는 놈에게 맞춰서 마력량을 조정하면 그만일 뿐인, 누구라도 간단히 할 수 있는 일이다.

내가 수정구슬에 손을 툭 얹자 99라는 참으로 무난한 수치를 표시했다.

해냈다!

조정이 무척 까다로웠지만 잘 된 모양이었다. 너무 강하지도 않고 약하지도 않고. 그렇다, 안 그래도 노르드는 눈에 띄는 행동만 취하니까 얌전히 있는 것이 제일이다.

하지만 곧바로 내 작전 성공을 비웃듯이 참견이 들어오고 말았다.

"아니요, 노르드 님의 실력은 그 정도가 아니에요!"

엘리제가 내 손등에 손을 포개고 말았다……. 가족 말고 다른 여자에게 닿자, 내 마력 제어에 어긋남이 생겨서 측정기 수치가 눈으로 좇아갈 수 없을 만큼 빠른 속도로 뛰어 올라갔다.

"200이라고?"

"아니요, 아직도 계속 상승하고 있어요. 1000, 2000, 3000, ……10000, ……99999……."

퍼어————엉!

끝내는 측정기가 폭발했다…….

"해냈어요! 사랑의 승리예요!! 저와 노르드 님은 상성이 딱 맞네요♡"

엘리제는 내 손을 자기 양손으로 잡고서, 폴짝폴짝 뛰어오르며 환한 웃음을 띠었다.

이건 러브러브 측정기가 아니라고!!

━━━━━━능력 있는 그리폰은 발톱을 숨긴다고 하는데 노르드 님도 그랬던 건가!

━━━━━━암흑기사 쩔어━━━━━━━━━!

━━━━━━공작님의 영식인 데다 강하시다니!

주위 신입생들이 나에게 칭찬과 감탄의 목소리를 흘렸지만, 케인의 안색을 힐끔 살피자 분한 얼굴로 나를 노려보고 있었다…….

엘리제 때문에 내 남몰래 슬로 라이프 계획은 전부 완전히 망했잖아!

이건 측정기가 처음부터 망가졌을 뿐이다!

내가 모두에게 변명하려고 하자……,

"크크크……, 이건 측정기가 처음부터 망가졌을 뿐이다!"

엇, 겨우 노르드의 몸이 제대로 떠들어 줬다.

그렇게 내가 안심한 것도 잠시,

"이런 망가진 기계를 납품시키다니 누군가가 상회와 유착이라도 한 게 아닐까?"

도안 쪽을 쳐다보며 번뜩 노려보았다. 그러자 도안은 어깨를 움찔 떨며 그 자리에 있던 학생이나 보호자에게 변명했다.

"나는 측정기 납품에는 관여하지 않았어! 정말이야, 다들 믿어줘!"

"크크크, 믿으라고? 내가 믿는 것은 내 강한 힘뿐! 내 실력은 이런 싸구려 물건으로는 잴 수 없다! 하하하하하! 다들 나에게 넙죽 조아리거라!"

왜 내 허들을 올리는 건데, 노르드 자식으은!

─────그렇겠지! 역시나 노르드 님!

─────노르드 님, 멋져……♡

아니, 왜 다들 넙죽 조아리는 건데!

"뭐, 뭐어…… 마력량이 많다고 해서, 실전에서도 마도가 강하다고는 단정 지을 수 없다! 다음은 실기다!"

도안은 땀을 뻘뻘 흘리면서 입을 열었다. 그만큼 큰소리를 쳐 놓고서 학생에게 지니까 꼴 좋다는 말밖에 나오지 않는다.

"아아, 그게 고대 세계를 깡그리 불태운…… 누구였더라? 그렇지, 아그니다! 아그니여……."

길다……. 진짜로 길다…….

내가 저만큼 영창하면 대륙을 통째로 불태워 들판으로 만들 수 있을 것 같다……. 그보다 제대로 스펠을 외워두라고!

도안은 불경처럼 기다랗게 영창을 한 뒤 공격 마도를 펼쳤지만, 내가 보기에는 대단치 않은 데다 어디에 실전성이 있는지 잘 알 수 없었다.

릴리안에게 도안은 교사에 적합하지 않다고 제안해 두자.

이리하여 도안은 나쁜 견본의 전형적인 예를 잔뜩 보여줘 버린 뒤, 다음 사람을 지명했다.

"케인 스워프! 해봐라!"

"네, 네에에에엡!"

케인 녀석……, 완전히 상경한 시골뜨기 상태인데 진짜 괜찮을까?

"불꽃의 정령이여, 나는 그대의 힘을 원한다. 나의 바람에 응해 준다면 약속하겠다, 그대들을 평생 봉……."

내 걱정을 제쳐놓고서 케인이 도안처럼 스펠을 틀리지 않게 영창을 마치려고 하자 도안은 즉시 훼방 놓았다.

"이거 봐, 케인……. 그래서야 실전에서는 도움이 안 된다고오. 좀 더 빠르게 영창하지 못하겠나아! 역시 평민에게는 무리인가아?"

네가 할 소리냐?!

"아, 네에에에, 지, 지금 당장 할게요!"

여기에서 엄청 크게 한 방을 먹여서 엘리제를 다시 반하게 해라!

나는 이미 케인을 응원하는 형님이 되어, 마른침을 삼키며 그의 마도를 지켜보았다.

게임에서는 여기에서 케인이 마력 폭주 수준의 【파이어볼】을 쏘아 모두를 놀라게 하지.

케인의 손바닥에 모여든 눈부신 섬광이 마침내 표적을 향해서 쏘아진다!

【파이어볼】!!

픅…….

놀랍게도 케인이 쏜 초보 중의 초보에 해당하는 마도는 마치 화학 실험에서 하는 실험관에 담긴 수소처럼 한순간만 주위를 밝혔을 뿐.

그 자리에 있던 일당이 아연해한 후, 평민의 솜씨를 보겠다는 기대는 일제히 비웃음으로 바뀌고 말았다.

──────뭐야, 저건…….

──────방귀만도 못 해!

──────역시나 평민!

──────허접한 걸 알아라!

성대하게 실패해 버린 케인에게 사정 없이 야유가 날아왔지만, 엘리제의 다정한 성격이라면 케인을 옹호해 줄 것이다!

"……."

엘리제는 케인을 보지 않고서 나에게만 뜨거운 시선을 보내고 있었다…….

기대했던 내가 바보였던 것일까?

내 부모님은 오지 않았지만, 온실에서 자란 아이를 관객으로서 지켜보는 걱정 많은 부모들의 무리에 내 집사인 그라함이 있었다.

나는 케인의 옆에 있던 그라함에게 일이 돌아가는 형편을 캐물었다.

"그, 그라함이여. 이건 대체 어떻게 된 일이냐? 나는 케인을 단련시키라고 명했을 텐데."

"다음, 노르드 빌런스!"

그라함이 대답하기 전에 내 사례가 돌아오고 말았다. 내가 지시에 따라서 훈련장으로 나가서 무난한 암흑 마법을 선택해 무영창으로 해도 될 것을 주위 수준에 맞춰 일부러 영창을 개시하자, 충성심 강한 그라함은 중단하지 않고 내 물음에 대답했다.

"네, 노르드 님께서 괴롭히기 쉽게끔, 체력만 증강해 언데드급으로 괴롭히는 보람이 있도록 조련했습니다."

뭐시라아아아─────?!

진짜로 필요 없는 헤아림인데에에에.

그라함의 헤아림에 놀란 나는 영창 중 암흑 마도 스펠을 틀리고 말아서……,

【다크 매터】.

"아뿔싸아아아아─────!"

슉……!

황야의 공간에 거의 눈으로 인식할락 말락 할 정도의 작은 극소의 검은 점이 나타났나 싶더니, 주위의 온갖 물질이 구 모양으로 도려져 순식간에 증발했다.

나는 목표물로 모자라, 훈련장에 있는 백스톱 대용의 방어벽과 산맥을 없애 버린 것이었다.

살살 하려고 했는데 어쩌다 이런 일이…….

살금, 살금.

나는 케인을 비웃느라 들끓은 훈련장에서, 아무 일도 없었던 것처럼 발소리를 죽여서 떠나가려고 했다.

"과연 노르드 님! 역시 실력을 숨기고 계셨군요. 저는 노르드 님과 함께라면, 이 대륙…… 아니요, 세계의 구제조차 이룰 수 있을 것 같은 기분이 들어요."

아니……, 구제할 거라면 우선 케인을 먼저 해줘!

나에게서 일절 눈을 떼지 않고 주시하던 엘리제가 칭찬하자, 모두의 눈이 나에게 일제히 쏟아지고 말았다. 엘리제는 귀여운 주제에 나에게 성녀는커녕 터무니없는 역병신이 되고 말았다.

―――――과연 빌런스가의 도련님!

―――――집안에 우쭐해지지 않고, 노력하실 줄이야.

―――――나는 노르드 님의 심복이 될래!

―――――무슨 소리를! 나는 측근이다!!

게임 내용대로 노르드의 압도적인 힘 앞에 불량 동료라고 할까, 추종자가 생기고 말았다. 일단 내가 노력해 버렸기 때문에 파워는 차원이 다르지만…….

"살살 했을 텐데 저 정도로 무너져 버릴 줄이야……. 몇만 년, 몇십만 년에 걸쳐서 생긴 산맥도 사람의 영위 앞에서는 무력하구나!"

내 생각은 노르드어로 변환되어, 주위에 프레셔를 가하고 말았다.

괴롭힘은 좋지 않아, 절대로!

일단 추종자들에게는 케인을 괴롭히지 말라고 못 박아둬야지……. 그들이 괜히 괴롭혀서 케인이 각성이라도 하게 되면 내 생명이 위태로워지니까.

어쨌거나 내 작전은 모조리 예상과 어긋나고 말았다.

외톨이 학생을 목표로 하려 했던 내가 주목을 받고, 눈에 띄려고 한 케인이 외톨이가 되었어…….

내가 모두에게 칭찬받으면서 둘러싸이자 머리카락을 나부끼는 미소녀가 지나갔다.

응?

마리를 닮았네……, 그렇지만…….

저렇게 가슴이 빵빵하게 성장했을 리가 없으니까. 마리는 열 살이고, 빈유이고, 애당초 입학 자격이 없으니까…….

─────【엘리제 시점】

충격적이었던 입학 선발 테스트……. 각자에게 할당된 방으로 이동했지만 몇 시간이 지났는데도 식지 않았습니다. 노르드 님 께서는 역시 제 예상대로, 저를 위기에서 구해주신 은인이었습니다. 그런 그와 감동적인 재회를 이룬 밤에 있었던 일입니다.

『크크크……, 여기가 기분 좋은 건가?』

『아, 아니에요, 그런 곳을 만지면 불결할 뿐이에요.』

『정말인가? 그렇다면 이건 뭐라고 할 테냐?』

『그, 그건 땀이에요!』

『그렇다면 핥아봐라.』

『하응……, 요구르트 같은 신맛이 입에에에.』

『네 땀은 그런 맛이 나는 건가? 그럼 나도 맛봐주마. 직접 너에게서 빨아들여서 말이지.』

아앙! 어떻게 되어 버리는 거지?!

꾹꾹, 두근거려서, 눈을 손으로 덮고서 책상 위의 소설 읽기를 중단하고 말았습니다.

왓?! 대, 대단해⋯⋯.

하지만 신경 쓰여서 한 손으로 슬쩍 페이지를 넘기자, 다음 페이지에는 놀랍게도 두 사람이 알몸으로 서로 끌어안은 삽화가 나와서 뚫어지도록 쳐다보고 말았습니다.

린에게 부탁해서 사다 달라고 한 TL 소설 『흑공작과 백성녀』를 읽으면서 저는 망상을 부풀렸습니다.

젊은 시스터이자 백성녀라 사람들에게서 숭배받는 엘리시아가 가난한 교회가 병설하는 고아원의 고아들에게 만족스러운 식사를 먹이기 위해서, 영주인 흑공작이라 불리는 루르드에게 기부를 부탁하게 되고 그 후로 루르드에게 희롱당하는 내용입니다만⋯⋯.

마치 제가 노르드 님에게 희롱당하는 것 같다는 생각이 들었습니다.

심호흡하고 다시 또 읽기 시작했습니다만.

하아⋯⋯, 하아⋯⋯.

그, 그런 파렴치한⋯⋯.

아앗, 안 돼! 그런 곳에 저게 드나든다니 믿을 수 없어요!

괴, 굉장해요.

순진무구한 엘리시아가 이렇게 음란해져 버리다니⋯⋯.

저도 노르드 님이 기분 좋게 해주신다는 생각만 해도, 몸이 달아오르고 숨이 멋대로 가빠지고 말아요오오⋯⋯.

『부디 음란해져 버린 제게 벌을 내려주세요.』

『크크크……, 좋다. 음탕한 너에게는 내 조련이 필요한 모양 이로군.』

『루르드 니이임————! 그런 배 안쪽을, 툭툭 두드리면 안 대애애애…….』

흐아아아아……, 엘리시아가 자기가 싫어하던 루르드를 양다 리로 꽉 고정해 버리다니!

부스럭!

제가 두 사람의 성교에 놀라서 책상을 흔들어 버리자 포개어 진 책의 산이 무너지고 말았습니다.

어, 어쩌면 좋죠?

노르드 님을 떠올릴수록, 제 TL 소설 컬렉션은 점점 늘어나 버리고 있습니다…….

————【노르드 시점】

제기랄! 나 원 참 엘리제의 호감도가 내려가지 않는 데다 케인 은 그런 못난 모습을…….

어떻게 하면 좋을까.

그렇다! 내가 케인의 눈앞에서 노르드 군단(추종자들)을 이끌고 엘리제를 헌팅하면 된다.

엘리제는 명색이 에론교 성녀 후보 필두. 내가 헌팅에서 강제로 침대로 끌어들이면, 초기 상태에서는 야한 일에 결벽적일 그녀는 그 노르드를 죽였을 때처럼 멸시하는 표정을 띠게 되겠지.

그러면 나를 향한 엘리제의 호감도는 전생에서 내 악덕 직장과 연계하던 손해보험 회사의 주가급으로 떨어져 단숨에 하한가 폭락이다.

나는 "당신은 끔찍해요!"라고 말하는 엘리제에게서 뺨을 맞고, 방에서 도망친 그녀를 케인이 다정하게 위로하면……. 두 사람 사이는 단숨에 진전되어 그날 당장이라도 씨뿌리기 피스톤 축제가 열린다는 수법이지.

다음 날, 완전히 내게 심취해 버린 노르드 군단을 이끌고 복도를 걷고 있는 엘리제 곁으로 향했다. 전생이라면 나는 말조차 걸 수 없었을 인싸 파티피플 도련님인 노르드 군단이 엘리제를 둘러쌌고, 내가 그녀에게 말을 걸었다.

"막달리아 백작 영애 엘리제로군?"

"네, 그런데요……. 왜 그러시나요, 노르드 님?"

"내 이름은 노르드! 빌런스가의 장남이다!!"

노르드 군단이 "역시 노르드! 그 점이 짜릿해! 동경해애!"라는 연기를 넣었지만, 엘리제는 지극히 평온했다.

"네, 알고 있습니다."

"그렇다. 엘리제, 넌 아름다워……. 따라서 나와 잠시 어울려라!"

이런 엉망진창인 헌팅은 거절당할 것이 뻔한 데다 인상도 무척 나빠지겠지.

나는 엘리제를 늘 벽 가에서 엿보는 남자에게 시선을 보냈다.

케인! 멍하니 보고 있지 말고, 빨리 나를 말려서 엘리제를 구하고 그 손으로 되찾는 거야.

"기다리십시오! 엘리제가 당황하고 있으니까요!"

마침내 내 바람이 하늘에 닿았는지, 케인이 떨리는 목소리로 나를 제지해 주었다.

"누군가 했더니 케인 아닌가. 너는 엘리제의 약혼자라도 된 줄 아나?"

"저, 저는 엘리제의 약혼자 같은 게……."

"그럼 남자친구인가?"

"남자친구도 아니야……."

"그렇다면 친밀한 친구겠지?"

"그것도 아니야……."

점점 목소리 톤이 낮아지는 케인.

야아아!

지나치게 패기가 없잖아아아──!

여기서는 거짓말이라도 좋으니까, "연인입니다"라고 말하며 지켜 줄 상황이라고!

문득 엘리제에게 눈길을 주자 케인을 보는 눈이 뾰족해서, 마치 여주라도 먹은 것처럼 떨떠~름한 표정으로 보고 있었다.

"하아……. 노르드 님, 가요! 당신이 권해주시다니 무척 영광이에요."

뭐?

아니, 아니, 아니, 성공해버리면 어쩌자고?

케인아, 너 엘리제를 좋아하잖아? 딴 사람이 네 여자친구를 데리고 가 버리면 어쩔 건데! 난 네 미움을 사기 싫으니까 필사적으로 힘내라고!

"엘리제, 한 가지 묻지. 저기 있는 남자는 네 뭐냐?"

"그저 종자예요."

뭐?!

엘리제는 딱 잘라 말했지만, 인간은 불리한 일을 제대로 알아듣지 못하는 법이다.

"평민, 너와 엘리제의 관계를 말해봐라!"

"저, 저와 엘리는……, 엘리는……."

"노르드 님! 케인 따위는 내버려 두고 가요."

아? 어? 자, 잠깐만 기다려 봐!

데리고 돌아가기 성고오오오옹————! (눈물)

내 인생의 첫 헌팅 성공이 이렇게까지 기쁘지 않을 줄이야.

"잠깐 기다리세여! 아뇨, 기다리세요!"

엘리제가 나와 팔짱을 끼려고 한 그때, 귀에 익은 혀짧은 목소리가 들렸다.

누군가 싶어서 뒤를 돌아보자 금발에 롤빵머리를 한 그야말로 아가씨 드릴이라는 느낌의 여자애가 서 있었다. 어쩐지 화가 난 기색이었다.

키는 엘리제와 비슷하고, 가슴은 빵빵하다. 용사학원의 배꼽

노출 교복이 잘 어울리는 야한 미소녀에게 나는 물었다.

"어?! 마리?"

"아니에여!"

"아니, 마리잖아?"

"저는 마리엘 밀레라고 해여."

힘껏 머리를 굴렸을 텐데, 변명이 귀여워서 참을 수가 없었다.

"그런가, 그건 유감이다. 마리라면 내 방에 불러들여서 머리를 쓰다듬으며 잔뜩 귀여워해 주려고 했는데."

"저능 마리에여!"

빠르다!

마리는 금세 가명을 버리고서 정체를 밝히고 말았다.

뭐 그 쉽게 넘어가는 점이 마리의 매력이기도 하지만.

"마리여. 그 외견은 어떻게 된 거냐?"

"네, 오라바니가 그리워서, 떠러지기 시러서, 【변신 마도】를 습득한 거시다."

과연 노르드의 여동생이다!

『벼락용사』에서는 무능하다는 소리를 들으며 엘리제를 괴롭히는 악역 영애 포지션이었는데, 역시 재능을 숨기고 있었구나.

————내 방.

"오라바니, 배 툭툭 두드려 줬으면 조케써요."

"배 툭툭?! 그런, 친남매끼리, 야한 짓은 안 된다고 생각해요……."

169

"뭐?"

이야기가 성가셔질 것 같았기에 두 사람을 데리고 내 방에 왔지만, 엘리제가 무언가 착각을 일으켜서 얼굴을 빨갛게 물들이며 놀라고 있었다.

새근~♪ 새근~♪

역시 겉모습은 무지 야한 숙녀가 되어 버렸어도 속은 아직 어린애구나.

배를 툭툭 두드려 주자 마리는 귀여운 숨소리를 내며 잠들어 버렸다.

다만 릴리안을 협박해서 월반 입학하다니 그 점은 노르드의 여동생이자 악역 영애의 편린을 보인다. 그래도 내 곁에 있고 싶어 하는 사랑스러운 여동생을 재웠다고 생각하니 엘리제가 나에게 몸을 기대왔다.

"아아……, 저도 갑자기 졸음이!"

"으엇?!"

그와 동시에 푹신푹신한 융단 바닥에 쓰러지고 만 우리.

"노르드 님! 저, 저, 뱃속을 툭툭 해주셨으면 좋겠어요."

뱃속? 뭔지 잘 모르겠지만, 이 밀착한 자세로는 무리가 있다.

"아니 다리를 풀어줘야 배를 툭툭 두드릴 수 있는데……."

"놓고 싶지 않아요."

나는 엘리제에게서 너무 좋아 홀드를 당해서, 마리가 일어날 때까지 계속 그대로 있었다…….

아아, 역시 오라버니의 곁에 쳐들어와서 정말 최고입니다. 저는 오라버니의 멋진 모습을 널리 알리는 첫걸음을 위해서, 학원장실 문을 두드리고서 방 주인을 불렀습니다.

"학원장님, 마리인 거시다! 들어가도 돼?"

"……들어오세요."

방에 들어가니 초대하지 않은 손님이 왔다는 느낌으로 떨떠름한 표정을 지은 릴리안이 있었습니다.

"싫어요?"

"매번 곤란한 요구를 하러 찾아오면 누구든 싫어하겠죠……."

"아직 두 번째인데요."

"역시 곤란한 요구를 하러 왔잖아요!"

"릴리안. 오라버니의 힘은 이미 이 학원의 교사보다도 위예요. 그런데 그들은 오라버니에게 가르침을 내리려 하고 있어요. 실력 지상주의인 용사학원에서, 교사만이 구태의연한 건 다소 이상하지 않은가요?"

"마리안느 님, 대체 무슨 말씀을 하고 싶으신 건가요?"

"모르시겠어요? 그럼 제 바람을 전하겠어요. 오라버니를 용사학원의 교수로 삼으세요. 그럴 수 없다면……."

"어차피 제 치태를 세간에 폭로한다는 소리겠죠……."

"알고 계신다면 이야기가 빠르죠. 게다가 학원 회계에서 이상한 점을 발견했어요. 학원장님의 교재비 지출이 이상하게 높아

졌네요. 무언가 최근, 콘셉트 카페, 최애라는 단어가 유행하는 모양입니다만……."

"마리안느 님, 기꺼이 노르드를 당 학원의 교원으로 채용하겠습니다."

"고마워요, 릴리안. 저는 당신을 무척 좋아해요, 후훗."

"무서운 아이……. 정말로 열 살인가? 권모술수라면 노르드 이상일지도 몰라……."

"뭐라고 하셨나요?"

"아뇨, 아무것도 아닙니다."

저는 일이 잘 풀리자 학원장석 뒤로 가, 창문을 향해서 양손을 펼치며 선언했습니다.

"맞아요! 오라버니의 이름을 좀 더 널리 세상에 퍼뜨려, 노르드 빌런스야말로 가장 뛰어난 남자라는 사실을 세상에 알리는 거예요!!"

아아, 오라버니는 멋진 존재인 것입니다. 저는 그런 오라버니를 뒤에서 지탱하는 일이 행복하기 그지없습니다.

"악몽이야……."

릴리안은 책상에 엎드려서 양손으로 머리를 감싸 안았습니다만…….

───【노르드 시점】

몇 시간 후.

"도안! 영창이 느리다고 몇 번을 말해야 알겠나, 이 굼벵이!"

"네에에에엡!"

숨을 곳 없는 눈싸움 형식으로 죽지 않을 만큼 서로 마도를 부딪치는 수업을 하던 우리. 도안은 멈춰 서서 영창을 했지만, 전장에서 멀거니 서 있으면 확실하게 죽는다.

내가 주의를 줄 겸 달리면서 도안의 귓가에 【다크 웨이브】를 쏘자 놈은 깜짝 놀라서 영창을 중단하고 말았다.

조금 전에 있었던 일인데, 릴리안은 나에게 몸을 떨면서 알렸다. 어느 고귀한 영애가 나를 강하게 교수로 추천했다고. 만약 거절하면 용사학원의 관계자 전원에게 불행이 닥친다는 말을 남기고서. 덕분에 나는 도안 대신 초등과 교수를 맡는 처지가 되었다…….

"잘 가거라, 내 슬로 라이프."

내 계획이 점점 멀어져 간다…….

"노르드 선생님이 뭐라고 하셨나?"

"글쎄?"

"너희! 땡땡이치지 마라! 다음 실전을 치르겠다!"

나는 도안처럼 교수 자리에서 끌어내려지고 싶어서, 전생의 사축 직장처럼 빌어먹을 상사를 흉내 내며 갑질과 언어폭력 수업을 감행했다.

콰과————————앙!!

"너희에게 알린다! 지금부터 내가 쏘는 암흑 마도의 파상 공격을 1분 동안 버텨봐라! 애초에 버티지 못한다면 죽을 수밖에 없지만, 하하하하!"

"노르드, 말하기 전부터 마도를 펼치는 건 반칙이라고오오—!!"

내가 아무 말도 없이 반 애들에게 마구잡이로【블랙 프로미넌스】라는 마도를 펼치자 케인이 불평을 흘렸다.

"시끄럽다! 전장은 항상 부조리하다!"

내 전생의 악덕 직장처럼 말이지……

서른 명이 있던 반 애들 대부분이 전투 불능에 빠지고, 케인과 글렌과 해리 세 사람만 남게 되고 말았다.

"후하하하하하하하하하하하하하하하하하하!! 마족의 교활함은 이 정도가 아니라고! 항상 경계를 엄격하게! 네 옆에 있는 동료조차, 이미 마에 매료되었을지도 모르니까아!"

"노르드는 용사가 아니라, 마왕이야……."

정말로 웃을 수 없는 농담이다.

마왕이 되면, 나는 확실하게 죽어 버릴 테니까…….

———수업 평가 날.

『벼락용사』의 용사학원 특징으로, 학생은 각 수업에 평가를 달 수 있다.

수업이 재미없다, 성추행이 심하다, 입 냄새가 난다, 무슨 말을 하는지 모르겠다 등등, 평가 내용은 제각각이다. 작중에서 도안은 학생을 매수해, 성적을 잘 주는 대신 교수 평가를 잘 써 달라고 학생과 거래했다.

크크크……, 나는 그런 짓을 전혀 안 했다. 이로써 교수라는 딱딱한 자리에서 안녕이다!

나는 혹평을 받아, 교수는커녕 학생으로서도 부적격이라 용사 학원에서 추방당할 것이다!

어디 보자…….

건네받은 평가 내용을 주어진 교수실에서 읽으니,

노르드 선생님의 수업은 다른 선생님은 흉내 낼 수 없는 것입니다. 약한 선생님은 절대로 못 하는 실전이라는 마음가짐을 배웠습니다.

뭐?

아니지, 이건 무언가 잘못됐다! 다음이다, 다으으으으음!

엄격함 속에 다정함이 있는 선생님입니다. 쓰러져 있자【도핑】으로 치유해 주시고, "일단 일어서라, 이 흐물텅 자식"이라고 질타해서 격려해 줍니다.

마조 군?

어라……, 그건 치유가 아니라고. 생명력을 가불하는 것뿐이니까…….

선생님은 거만해 보이지만 실은 겸허하다. 늦게 온 적이 없고, 우리보다 먼저 야외 연습장에 와서 준비해 준다.

아니, 그건 너희를 덫에 걸리게 하려고 준비하는 거라고!
으~음, 그런 갑질, 언어폭력 수업이 좋다니 다들 마조인가?
엇! 이건 나에 대한 안티 코멘트로군.

노르드 선생님은 박식한데 질문을 해도 조금도 대답해 주지 않는다. 무엇을 물어도 "천치 같으니이이! 그 정도는 스스로 조사할 수 있지 않나"라고 심하게 질책받아서 풀이 죽어 버린다.
지독한 선생님이라고 생각해 버렸다.
하지만 곰곰이 생각해 보니 우리는 주위에 동료 없이 혼자 남게될 때가 있다. 아마 스스로 조사하고 생각하라며 자주성을 중시해주는 것이라 생각한다. 여태까지 부모님에게 받기만 했던 나에게그 사실을 가르쳐 준 노르드 선생님은 최고의 스승입니다.

…….
이봐, 깎아내려 놓고 나중에 칭찬하지 말라고!

후우……, 이게 마지막인가.

빌어●을 노르드!! 나는 네 학생이 되지는 않을 거라고! 그런 수업, 절대로 인정할 수 없어! 너 따위는 ■ ■ ■ ■ ■ ■ ■ ■!
■ ■!
【교수에 대한 모욕과 인격 부정 표현이 다수 발견되어, 학원장 권한으로 내용을 수정, 평가를 정식으로 인정하지 않기로 했다】

어디를 어떻게 봐도 케인이로군. 릴리안이 검게 먹칠하다니 웃기기만 하다.

아니, 나…… 교수 자리에서 내려갈 수가 없는 것 같은데…….

릴리안 녀석, 틀림없이 재미 삼아서 나를 교수 따위로 만든 거 겠지!

좋은 평가뿐인데 골치를 썩이고 있자 엘리제가 방에 들어왔 다. 초대하지 않은 손님이기는 하지만 과가 달라도 일단 학생이 라서 거부할 수 없다는 사실이 슬프다.

"아아……, 오늘의 노르드 님께서는 한층 더 멋졌어요. 그 많 은 인원을 상대로 한 걸음도 물러서지 않고 대처하시다니!"

"……."

어째서 이 애에게는 그렇게 보이는 거지?

시가전과 공성전을 상정해, 모두를 막다른 골목에 몰아넣고서 그저 괴롭혔을 뿐인데…….

우리가 이야기를 나누고 있자 교수실에 문을 두드리지도 않고서 흙발로 들어오는 놈이 있었다. 아니, 흙발이라 해도 되나……. 바다에서 미역을 머리에 얹고서 올라온 것 같은 머리 모양을 한 남자는 나를 향해서 지껄였다.

"네가 노르드인가! 흥, 아직 꽤 어려 보이는구운."

"넌 누구냐? 나는 엘리제를 이해시키느라 벅차다. 용건이 있다면 나중에 와라."

"네노오오옴!! 이분이 누구신 줄 아느냐. 이분은 말이지이――."

"모르겠군, 너는 짜증 나니까 조용히 해라."

"으읍?! 으으, 으으, 으으."

미역의 똘마니 같은 빡빡머리 남자가 시끄러워서 마도로 그 자리에서 입을 다물게 했다.

하지만…….

누구지? 이런 녀석이 있었던가?

"학교에 갓 들어온 풋내기가…… 우쭐거리지 말라고. 이 모든 것에 있어서 최고인 내가 네놈에게 교육적 지도를 내려주마."

오, 맞다, 맞아, 생각났다, 이 열받는 말투. 빌런스 공작가를 중심으로 하는 귀족 파벌 게젤샤프트의 일원으로, 초등과 학생에게는 엄격하게 대하지만 워르드에게는 아첨을 떠는 중등과 잔챙이 선배다.

지금 바쁘고 다음 수업도 앞두고 있는데…… 성가시네.

"이봐, 의욕 있는 무능한 한스! 나는 바쁘니 용건은 한마디로

정리해라."

히익?! 내 생각을 그대로 입 밖에 내버리면 곤란하다고!

"뭐라고! 이 바운더린 후작 영식 한스를 향해서, 그런 말투를 쓴 걸 후회하게 해주마!"

한스는 내 다리 밑에 하얀 장갑을 던졌다.

"주워라."

"어어? 교수인 내가 왜 네 손때가 묻은 장갑을 주워야만 하는 거냐? 그게 아니라 승부를 겨루고 싶다면, 노르드 선생님 부탁합니다라고 말하고서 넙죽 엎드려야 하잖나?"

"너, 너 이 자시이익! 상급생을 향해서, 그런 말투…… 으으, 으으, 으으."

"캥캥 짖는 녀석일수록 약하다고 하는데, 이런 저급 마도에조차 저항력이 없다니 기가 막혀서 말이 안 나오는군. 집에 돌아가서 처음부터 다시 배워라."

【해제】.

"입을 봉하다니 언론 통……, 읍! 으읍!"

【해제】.

"너 이 자시이익————, 용서 못……, 으읍! 으읍!"

한스가 무언가 떠들려고 할 때마다 입을 봉해줬지만, 살짝 질리기 시작해서 어쩔 수 없이 이야기를 들어주기로 했다.

【해제】.

그나저나 봉인 내성이 너무 허접하잖아……. 나름 상급생이면서.

"……과연 그냥 받아들일 수는 없다는 건가……. 그렇다면 내가 네놈에게 지면, 학원에서 떠나도 좋다. 반대로 네놈이 지면 의연하게 이 유서 깊은 용사학원에서 떠나가라!"

"뭐라고?"

해냈다!

여기에서 한스에게 지면 용사학원을 떠날 구실이 생긴다.

하지만 한스는 내 놀람을 다른 의미로 받아들인 모양이라서…….

"하핫! 교수 대리를 맡았다고는 해도 기껏해야 풋내기지. 나에게 질까 봐 무서워하는 것처럼 보이는군."

질 요소가 털끝만큼도 없습니다만, 진심으로 하는 소린가요? 한스 선배.

아까 전부터 풋내기, 풋내기 노래를 부릅니다만, 난 전생을 포함해서 댁의 세 배쯤은 살고 있는데요.

엘리제의 호감도를 제대로 낮추기 위해서라도 내가 분노를 터뜨리고 꼴사납게 지면, 그녀는 나를 깔보고 환멸을 느껴서 두 번 다시 나에게 다가오고 싶다는 생각은 하지 않겠지.

"알았다. 너와의 결투, 시간 때우기의 여흥으로 받아들여 줄 테니 고맙게 여겨라. 이 몸이 너 정도의 '허접허접허~접, 우뿌뿌뿌뿌'의 도전을 받아들여 주니까아! 하하하하하!!"

"큭, 이 한스…… 이런 굴욕을 받기는 생전 처음이다……."

어라? 부모에게도 맞은 적 없는 애였어?

내가 전생에서 빌어먹을 상사에게 갑질을 당했을 때의 100분의 1도 헐뜯지 않았는데, 한스는 추욱 무릎을 꺾으며 고개를 떨구었다.

멘탈이 빌어먹게 약한 피라미 군, 인 걸까?

한스는 어느샌가 내 옆에 태연하게 다가와 있는 엘리제 곁으로 걸어가서 말했다.

"엘리제 양! 너 같은 아름답고 가련한, 그리고 청초하고 총명한 아이가, 노르드 곁에 있다니 잘못되었어! 내가 노르드의 실력과 기만을 폭로한 뒤에는 나와 약혼해 주지 않겠나?"

"……."

그녀는 한스의 물음에 입을 다물었나 싶더니 내 가슴께에 몸을 붙여서 "진짜 기분 나쁜데요!"라고 한스에게 말하고 싶어 하는 양 혐오감을 드러냈다.

"일방통행인 건 좀 아닌 것 같은데!"

"노르드 님의 말씀대로, 정말 그렇다니까요!"

아니, 나는 한스에게 말한 게 아니라 엘리제에게 말했는데…….

"으아아아아아아━━━앙, 말도 안 돼, 말도 안 돼! 이 잘생긴 데다 뛰어나고, 그리고 인덕을 겸비한 내 청을 거절하다니이이이━!!"

다른 건 어쨌거나 미역은 겸비하고 있지만.

엘리제가 단호하게 부정하자, 한스는 교수실에서 한심하게 소리 높여 울음을 터뜨렸다.

저기…… 나, 실패한 적 없거든! 그렇게 한스는 성공만 해온 걸까?

"울어라! 외쳐라! 그리고 나를 칭송하라! 한스, 너는 내일의 내 디딤대가 되는 것이다, 하하하!"

"노르드 님, 정말로 믿음직하세요. 저에게 추파를 던지는 저 분에게 벌을 내려주시는 거군요."

아니, 엘리제, 그게 아니라고…….

―――결투 당일.

"노르드! 네놈은 암흑계 마도만 쓰다니, 용사 후보로서 부끄럽지 않은 거냐!"

으~음, 원래 용사가 되고 싶었던 것도 아니고, 워드의 말에 따라서 마지못해 입학했을 뿐이니까아……. 게다가 전투 스타일은 모두 제각각이고, 이러쿵저러쿵 참견을 들을 이유도 없는데.

"무슨 말을 하고 싶은 거냐? 에두르지 말고 냉큼 용건을 말해라. 나는 바쁘다."

사실은 시간 때우기지만요.

"용사 후보라면 후보답게, 나와 검으로 승부해라."

"그렇게 말하려던 참이겠지?"

"뭐?! 어째서 그걸……."

내가 한스가 하려고 하는 말을 전부 겹쳐서 말해주니, 한스는 부들부들 떨면서 입을 뻐끔거렸다.

"너 이 자시이익! 내 마음속을 엿본 거냐?! 무슨 비겁한……."

"노르드 님, 제 마음도 엿봐주셨으면 좋겠어요……."

관전하러 온 엘리제가 나에게 말을 걸었지만, 으~음, 이야기가 성가셔지니까 엘리제는 입 다물고 있자.

단순히 게임 내에서 케인과 한스의 결투 때, 한스가 지껄인 대사를 그대로 말했을 뿐이다,

스릉!

한스가 시퍼런 날을 뽑고서 하늘에 드러내자 칼끝이 눈부시게 빛났다.

"빨리 네놈도 뽑아라!"

아아, 이거 내가 뽑으면 한순간에 끝나버리는 패턴이잖아.

발검술 요령으로 뽑아내면, 검과 함께 통째로 베어버릴 것 같아…….

"뽑지 않겠다면, 나부터 가겠다!"

한스가 활약하는 장면을 만들어 줘야 한다고 생각해 맨손으로 처리했지만, 그는 붕붕 검을 휘두르기만 할 뿐 전혀 나에게 맞지 않았다.

"제대로 노려라. 나는 여기에 있다."

"하아, 하아, 허억, 허억, 쪼, 쫄랑쫄랑 도망치지 마라……. 하아, 하아, 빨……리 내 검의 녹이 되어라……."

아니, 녹슨 건 한스 네 움직임인데…….

일부러 마도 금지 규칙을 요구하길래 무언가 굉장한 필살기라도 보여줘서 나를 쓰러뜨릴까 기대했는데, 기대한 내가 바보였는지 서투른 검기만 선보여 주고 끝났다.

"숨을 가다듬을 때까지 3분 기다려 주마."

"허억……, 허억……, 하아, 하아……, 그 실력도 없으면서 으

스대는 꼴, 반드시 이 한스가 꺾어주겠다! 수, 숨이 답답해, 하아하아⋯⋯."

복싱이라도 1분인데, 2분 가까이 기다려도 이럴 줄이야⋯⋯.

남은 1분으로 간신히 숨을 가다듬은 한스는 나에게 감사의 말도 없이 나를 공격해 왔다.

"이것으로 끝이다! 이야아아아아아압————!"

앗?!

한스는 나에게 최후의 일격을 찌르려고 깊게 발을 내디뎠다.

굳이 내가 밟지 않았던 곳을⋯⋯.

두두두두두둑——————, 쿠우우우—————우우우우웅!

한스가 지면을 밟은 순간, 지면에서 붉은 형광색 마도진 문양이 떠올랐다. 마도진은 한스의 몸을 마치 로켓처럼 가볍게 상공으로 튕겨 올렸다.

"우와아아아아아아아아아————————!"

한스의 비명이 끊어졌을 때 놈의 추종자들이 수군수군 이야기하기 시작했다.

"이봐, 저렇게 강력했던가?"

"아, 아니, 바람에 날아가는 정도였을 텐데⋯⋯."

"어, 어쩌지?"

"나는 몰라."

"나도 몰라."

손으로 이마를 가리고 상공을 올려다봤지만, 한스가 지면으로 돌아올 기색은 없었다. 5분이 지나도 아직 돌아오지 않은 것으로 보아 거의 결판이 난 모양이다.

"노르드 님……, 좀처럼 안 돌아오네요."

"그러게."

아니, 내 옆에는 천연덕스럽게 엘리제가 다가와 있어서 깜짝 놀랐다.

뭐 내 예측대로 한스와 그 동료가 어젯밤부터 고생스럽게도 야간작업으로 지면에 지뢰식 마도진을 설치했길래, 내가 무척 강력한 것으로 바꿔 써두었다.

한스의 실력으로는 나를 쓰러뜨릴 수 없을 것 같으니 적당한 때를 봐서 내가 밟을 생각이었는데, 내가 아니라 한스가 밟고만 것이었다.

"크크크……, 승리를 서두르다가 자폭할 줄이야……."

─────노르드의 교수실.

─────────────────────

친애하는 메이나에게.

나는 잘 지내고 있다. 마리도 이쪽에서 잘 지내고 있지. 메이나 너는 잘 지내나?

워르드나 다른 사람에게 무슨 짓을 당하지는 않았나? 만약 그런 일이 생기면 바로 알려줘. 용사학원 따위는 버리고, 너를 바로 구하러 돌아가겠다.

요전에 시시한 자의 도전을 받았는데, 제 실력을 내기 전에 끝나 버려서 실로 슬프다. 지나치게 수행하는 것도 생각해 볼 문제로군.

───────────────────────────

어떻게 된 건지…….

현지어는 완벽히 터득했을 텐데, 아무래도 문서조차 노르드어로 변환되고 만다.

쿵쿵…….

내가 빌런스가에 있는 메이나에게 보낼 편지를 적고 있노라니…….

"노르드! 큰일 났어, 한스를 찾아냈어."

"듣고서 놀라지 마! 그 녀석, 오이란 제국까지 날아가서, 알몸으로 있던 걸 나포당했대."

해리와 글렌이 나에게 소식을 전하러 와 주었다.

"크크크……, 알몸이라니, 사소한 별일이로군."

한스도 기대에 어긋나게 끝났고 하니 때마침 좋은 기회다. 릴리안 앞으로 사표라도 써 둘까…….

제5장 몰락 영애, 쳐들어와 메이드가 되다

──── 【엘리제 시점】

"네?! 린, 그게 정말인가요?"

"네……, 저도 오늘을 기해서, 주인님께 사직을 받게 되었습니다."

갑자기 가져다준 메이드 린에게서 보고를 듣고 저는 당황스럽기만 했습니다.

"하지만, 아버님은 수타 상회를 신뢰해서 투자하셨을 텐데…… 그런데 어째서……."

"그들은 처음부터 주인님을 속일 생각이었던 거겠죠. 유감입니다만 주인님께서 영지도 저택도 담보로 넣고 상회에 투자하신 데다 사기꾼이 야반도주한 이상, 어쩔 방도도 없습니다……."

도가 지나칠 만큼 사람이 좋다고 말할 수 있었던 아버님. 저는 그런 아버님을 좋아했습니다만, 그런 사람을 의심하지 않는 점을 그들이 파고든 것일지도 모릅니다…….

"린……, 당신은 앞으로 어쩔 건가요?"

"저 말인가요? 글쎄요, 고향으로 돌아가 부모님을 거들며 지낼까 합니다."

이별의 날, 린은 내게 깊숙이 고개를 숙인 뒤,

"엘리제 아가씨, 여태까지 신세 졌습니다. 아가씨와 지낸 나날은 정말로 즐거웠습니다. 계속 함께 지낼 수 있다면 얼마나 좋을지……."

"그건 저도 마찬가지예요. 저는 린을 언니처럼 따랐어요."

"아가씨."

"린."

이번 생의 이별이 될지도 모른다고 생각하자 어느 누가 먼저라고 할 것도 없이 둘이서 포옹을 나누었습니다.

메이드복만 걸친 빈 몸으로 옷 가방 하나만을 들고서, 저에게로 작별 인사를 하러 와준 그녀를 보자 딱하기 그지없어서…….

"기다려요, 린!"

저는 그녀에게 제가 가진 만큼의 돈을 건넸습니다.

"아가씨! 이렇게나 많이……. 하지만 이건 받을 수 없습니다……. 이런 말씀을 드리기는 죄송합니다만, 아가씨께서도 이제 내일의 생활조차 힘겨운 몸이시니까요."

"괜찮아요! 저는 어떻게든 될 거예요. 게다가…… 운명의 상대 곁에 다가갈 수 있는 기회이기도 해요."

──────【노르드 시점】

"그렇게 된 거예요……."

"그래서 나에게 널 고용해달라고."

189

"네⋯⋯."

"그렇군, 사정은 알았다."

나는 지나치게 성급한 엘리제에게 등을 보이며 이마에 손을 대고서 기막혀했다.

엘리제는 아직 내가 고용하겠다고 말 안 했는데, 이미 메이드복을 준비했다고 한다.

"정말인가요?! 그럼 저를 노르드 님의 전속 메이드로 고용해 주시는 거군요!"

에로게임 내에서는 노르드를 쓰레기라도 보는 것 같은 눈으로 멸시하며 사갈처럼 싫어하던 엘리제가 소공녀처럼 불행의 밑바닥에 있는데도 불구하고 반짝반짝 빛나는 눈동자로 내 대답을 기다리고 있었다.

"엘리제여, 나는 너에게 한 가지 묻고 싶다. 왜, 나에게 고용되는 게 최우선이지? 백작가쯤 되면 그 밖에도 귀족 또는 유복한 친인척이 있지 않나."

"저는 친척에게 기대기보다도 스스로 일해서 살아가고 싶어요! 부디 제 부탁을⋯⋯ 츄르릅⋯⋯."

열다섯 살에 자립 활동을 하려고 들다니, 이세계에서 가난한 사람들은 그렇게 하지만 귀족 중에서는 좀처럼 없다. 무척이나 훌륭한 결의이지만, 눅진하게 녹은 눈으로 나를 보며 입꼬리 끝에서 침을 흘리는 것은 어떻게 된 일일까?

잠깐만! 이건 엘리제의 함정이다!

나를 방심시켜서 케인과 사이가 나쁜 척하고 내가 잠들었을 때 나이프를 푹 찔러 넣는다는 상황 또한 생각 못 할 것도 없다.

"안 돼, 안 돼. 내가 고용하는 것보다 좋은 일자리는 얼마든지 있다. 뭣하면 친하게 지내는 길드를 소개해 줄 수도 있다."

"네?! 저…… 노르드 님 밑에서 일할 수 없는 건가요? 오라버니는 노르드 님의 곁에 있을 수 있었는데요? 혹시, 노르드 님께서는 오라버니와 그런 관계였나요? 노르드 님께서 탑이고 오라버니가 바텀이라든가……. 아뇨, 의외로 반대일지도…… 후훗."

썩어도 영애의 자존심은 갖추고 있다고 생각했는데 어느샌가 부녀자가 되어 버린 건가?

내게 거절당해 엘리제가 BL 망상 모드로 들어가 버려서 학교 내에 이상한 소문을 퍼뜨리고 다닐 우려가 있기에, 어쩔 수 없이 이야기를 듣기로 했다.

"결단코 아니다. 나 원 참 영애라는 존재는 그런 발칙한 생각밖에 없는 건가. 어쨌거나 너도 몰락해 버렸다고는 해도, 명색이 귀족 영애. 백작가의 영애를 메이드로 고용하기라도 하면, 공작가의 명예에 흠이 생겨서 어떤 나쁜 소문이 돌지 모른다."

"저는 전혀 신경 안 써요! 오히려 이득이랄까아……."

"나는 신경 쓰여! 에잇, 어쩔 수 없군. 네가 제대로 학원을 졸업할 수 있게끔 릴리안 녀석에게 교섭을 해줄 테니 기다려라!"

"아앗……, 역시 노르드 님께서는 다정하세요. 하지만 저는 졸업보다도 노르드 님을 섬기는 쪽이……. 아니요, 졸업 후 영구 취직하는 것도 좋을지도……."

"뭐라고 했나?"

"아뇨……, 아무것도……."

다정함에서 오는 게 아니라, 엘리제가 계속 곁에 떡 버티고서 언제 멱을 따려고 들지 모르는 생활을 보내고 싶지 않을 뿐이다!

————학원장실.

"그래서 엘리제를 장학생으로 만들라고?"

"그렇다. 이야기를 알아들었으면 바로 인정해라."

"엘리제는 성적이 우수하고, 품행이 방정하고, 용모가 단정한 나무랄 데 없이 좋은 학생이야. 하지만 그렇게 되면 곤란해~. 우리 학원 규칙상 장학생은 한 학년에 한 명이야. 지금은 케인이 그렇지. 엘리제를 장학생으로 바꾸면 그가 빠져 버려."

뭐라고?!

"뭐 어때. 엘리제를 고용해 주지 그래. 빌런스가의 재력이라면 하녀 하나둘쯤 고용하는 건 코 풀기보다 쉽잖아?"

"크으윽……."

"감사합니다, 릴리안 학원장님!"

"괜찮아, 엘리제는 내 귀여운 학생이니까."

제기랄! 릴리안 녀석, 나에게 이겨서 의기양양한 표정을 짓는군. 사실은 엘리제를 위해서가 아니라, 내가 싫어한다는 사실을 숙지하고서 나에게 엘리제를 떠넘긴 것이 틀림없다.

"그럼 특별히 엘리제의 방은 영애 기숙사에서 영식 기숙사로 옮기도록 조처해 줄게. 분명 노르드 옆방이 비어 있었지."

"뭐라고?!"

"와앗! 릴리안 학원장님, 저, 선생님을 정말 좋아해요."

설마 엘리제와 릴리안이 한패였던 건가?!

엘리제와 서로 끌어안으면서 내 쪽을 향해 히주우우욱 웃은 릴리안이 진짜로 열받는다!

───【엘리제 시점】

마침내 해냈습니다!

동경하는 노르드 님 곁에서 섬길 수 있다니…….

이제 두 번 다시 뵐 수 없을 줄 알았던 노르드 님과 재회한 데다 같은 용사학원에서 함께할 수 있을 줄은 상상도 못 해봤습니다.

정말로 좋은 사람인데 묘하게 못된 척을 하려고 드는 모습이 귀여워 제 모성을 간지럽히니 참을 수가 없습니다.

우리 막달리아가와 빌런스가는 대립하는 이른바 정적 사이.

귀족의 딸을 구하면 보통 보답을 요구해 오는데, 그는 아무것도 요구하지 않았습니다.

아마 그는 우리가 맺어져서는 안 될 관계라는 사실을 알기 때문에 그랬으리라 짐작합니다.

부모님께 넌지시 여쭤보았습니다만, 빌런스가의 이름을 꺼내기가 무섭게 늘 온화한 웃음을 띠는 아버님의 안색은 순식간에 미간에 주름을 새기며 언짢은 기색을 드러내고 말았습니다.

그 다정하신 아버님께서 "우리 딸을 빌런스가 사람에게 내줄 바에야, 일가 동반자살을 하는 편이 나아!"라는 말씀까지 하실 정도니까, 양가의 골은 상당히 깊다는 사실을 알 수 있습니다.

하지만!

우리 집안은 몰락해서, 이제 제가 노르드 님의 곁에 있는 것을 반대할 자는 없습니다.

아아! 마침내 금단의 사랑이 허락돼요…….

노르드 님을 생각하기만 해도 제 몸은 둥실둥실 공중에 떠오른 것 같은 기분이…….

아, 저도 모르는 사이에 공중에 떠 있었네요.

───── 【노르드 시점】

엘리제는 나에게 정중하게 고개를 숙였다.

"모자란 몸이지만 부디 잘 부탁드립니다."

마치 시집오기 전 영애 같은 분위기를 자아내면서……. 게다가 입은 옷이 애당초 이상하다.

"나는 딱히 메이드복으로 갈아입을 필요가 없다고 말을 했을 텐데?"

"이 메이드복 말인데, 무척이나 움직이기 편해서 일이 잘돼요."

어떻게 이런 일이…….

무섭게도 수정력이 움직였는지, 엘리제는 노르드가 케인에게서 엘리제를 빼앗았을 때 그녀에게 입혔던 무지막지 야한 메이드복을 몸에 걸치고 말았다.

나도 모르게 마른침을 삼켰다. 공포와 음탕함에…….

스틸컷으로 보는 것과 실제로 직접 보는 것은 하늘과 땅 차이. 무언가 맡은 일 말고 다른 일이 잘될 것 같아서 무섭다.

가슴을 숨긴다는 역할을 버리고 매료시키는 데 철저한 프릴 원단, 북반구로 모자라 적도까지 드러낼 것 같은 가슴께. 치마 길이는 너무 짧아서 몸을 구부리면 가까스로 속바지를 숨길 수 있을 정도였다.

다만 단 한 가지 그 스틸컷과 다른 점이 있었다. 마치 내 취향에 맞췄다고 주장하는 것 같은 은발의 트윈테일이 무지막지 귀엽다……. 덤으로 테일은 검은 리본으로 묶어서 은발과의 매치가 날달걀밥급으로 멋지다.

애당초 노르드에게 NTR 당했을 때는 그런 머리 모양이 아니었는데.

옷 길이가 맞기는 하지만, 엘리제의 풍만한 가슴 때문에 블라우스가 빵빵해지고 말았다.

게다가 하얀 스타킹임에도 불구하고 전혀 굵기가 느껴지지 않아, 치마에서 엿보이는 엘리제의 다리는 아름다우면서도 포동포동한 육감이 돋보였다.

그리고 스타킹 입구의 레이스와 치마에서 뻗어 나온 가터벨트가 엄청 야하다……. 가터벨트 착용 시 팬티를 그 위에 입는가 아래에 입는가…… 이것은 중대한 문제다.

참고로 노르드에게 정조를 빼앗기기 전의 엘리제는 가터벨트 위에 팬티를 입었다. 그러면 가터벨트와 스타킹을 착용한 채로 팬티를 벗길 수 있기 때문이겠지.

멸시하는 것 같은 눈으로 노르드를 노려보면서, 얼굴을 붉히고 속옷을 벗는 엘리제의 표정이 떠올라서 참을 수 없다.

『벼락용사』 팬에게서는 걸어 다니는 성녀(性女)라고 불릴 만큼 은혜로운 몸이다. 그런 엘리제가 기쁘게 커트시를 하더니 내게 순진하게 웃는 얼굴을 보내온다.

아뿔싸!

내게 정신 공격을 걸어올 줄이야……. 그 때문에 고간이 부풀고 말았잖아. 이게 전부 나를 속이기 위한 연기라고 한다면 대단한 배우이다.

"노르드 님, 뭔가 일거리는 없나요?"

"그리고 신경 쓰이는 점이 있다. 그 노르드 님이라는 호칭은 그만둬라. 나와 넌 같은 귀족. 신경 쓸 필요는 없다."

"하지만 노르드 님께서는 제 주인님이신데……. 주인님의 이름을 함부로 부를 수 있을 리가 없어요."

"알았다, 알았어……. 네 멋대로 불러라."

"네, 노르드 님!"

엘리제는 나에게 환한 웃음을 보냈다.

노르드에게 향하는 흑화 얼굴과 케인에게 향하는 다정한 미소…….

노르드를 찔러 죽여 해피 엔딩을 맞이했을 때 케인에게 보내는 눈빛과 쏙 빼닮아서 나는 미소를 돌려줄 수조차 없었다.

나는 커다란 책상 앞에 앉아 있었는데, 엘리제가 옆에 다가오기에 다른 자리로 옮겼다.

"왜 거기에 있지?"

"네, 언제든지 노르드 님의 명령에 응할 수 있게 하려고요."

내가 엘리제에게서 거리를 벌리려고 침대에 걸터앉자, 엘리제가 맞은편에서 다가와 내 옆에 다소곳이 앉았다.

"앉는 건 허가하지……. 하지만 거리가 가깝다고."

"네, 가까운 쪽이 노르드 님이 무엇을 생각하시는지 감지하기 쉬울 것 같아서요."

이대로 가면 나는 엘리제에게 계속 쭉 감시당해서, 그 때문에 집중력이 끊어졌을 때 푹……하고 목숨을 빼앗기는 게 아닐지 경계했다.

"그런가, 그렇다면 가르쳐 주마! 네게 해결하기 까다로운 문제를 말해줄 테니까, 응해 봐라!"

"네! 기꺼이!"

선술집 점원보다 더 순진하게 웃는 얼굴로 대답하니 미치겠다.

"나는 너를 범하고 싶어서 참을 수가 없다! 계속 이 방에 머무르면 너는 내게 정조를 빼앗겨 다른 남자와 약혼 따위는 할 수 없는 하자품이 되어 버린다. 어떠냐, 무섭겠지! 그렇게 되기 싫다면 서둘러 내 방에서……."

"그건 노르드 님께서 저와 하룻밤을 함께 하고 싶으시다는 뜻으로 해석하면 될까요? 저 같은 애는 몰락해 버려서 아무런 장점도 없는데 여자로 봐주시는군요. 저, 노르드 님의 얼굴도, 그 평소에 자신감 가득 넘치는 태도도, 손위분들에게도 굴하지 않는 강인함도 전부 동경하게 돼요. 저에게 없는 것을 노르드 님께서는 전부 가지고 계시니까요……."

　'……해줘, 용서해 줘…….'

　엘리제의 마음속에서 내 평가가 폭등해, 무슨 말을 해도 좋을 대로만 받아들인다…….

　어쩔 수 없다, 이렇게 되면 신체검사를 할 수밖에 없어!

　"그렇다면 여기에서 옷을 벗어서 알몸이 되어 봐라!"

　"네?!"

　엘리제는 내 무모한 요구에 당황했는지, 입에 손을 대고서 망설이는 표정을 보였다.

　역시나 누드가 되어라! 하고 시키면 나를 싫어해서 이 방에 안 오겠지.

　그러면 됐다.

　내 학원 생활은 평온을 되찾는 것이다.

　"정말로 제 몸을 봐주시는 건가요? 가, 가슴 같은 곳은 부풀어 버려서 보이기 부끄러워요……. 하지만 노르드 님께서 봐주신다고 하신다면, 기꺼이……."

　"뭐?"

　이상해! 이상하다고!

　보통 이런 상황에서는 머리털이 난 이마 경계부터 눈가에 걸쳐서 세로줄이 들어가 기겁하면서 마치 쓰레기를 보는 것처럼 멸시할 거라고!

　그런데 지금은 어떻지?

　얼굴만이 아니라 흰 눈처럼 아름다운 피부를 분홍빛으로 물들이며 부끄러워하고, 요염한 팔다리를 꼼지락거리다니…….

"다른 남자는커녕, 오라버니에게도 보여준 적 없어요. ……풋풋한 제 알몸을 봐주세요……."

애태우는 것은 아니겠지만, 부끄러움 때문인지 하얀 앞치마 끈을 푸는 몸짓이 더듬거렸다.

하아……, 하아…….

뭐 이리 고식적인 전법을……. 꿀꺽…….

가슴께의 프릴 달린 메이드복을 내리고, 뺨을 붉히며 손 브래지어를 한 엘리제의 모습은 러브호텔에서 일전을 나누기 전에 옷을 벗고 있는 여자로만 보인다.

"입어라!"

"네?!"

"네 의욕이 진심인지 시험해 봤을 뿐이다."

"그럼 합격이라고 받아들이면 될까요?"

"가채점이란 거다. 이상한 마음을 먹으면 바로 해고다."

"고맙습니다!"

"끌어안기 금지다!"

나를 마치 커다란 곰 인형이라도 된다고 생각했는지, 엘리제는 천진난만하게 웃으면서 나를 꽉 끌어안았다.

엘리제를 마지못해 고용한 지 며칠 후.

"노르드 님, 좋은 아침이에요."

"그래……, 오늘도 이르군."

엘리제는 매일 아침, 소꿉친구 포지션에 따로 살며 드나드는 아내처럼 깨워줬으면 하는 시간에 나를 깨우러 왔다. 나는 잠투정이 심한 점도 다소 있지만, 그녀가 깨워주면 신기하게 늘 컨디션이 좋았다.

내게 향하는 다정한 눈빛을 보면 역시나 성녀 후보라고 할 법한데…….

대체 어째서냐?!

어째서, 엘리제는 케인이 아니라 나를 찾아오는 거지?

그렇다, 케인은 너무 약한 거다.

엘리제가 했던 말을 떠올렸다.

【저, 노르드 님의 얼굴도, 그 평소 자신감 가득 넘치는 태도도, 손위분들에게도 굴하지 않는 강인함도 전부 동경하게 돼요. 저에게 없는 것을 노르드 님께서는 전부 가지고 계시니까요…….】

"노르드 님, 차를 우렸습니다. 독 감별이 필요한가요?"

"아니, 그럴 필요는 없다."

허브의 좋은 향기가 콧구멍을 간질이자, 나를 위해서 우려준 홍차를 몹시 마시고 싶어져서 찻잔에 입을 댔다.

엘리제에게 홀린 것은 아니다. 그저 목이 말랐기 때문이라고 자신에게 타일렀다.

어쨌거나 케인을 강화하지 않는 한, 엘리제는 나를 계속 찾아오고 말아서 조만간에는…….

바르르.

그녀가 익숙지 않은 손놀림으로 우려준 홍차로 몸을 데우고 있는데, 노르드를 찔러 죽였을 때 보였던 그녀의 흑화 얼굴이 떠올라서 온몸에 오한이 퍼졌다.

참고로 【독 감지】를 해보니 전혀 반응하지 않았다…….

서서히 약하게 만들어서 결정타를 찌르는 작전은 아닌 건가?

뭐 됐다.

조만간 속내를 드러내겠지. 그때는…….

"입맛에 맞으시나요?"

"응, 뭐 그렇지. 맛은 나쁘지 않아."

"다행이다! 노르드 님의 마음에 드셨다니 영광이에요."

다 들이켠 찻잔을 접시에 올려놓자, 엘리제가 쟁반을 가슴에 끌어안고서 불안하게 물어왔기에 무난한 대답을 돌려주었다. 그러자 굳게 닫혔던 봉오리가 벌어진 민들레처럼 밝게 웃는 얼굴을 꽃피웠다.

일일이 내게 보여주는 웃음이 귀엽지만, 노르드와 달리 나는 그 정도로는 속지 않는다고!

이제 슬슬 나와 케인은 첫 대결을 맞이하게 된다. 내가 케인에게 확실히 지기 위해서는 그가 성검 엑스칼리버를 입수하도록 만들어야만 한다.

내가 능청스럽게 져도, 엘리제는 절대로 내가 진 것이 아니라 살살 봐줬다는 말을 꺼낼 우려가 있으니까…….

아마도 우리를 끝까지 싸우게 만들어서, 노르드가 무참하게 죽어가는 모습을 보고 싶은 거겠지. 그 상황을 피하기 위해서라도 케인은 엘리제의 마음을 사로잡아서 그녀를 거둬야 한다.

앞으로 케인은 엘리제의 발안으로 성검을 뽑는 의식을 치른다.

왜냐하면 성검을 획득하면 웃기는 퀴즈 방송에서 마지막 문제만 포인트를 2배로 주는 상황처럼, 여태까지 한 노력을 허사로 되돌리는 힘을 얻게 되는 것이다.

보통이라면 도무지 못 해 먹겠다는 소리가 나오겠지만, 그거라면 내가 케인에게 져도 변명이 통할 것이라 짐작했다.

"케인! 네가 강한 게 아니라 성검이 강한 것이다!"라는 악역다운 마지막 대사도 이미 제대로 생각했고, 계획으로 따지면 조심스럽게 말해서 완벽하다.

나는 엘리제가 서투른 솜씨로 열심히 우려준 홍차를 마시면서 그녀에게 말했다.

"엘리제, 나는 외출할 곳이 있다. 위험을 동반하니 절대로 따라오지 마라."

"네, 네……. 하지만, 노르드 님이시라도 위험한 곳이 있다니, 둘이서 가는 편이 낫지 않겠어요?"

큭, 완벽한 정론이다…….

"그렇게까지 위험하지는 않다. 오히려 엘리제에게 발목을 붙잡혀서야 성공할 일도 실패하고 말겠지."

"알겠습니다. 노르드 님을 방해하고 싶지는 않아요. 여기에서 얌전히 있겠습니다."

평소라면 어수선하게 나한테 반론을 해오는데, 오늘의 엘리제는 무척 순순했다.

————다음 날.

학원 뒤에는 전설의 성검이 꽂힌 언덕이 있었다. 거기에서 고백한 남녀는 영원히 맺어진다고 해서 학원 7대 불가사의 중 하나다.

10분 정도 걷자 아서왕 전설처럼 거대한 바위에 성검이 꽂혀 있는 광경이 보이기 시작했다.

참고로 노르드가 종언을 맞이하는 땅이지만…….

겁쟁이 케인의 성격상 여간해서는 성검을 뽑을 수 없을 것 같아서, 뽑기 쉽도록 도와주려는 것이었다.

나 자신은 암흑기사라서 설마라고 생각하지만 성검은 뽑을 수 없겠지.

『벼락용사』 내에서는 200년 정도 뽑히지 않았던 모양인데, 어찌 된 영문인지 모르겠지만 칼날은 녹 하나 슬지 않고 환하게 빛나고 있었다.

나는 자루에 손을 대고서 양손으로 힘껏 뽑아 보았다.

꾸욱!

양손에 전해지는 확실한 반응. 하지만 칼날이 바위에서 뽑혀 나올 기색은 없었다. 조금 힘을 지나치게 뺀 모양이라서 제 실력을 내 보았다.

쑤욱!

어?

"그런 게 말이 돼?!"

나는 눈앞의 광경에 눈을 의심했다.

빠, 빠졌어…….

아니, 정확히 따지자면 성검이 꽂혔던 거대한 바위째로 대지에서 뽑고 말았다…….

아무도 보지 않은 사이에 원래대로 되돌려 놔야 해!

내가 서둘러서 성검이 꽂힌 거대한 바위를 대지에 돌려놓았을 때였다.

당황했기 때문인지 메이스나 망치 같은 형태가 되어 버렸던 성검을 대지에 후려치고 말아서…….

쩌억, 쩌억, 삐걱, 삐걱……. 뽀각!

"뭐어어어어어어━━━━━━━━?!"

성검은 마지막까지 거대한 바위에서 뽑히지 않았지만, 내가 기세 좋게 원래 자리로 되돌려 놓다가 거대한 바위가 대지에 부딪혔다. 이 때문에 성검이 꽂혔던 부분에서 균열이 들어가 바위가 두 동강으로 쪼개지고 말았다.

나는 의도와 다르게 성검을 전혀 다른 형태로 손에 넣고 만 것이다…….

아니, 이거 어쩌지?

성검을 들고서 "나, 뭔가 뽑아버렸어요"를 하고 말았다.

껍질을 벗겨 버렸어요, 에헷♡ 같은 시시한 개그를 할 때가 아니야!

아무도 보지 않은 사이에 되돌려 놔야 하는데…….

"노르드 니이이임——, 어디 계신가요오오오——?"

으억?! 저 목소리는 엘리제?!

내가 뜻밖의 행운으로 뽑아버린 엑스칼리버를 손에 들고 있는 모습을 보이기라도 하면, 엘리제는 "아앗, 노르드 님께서 역시 진정한 용사님이셨군요!"라는 말을 꺼낼 우려가 있다.

그렇게 되어 버리면 케인은 완전히 끝장이다!!

나는 난처한 나머지 당황해서 성검을 등에 숨겼다.

그런 생각을 하는 사이에도, 내가 지금 가장 현 상황을 보여주기 싫은 인물인 엘리제는 축지법이라도 몸에 익힌 것인지 의심할 만큼 빠른 속도로 내 앞에 서 있었다.

보통이라면 주인님을 걱정해서 위험한 길을 신경 쓰지도 않고 필사적으로 쫓아온 갸륵한 메이드의 머리를 쓰다듬으며 칭찬해 주고 싶은 상황이지만, 그런 무른 모습을 보여줄 수는 없었다.

"내가 위험하니까 따라오지 말라고 했잖아……. 나 참 무슨 생각을 하는 건지……."

"네, 제가 생각하는 건 노르드 님뿐이에요……. 아침도 낮에도 밤에도…… 물론 잘 때도 그래요."

뭐?

"노르드 님……, 혼자서는 쓸쓸해서 와 버렸어요……."

"내 여자친구 행세라니 어이가 없어 말이 안 나오는군."

"여자친구라니 터무니없어요. 뭐라고 말하면 좋을까요? 저는 노르드 님께 성적으로 봉사하는 메이드예요. ……뭣하면 못난 저에게 벌을……."

205

엘리제는 꼼지락꼼지락 넓적다리를 맞비비고 발그레 뺨을 붉히면서, 부끄러운 말을 하고 말았다.

"너에게 성욕을 관리받을 만큼, 나는 여자가 궁하지 않다!"

물론 내가 노르드가 되고 나서의 경험 인수는 한 사람이지만…….

엘리제에게서 미움을 사도록 상스러운 소리를 해보았지만, 그녀는 무언가 착각하는 모양이었다.

"그럼 노르드 님의 밤 시중을 들 때는 기대해도 될까요? 하아하아♡"

무슨 기대냐고…….

경험 인수에 기인하는 야한 테크닉에 대해서인가? 분명 노르드는 엘리제를 즉시 보내 버렸지만.

"그런데 노르드 님, 그 뒤에 숨기신 건 뭔가요?"

"아, 아무것도 아니다."

제기랄, 성검이라는 이름은 겉멋이 아니라서, 내 은폐 마도 【하이드 섀도】의 검은 안개가 흩어지고 말았다.

"호, 혹시 그건 전설의 성검 엑스칼리버 아닌가요?! 오라버니조차 뽑을 수 없었는데…… 역시 노르드 님께서는 가장 뛰어난 용사님 아니신지…….."

"아무것도 아니다, 그저 거기에 떨어져 있던 나무토막이다."

발정한 주제에 엘리제는 잘 숨겼던 성검(性劍) 섹스칼리보, 아니 성검(聖劍) 엑스칼리버를 알아채고 말았다.

"앗!"

"위험해!"

성검을 숨긴 내 뒤로 돌아 들어가려고 했던 엘리제는 발을 헛디뎌 넘어질 뻔해서…….

콰다~앙.

둘이 뒤엉켜 넘어지고 말았다.

암흑기사라고 해도 명색이 기사. 설령 가까운 장래에 나를 죽이러 온다는 사실을 아는 숙녀라도 지켜야만 한다.

정신을 차리자 왼손으로 엘리제의 머리를 끌어안고, 허리를 부딪치지 않게끔 오른손으로 엉덩이를 덮고 있었다.

가까이에서 보는 엘리제의 얼굴.

서로의 숨결이 닿아, 호흡을 느끼고, 고동이 밀착한 몸에서 전해졌다.

엘리제의 머리카락은 햇빛을 받아서 은색으로 빛났고, 향수와는 다른 그녀만의 좋은 향기가 감돌았다.

투명한 것 같은 푸른 눈동자에서는 그녀의 굳은 심지가 엿보였고, 흰 복숭아 같은 피부는 나와 가까이 접하고 있어서 살짝 붉게 물들어 요염했다.

입술은 글로즈 같은 것을 바르지 않았는데 버찌처럼 탱탱한 탄력과 농염함이 돋보일 만큼 무척 아름다웠다.

"노르드 님, 그런 대담한……."

"아, 아니야! 이건 밀어서 쓰러뜨린 게 아니라 말이지……."

엘리제는 우연히 내 발끝에 걸려 넘어진 상황을 다리 후리기를 당했다고 착각한 걸지도 모른다.

"괜찮아요……. 노르드 님께서는 드세게 말씀하시지만 누구보다도 다정하시다는 사실은 제가 가장 잘 이해하니까요!"

아니, 오히려 나를 가장 잘 이해하지 못하는 건 엘리제야! 그렇게 말하고 싶어진다…….

"아는 체하기는……. 내 무엇을 이해한다는 거냐?"

"실례했습니다. 그럼 노르드 님께서 저를 이해하셨으면 좋겠어요."

"이해라고?"

엘리제는 내게 머리를 끌어안긴 채 고개를 끄덕 주억였다.

"……저, 학원의 도서관에서 배웠어요."

"뭘 말이냐?"

"네, 이렇게 밖에서 남녀가 성행위 하는 것을 '야외 플레이'라고 칭한다는 걸요……."

우리 학원 바보 자식━━━━━━━━━━━━━━!

진짜 쓸데없는 지식이야아아아아━━━━━!

차기 성녀라 꼽히는 엘리제에게 지극히 파렴치한 지식을 줘서 어쩌자는 건데!

그야말로 파렴치 학원…… 아니, 에로게임 세계니까 이상하지는 않지만……. 엘리제는 한창 사춘기인 남자 중학생처럼 야한 단어를 검색해서 므흣한 망상을 하는 모양이었다.

"그 책의 이름을 알려줘라."

"노르드 님께서도 읽으시려고요?"

"아니, 금서로 지정해 주마!"

"그렇군요! 저희만의 비밀로 삼는 거군요. 역시 노르드 님, 멋진 생각이세요♡"

어째서 그렇게 되는데…….

우리가 대지에 누워서 서로 끌어안고 있던, 그때였다.

"뭐?!"

"엇?!"

"아, 됐어, 됐어. 그대로 계속해. 난 말이야, 이런 야한 장면을 200년 만에 보니까 기대되지 뭐야~."

"누구냐! 너는?"

"어? 나? 나는 엑스. 성검의 정령이야. 다들 세이버 엑스에서 줄여서 섹○라고 불러."

문득 손에 있던 엑스칼리버가 사라졌다.

이봐, 누구냐?

이 갑자기 음담패설을 내던지는 미소녀의 봉인을 푼 건!

아, 나였구나…….

"어————?! 둘 다 아직 야한 짓 안 해? 젊은데? 이상하잖아, 미남미녀인 데다 위 카메라 이미지를 보여준 VTuber처럼 정력 **만천**인데."

야한 짓은 아직 안 했어요~. 아니, 뭘 시키는 거냐고!

너…… 틀림없이 운영 회사에 혼난다고.

"버튜버? 그게 뭔가요……?"

거 봐, 현지인인 엘리제가 따지고 들잖아!

"티 없는 소녀에게 쓸데없는 건 안 가르쳐줘도 돼!"

메타 발언을 반복하는 성검의 정령을 헤드록으로 고정하고, 관자놀이에 주먹의 뾰족한 부분을 강하게 꽉 누르며 심문했다.

"아파, 아파, 아프다니까!"

"넌 정말로 이세계인이냐고!"

"사람이 아닌걸. 정령인걸!"

"이 녀석은!"

엑스는 풋 하고 입을 삐죽이며 내게 대답했다.

솔직히 때리고 싶어!

"어쨌거나 그런 제4의 벽을 넘는 발언은 그만둬. 엘리제가 혼란스러워해."

"어라라? 여자친구 행세는 하지 말라고 해 놓고서 노르드도 의외로 그녀에게 반한 거 아냐, 웃겨."

"너를 【헬파이어】로 가열해 오리할콘 덩어리로 되돌려놔도 상관없다고."

나는 한 손에 검게 타오르는 불꽃을 꺼내며 농을 해오는 엑스를 협박했다.

"히이이익————! 모처럼 생을 받아, 200년이나 봉인되어 속세 공기를 마실 수 있나 싶었는데 녹이다니, 이 인간 말종, 소추, 조루, 씨 없는 쭉정이!"

진짜로 이 녀석을 녹여서 치욕을 주기 위해 오리할콘 딜도로 바꿔 줄까 생각했다.

"이제 됐어……. 넌 이제 떠들지 마라. 【사일런스】."

"으으읍! 으으읍!"

나는 엑스의 입 주위의 뺨을 붙잡고서 암흑 마도로 입 다물게
했다.

정말이지 걸어 다니는 지옥이냐고…….

"노르드 님께서는 그거신가요?"

"그거라니 뭐가?"

"저기, 그 씨가 없다던가…….”

"그럴 리 없잖아! 나는 공작가의 종마라 불릴 만큼 대단한 남
자다. 멋대로 고자 취급하지 마."

발그레♡

"기뻐요…….”

내가 노르드 말투로 엘리제에게 대답한 순간, 그녀는 뺨을 붉
히며 몸부림치기 시작했다.

혹시, 기대하는 건가?

"아앗, 오늘 밤 노르드 님께서 뿌리신 씨가 만약 수정되면 어
쩌죠♡ 아잉……, 나도 참 무슨 생각을 하는 거람~♡♡♡"

엘리제가 망상의 세계로 여행을 떠나는 모습을 싸늘한 눈으로
관찰하고 있노라니 성검의 정령이 내 어깨를 두드리며 불렀다.
빈번하게 어깨를 두드리기에 어쩔 수 없이 엑스에게 건 주문을
풀어주자, 엑스는 엘리제를 보고서 턱에 손을 얹고 감개무량한
표정을 짓고 있었다.

"흐~음, 어딘가에서 본 적이 있다아~ 싶었더니, 저 애가 에
미라의 자손이구나."

"그래…….”

"정말 에미라와 쏙 빼닮았어."

"엘리제는 전투 타입이 아니야."

"그게 아니라, 귀여운 얼굴을 하고서 야한 것에 흥미진진한 부분."

나는 네가 건국전쟁 후에 에미라에게 봉인된 이유를 잘 알 것 같아…….

그보다…….

"설마 아니겠지만, 지금의 네 소유자는 나인가?"

"맞아."

엑스는 태연하게 대답했지만, 나는 솔직히 초조했다.

"뭐라고?! 다른 자가 들면 바뀌는 거겠지? 아니, 바꿔주지 않으면 곤란해."

케인의 눈앞에 떨어진 물건으로 방치해 놓으면, 그 녀석 성격상 분명 자신의 것이라고 우겨대리라 생각했는데…….

"어째서 곤란해? 처음에 봉인에서 푼 자가 소유자라니까. 그 정도로 바람을 필 내가 아니고~. 나 같은 미소녀가 노르드를 주인님이라고 인정해 주는 거니 좀 더 기뻐해."

팔꿈치로 나를 찌르며 호색남 취급을 하는데, 나는 그럴 상황이 아니었다.

"내가 다른 녀석에게 빌려줘도 그 능력은 쓸 수 있는 건가? 분명 쓸 수 있겠지."

"무리, 무리, 무리~."

"명의 변경 같은 건 길드에 가면 할 수 있겠지? 못 한다고 말

안 하겠지?"

"못 해. 잠깐~, 나를 그런 바람둥이 취급하는 말투는 하지 말아줄래? 노르드 일편단심이니까♡"

나는 무심코 이마에 손을 대고서 하늘을 우러렀다.

전생도 포함해, 게임에서 최강 무기를 손에 넣고서 이렇게나 슬펐던 적은 없다.

"왜 그래, 노르드? 그렇게 나를 손에 넣어서 기뻤어? 그렇겠지! 세계 최강인 엑스인걸."

덤으로 진짜로 짜증 나.

그보다도 차마 눈 뜨고 볼 수 없는 것이…….

"일단 말이지……. 알몸으로 어슬렁거리는 건 좀 아닌 것 같은데."

"혹시 노르드가 내게 옷을 사주려고?"

"검집이 옷이 되는 거였나?"

"응! 맞아!"

엑스가 다른 녀석 손에 쥐어지기를 완고하게 거부하기에, 검집을 만드는 김에 어쩔 수 없이 성검 엑스칼리버의 복제품을 저 근처에 있는 거대한 바위에 꽂아 두었다…….

다음은 케인을 불러내기만 하면 그만이다.

나는 서둘러 편지를 적었다.

케인 님.

입학 당초에 당신을 한 번 보았을 때부터 가슴이 답답해서 참을 수가 없습니다. 괴로우면서도 당신의 일거수일투족이 신경 쓰여서 잠도 제대로 이루지 못합니다.

당신을 먼발치에서 지켜보기만 해서는 견딜 수 없을 것 같습니다. 이런 편지로 당신의 마음을 끌려고 하는 저입니다만, 부디 학원 내 전설의 성검이 있는 곳으로 와 주시기를 진심으로 바랍니다.

진정한 용사님의 재래를 바라는 노른으로부터

에로게임 주인공인 만큼 케인의 성욕은 강한 편이니까, 엘리제가 나를 농락하려고 떨어져 있는 지금이라면 간단히 함락할 수 있을 것이다!

여자아이에게 러브 레터를 받는다면 확실하게 매달리겠지. 나는 편지를 다 쓰고 나서 곧바로 케인의 방문 틈새에 러브 레터를 끼워 넣어 두었다.

그나저나 곤란하게 됐네.

나, 이도류 스킬이 있었던가…….

아, 있었네.

스테이터스를 확인했더니.

【암각이도류(暗刻二刀流)】
설명하겠다.
암흑기사의 검기 스킬이다.
특히 성검과 마검의 콤비네이션에 있어서, 가장 효과를 발휘한다고!

열받는 방식으로 쓴 주제에 요즘 소설 게임보다 조잡한 해설문이라 쓸 수 있을지 쓸 수 없을지 전혀 모르겠다.
중2병 같은 스킬이라 쓰기가 망설여지는데…….

──────【케인 시점】

대체 어째서냐!
내가 엘리땅을 구할 텐데, 노르드가 그녀를 구하고 말다니!
시골에서 왕도 슬럼가에 나와, 처음 엘리땅을 만났을 때, 여신님이 정말로 있나 생각했지.
그런 나만의 엘리땅을 노르드는 놀랍게도, 나를 속여서 빼앗아 가고 말았다. 그 녀석은 보기에는 여자아이에게 인기라서, 내가 점찍은 여자아이를 옆에서 가로채는 비겁하기 그지없는 인간쓰레기다!!
아아앗!

나는 장학생 취급으로 용사학원에 남게 되었지만, 엘리땅은 학비를 낼 수 없어서 설마 설마 노르드에게 팔려 가 버리다니!!

제기랄……, 나에게 엘리땅을 도로 사 올 돈이 있다면 엘리땅의 팬티를 보거나 가슴을 보거나 끝내는 관계를 맺을 텐데에에에에————!!

하아, 하아…….

지금쯤, 노르드는 엘리땅에게 강요해서 옷을 벗기거나, 몸을 핥거나, 끝내는 소녀의 정조까지 빼앗고 말았을 것이다!

엘리땅은 내 것이었는데에에에에에에에————————————————!

노르드에게서 도로 빼앗으면 엘리땅이 놈에게 당한 지독한 짓을 전부 덧씌워 주겠어!

게다가 뭐냐고, 그 측정기 고장이랑 위력 사기는! 어차피 공작가의 돈을 활용해서, 사전에 망가지기 쉽게 만든 거겠지.

아앗——!

지금쯤, 엘리땅은 노르드의 손에 망측한 모습이 되어, "오훗! 오훗! 오호오오옹!" 같은 소리를 내고 있을 거야아아아——!!

용사학원에 들어오기만 하면, 나는 엘리땅을 정실로 맞아들이고 다른 여학생과 마구 해댈 계획이었는데에에에————!!

하아, 하아…….

아차! 많은 금액을 쏟아부어 그리게 한 엘리땅의 초상화에 침이 묻어 버렸어어어어어어!

최, 최악이다.

전력으로 닦아냈더니, 내 엘리땅이 찢어지고 말았다.

전부 다 노르드 잘못이야!

제기랄, 이렇게 되면 노르드에게서 도로 빼앗아서 진짜 엘리땅에게 마킹할 수밖에 없어!

내가 최악의 순간을 맞이했던 그때였다. 문 틈새에 편지가 끼워져 있었다.

────────오오오오오오오옷─────────!

서둘러서 편지를 가지러 가려고 했더니, 쓰레기통에 발이 들어갔다. 넘어져서 고간을 테이블에 강하게 부딪치고 말았다.

지옥의 고통에서 간신히 해방되어 문밖을 살펴보았지만, 이미 아무도 없었다.

편지를 보자…….

지, 진짜로?!

노른!

지금 당장 미래의 용사인 내가 만나러 가 줄게~!

────────학원 내 전설의 성검 이레.

입학 당초와 바위의 형태가 약간 바뀐 것 같은 느낌이 들지만, 여전히 성검은 뽑히지 않은 상태. 내가 반드시 뽑아내서 나보다 약한 주제에 잘난척하는 귀족들을 무릎 꿇게 해주겠다.

나는 강하게 부딪친 고간 따위는 완전히 잊고서, 학원 뒤 언덕에 있는 성검 엑스칼리버가 꽂힌 바위가 있는 곳까지 찾아왔다.

성검 앞에는 길고 매끄러운 흑발을 가진 여자아이가 서 있었다.

어라, 저런 애가 있었던가?

내게 등을 보이고 있는데 얼굴은 모르겠지만 매끈하게 뻗은 긴 팔다리에 가늘고 잘록한 허리 주변, 뒷모습을 통해서도 엄청 몸매가 좋은 애라는 사실을 알겠다. 나는 빨리 그녀의 얼굴을 보고 싶어서 다급한 마음에 말을 걸었다.

"혹시, 네가 노른이야?"

"앗, 케인 군. 정말로 와 줬구나아~. 기뻐."

귀여워~!

말을 걸자 짧은 치마가 팔랑 나부껴서, 건강해 보이는 넓적다리가 엿보였다. 나에게 고백해온 노른의 고대하던 얼굴이 보였다! 쨰진 눈꼬리에 푸른 눈동자, 콧날이 오뚝 선 생김새는 얼핏 봐서 차가운 인상을 주지만 말투는 무척 친근하다.

이건 확실히 꼬실 수 있어!

그렇게 짐작한 나는 노른의 손을 잡으면서 꼬드기기에 들어갔다.

"저기, 어때! 너, 나를 좋아하지? 그렇다면 키스 정도는 해도 되겠지?"

"어?!"

노른은 내 선제공격에 깜짝 놀란 기색이었지만, 도서실에서 읽은 『동정이라도 할 수 있다! 여자아이를 꼬셔서 함락시키는 100가지 테크닉』에 쓰여 있는 이른바 흔들다리 효과라는 것이다.

"장래가 유망한 내 씨를 네게 줄 테니까, 괜찮겠지! 응!"

노른은 으~음 소리를 내며 입술에 손가락을 대고 잠시 고민스러운 표정을 띤 뒤, 성검을 손가락으로 가리키며 말했다.

"알겠어요. 케인 군이 성검을 뽑는다면, 관계를 맺어도 좋아요."

진짜로?!

정말로 손쉬운 히로인이란 게 있구나!

노르드는 내게 거짓말만 해왔지만, 그것만은 어쩔 수 없으니까 믿어줘도 좋겠구나 싶었다.

"정말로?! 뽑을게, 뽑을게! 당장 뽑을게! 단숨에 뽑을게!"

노른이 뒤에서 지켜보는 와중, 성검의 자루를 양손으로 움켜쥐고서 힘을 힘껏 실었다.

따라라라라————————♪

나는 마침내 성검을 손에 넣은 것이다!

"이로써 노르드에게 이길 수 있어! 어라? 어라? 노른? 어디 갔어? 저기, 숨지 말고 나와. 내 진정한 성검을 보러 가자~!"

뽑은 성검의 칼끝을 하늘 드높이 들며 뒤를 돌아보니, 아까 전까지 응원해 주던 그녀의 모습이 보이지 않았다.

———— 【노르드 시점】

"장래가 유망한 내 씨를 네게 줄 테니까, 괜찮겠지! 응!"

이 쓰레기 동정…… 진짜로 때리고 싶어————————!

큭?!

삐용♪ 삐용♪ 삐용♪

경고음이 내 머릿속에서 울려 퍼졌다.

스테이터스 이상 발생!

【두통】【구역질】【오한】【현기증】【환각】【독】【마비】【떨림】【허무감】【유체 이탈】

가까스로 혼이 몸에서 빠져나갈 뻔한 것을 되돌려서 복귀했지만, 케인의 징그러움이 이 정도까지일 줄은 몰랐다.

노른의 정체가 나라는 사실도 모르고서 거침없이 들이대는 케인의 징그러움에 지금 당장이라도 우웨에에에에에에에에에에에에엑————! 해버릴 것 같았다.

"이로써 노르드에게 이길 수 있어! 어라? 어라? 노른? 어디 갔어? 저기, 숨지 말고 나와. 내 진정한 성검을 보러 가자~!"

케인이 엑스칼리버가 복제품이라는 사실도 모르고 애써서 뽑는 사이, 나는 속이 메슥거려 나무 뒤에서 무지개 분수를 다 토해냈다.

그와 거의 동시에 내 변신은 풀리고 말았다.

"후우~. 역시 남자에게 【변신 마도】는 힘드네……."

변신은 마법 소녀 전매특허 같은 구석이 있는 모양이라서, S랭크에 해당하는 마도사라도 남자의 경우 10초도 유지 못 한다.

뭐 나는 5분쯤이라면 괜찮으니까, 케인을 꼬셔내는 정도는 할 수 있었지만……

그보다 케인은 저렇게 여자 버릇이 나빴던가?

노른이 나라는 사실도 모르고서 억지로 키스하려고 날름날름 혀를 내밀어 오다니, 남자인 내가 봐도 너무 징그럽다고.

노르드는 악랄하기는 하지만, 좀 더 세련되게 여자아이를 함락시켰는데.

아까 그 모습을 누군가 다른 여자에게 보이기라도 했다면, 케인의 학원 생활은 파탄 나 버리지 않을까…….

뭐 그건 기우인가.

이제 중간시험 대전에서 내가 케인과 벌이는 승부에 지면, 엘리제는 케인 곁으로 갈 것이다. 나도 마음 놓고서 푹 잘 수 있는 것이다.

뭐 그 백 년의 사랑도 액체 질소만큼 식어 버릴 것 같은 징그러움은 해결해야만 하겠지만…….

그리고 나는 워르드보다 딱 한 단계 상위인 다섯 번째 용사로서 학원을 졸업함과 동시에, 변경을 개척하러 여행을 떠나 느긋하게 슬로 라이프를 보낼 것이다.

그야말로 퍼펙트한 계획이다!

————며칠 후.

우리는 여름방학을 앞두고 시험으로 실전 연습을 맞이했다.

내 짐작대로, 성검……이라고 해도 가짜이지만, 그것을 손에 넣은 케인은 부끄러움도 없이 반 애들에게 우쭐거리는 표정으로 으스대고 있었다.

실정을 아는 내가 보기에는 실로 우스꽝스러워서 흐뭇한 광경이었지만…….

"노르드! 나는 너와 대전을 희망한다. 오늘은 꼭, 너를 쓰러뜨리고 이 손에 엘리제를 되찾겠다!"

"크크크……, 웃기는군. 성검을 손에 넣어서 착각이라도 한 거냐? 좋다, 이 노르드 빌런스, 네게 졌을 때는 용사학원을 떠나 주마."

오오! 이 흐름은 끝내주게 좋다고.

성검을 손에 넣은 케인에게 일부러 꼴사납게 패배해, 나는 남들 눈을 피해 숨어 살듯이 변경에서 슬로 라이프를 보내는 거야.

하지만 내 의도는 대전 당일, 맥없이 무너져 버렸다…….

물론 그렇게 된 원인은 눈앞에 있는 바보 같은 케인 놈.

나는 이마에 검지를 대고서 케인을 도발했다.

"분하다면 그 손에 든 성검인지 뭔지로 나를 꿰뚫어 봐라. 여기다, 여기! 여기를 노려라, 삼류."

【성검기! 그랜드 케인 어택!】

필살기에 자기 이름을 넣지 말라고! 그보다, 잠깐, 너, 어디를 노리는 건데————!

제대로 성검을 다루지 못하는 상태로 나에게 도전한 케인은 내가 일부러 필살기를 맞기 쉬운 투기장 중앙에 있는데도 불구하고 성대하게 빗맞히고 말았다.

케인이 펼친 필살기의 여파는 나에게서 빗나가, 관객석에 있던 엘리제를 향하고 말았다.

【새도 월】.

나는 엘리제 앞에 벽을 쌓아서, 그녀가 공격에 맞지 않게끔 했다.

케인의 나약한 멘탈이면 엘리제를 상처 입혔다면서 혼자 흑화해 버릴 것 같았으니까.

————이 자식! 귀족이 미워서, 결투를 구실로 죽이려 들다니 웃기지 마!

————맞아, 맞아! 덤으로 엘리제 님까지 상처 입히려 하다니 믿을 수가 없어!

————케인, 저질!

나와 케인의 결투를 보던 학생들에게서 엄청난 야유와 쓰레기 등의 물건이 날아왔지만…….

"여러분, 조용히 하세요!"

역시나 성녀 후보 필두라고 해야 할까. 엘리제가 일어서자 투기장이 땅울림이 날 정도로 지독한 학생들의 야유가 뚝 잦아들었다.

"여러분 말씀이 맞아요."

오오, 여기에서 케인을 옹호하는 발언이 나오는구나! 그렇다, 엘리제, 빨리 말해. 그리고 나를 헐뜯는 거야.

"여러분 말씀대로 케인은 저질이에요."

"뭐?"

"노르드 님과 정정당당하게 싸우지 않고 관객석에 공격을 때려 넣어서, 그 틈에 노르드 님을 노린다는 비열하기 그지없는 짓을 태연히 저지르다니……. 마족, 아뇨, 마수보다 못한 자예요!
선생님! 즉각, 그를 반칙패로 처리해 주세요."

"엘리! 나는 그저 널 억지로 메이드로 만든 노르드를 용서할
수 없어서……."

"너무해요! 노르드 님께서는 제 명예를 생각해서 메이드가 되
었다는 말을 퍼뜨리고 다니지 않으셨는데, 당신이 모두의 앞에
서 제게 수치를 주다니……."

"어, 아니, 그건 케인이 가늠을 잘못했을 뿐이지 그럴 의도는
없었을 거다. 게다가 엘리제가 나에게 고용된 건 다들 알았어."

나는 너무나도 케인이 불쌍해서 그를 옹호하고 말았다.

"케인! 이게 당신과 노르드 님의 격의 차이예요. 노르드 님께
서는 저는 물론이고, 당신까지 감싸주셨어요. 아아……, 이 얼
마나 멋진 분이실까요."

————오오오오오오————!

————엘리제 님의 말씀이 맞아아아!

————나…… 눈물이 핑 돌았어…….

————노르드 님과 엘리제 님이 쌓은 신뢰와 실적의 증거
겠지.

아니, 다들 그 정도로 울 건 없잖아!

두리번두리번 주위를 둘러본 도안은 내 의향 따위는 헤아리지
않았고…….

"관객을 끌어들인 케인을 실격에 처한다!"

""뭐?""

멋대로 결판이 나 버리자 나와 케인은 아연해지고 말았다.

하아……, 이게 웬일이냐.

나는 태연한 척 투기대에서 내려왔지만 관객에게서 환성이 날아들었다.

————노르드 님은 관객에게 위험이 미친 것에 슬퍼하고 계셔…….

————정말로 자애 깊으신 분이야……

아니야, 그저 슬로 라이프를 보낼 수 없게 돼서 슬플 뿐이라고.

하지만 뜻밖의 일이 일어났다.

투기가 끝나고 무대에서 내려간 뒤, 엘리제는 내가 아니라 케인 곁으로 달려갔다.

아아, 입으로는 엄격한 소리를 해서 케인에게 귀족사회를 깨닫게 만들어 정신적으로 단련시키려고 했던 거구나.

내가 한시름 놓고서 나를 향하는 기립박수에 응하지 않고 투기장을 떠나가려고 했을 때였다.

철썩————————————!

"케인……, 저는 진심으로 당신에게 실망했어요. 엘리, 엘리 하고 끈덕지게 다가오면서, 다른 여자에게 억지로 입맞춤하려고 들다니! 덤으로 입 밖에 낼 수 없을 법한 말을 하고……. 당신은 정말로 최악의 용사 후보예요! 노르드 님의 신사적이면서도 금욕적인 점을 보고 배우세요!"

어?!

어라……, 내가 여자애로 변신해서, 케인에게 거짓 고백을 하려고 했던 걸 엘리제가 똑똑히 봤네…….

제6장 한여름의 아방튀르

시험이 끝나고 학원 게시판에 붙은 성적순에, 나는 틀림없이 티베트모래여우처럼 허무감이 흘러넘치는 눈빛을 했을 것이다…….

초등과 종합성적발표
초최우수 노르드 빌런스
우수 엘리제 막달리아
우등 글렌 엔죠
.
.
.
열등 케인 스워프

어쩌다 이렇게 됐지?
나는 너무 낮지 않고 너무 높지 않은 평범한 성적이면 좋다고 생각했는데, 거의 케인의 실책과 엘리제의 착각으로 봄학기 성적이 위태로워졌다.

"우어어어어———! 내가 우등이라니 기적이다아아아———! 아앗, 노르드 님과 엘리제의 바로 아래 성적이라니 너무 뜨거워어어어———!"

내가 머리를 싸매며 고개를 떨구는 옆에서 글렌 녀석이 너무 뜨거운 전 남자 프로 테니스 선수처럼 숨 막힐 듯이 더워서 내 뇌는 녹을 것 같았다.

"아아……, 노르드 님께서는 백 년에 한 명 나온다는 초최우수를 달성하셔도 전혀 만족하지 않으시는군요. 이 얼마나 향상심 덩어리 같은 분이실까요!"

아니야, 너와 케인이 내 생각대로 달라붙지를 않으니까 두통이 나서 아픈 거라고…….

바지런히 내 방에 계속 드나들며 보살펴 주고, 동급생들에게서는 "이제 아내나 마찬가지 아니야?"라는 말을 들으면 뺨을 붉히며 수줍어하게 된 엘리제가 또 성대하게 착각했다.

적어도 늘 찰싹 내게 달라붙어서 언제 공부하는지 모를 엘리제 쪽이 실은 굉장한 거 같은데…….

"흥, 깔봐서는 곤란하지. 내 실력은 훨씬 더 앞서 있다! 조만간, 너희에게 내 진정한 실력을 보여주마."

"네!"

수정력이 움직여서, 나는 허리에 손을 대고서 주위에 떵떵 큰소리를 치고 말았다……. 그럼에도 불구하고 엘리제는 내 이야기에 제대로 귀를 기울이며 감탄했다.

왜 이리 솔직한 걸까!

헉?! 내가 엘리제에게 홀릴 뻔했을 때 깨달았다.

혹시 엘리제는 나를 우쭐거리게 만들어 자멸하기를 노리는 건가!

하마터면 천사 같은 미소에 속을 뻔했다. 하지만 나는 전생에서 남자를 오해하게 만드는 여자의 행동을 전부 깨우쳤다. 대체 언제부터—— 나에게 마음이 있다고 착각한 거지? 같은 거다.

나 참, 엘리제 같은 미소녀가 좋은 말로도 나에게 반할 리가 없다고.

"네놈드으을———! 여름방학이라고 해서 집에 돌아가 지나치게 고삐를 풀지 마라! 특히 용사학원에서 배운 자는 남과 비교할 수 없는 힘을 가지고 있다는 사실을 잊지 말아라!"

우리가 게시판 앞에서 소란을 피우자, 도안이 여름방학 전 선생님다운 말을 했다.

너도 말이지!

그런 마음을 담아 도안을 노려보자 녀석은 몸을 바르르 떨고서 의도적으로 이쪽에서 시선을 피했다. 그런가 하고 생각하자 나와 엘리제 말고 다른 학생들에게 빨리 강당으로 향하라고 위압했다.

학생들이 강당에 모이자, 릴리안은 클라크 박사의 동상처럼 검지를 내미는 포즈를 취하면서 단호히 말했다.

"여름을 제압하는 자가 용사가 된다! 이상이다."

뭔가 핫 리미트 수츠를 입혀보고 싶어지는 것 같은 훈사였네……

몹시 빨리 마감한 것을 보니 이 뒤에 무도회나 다과회라도 있는 거겠지.

종업식을 무사히 끝마치고, 나는 천천히 여름방학을 맞이할 터였는데 사건이 일어났다.

"나는 빌런스가로 돌아가겠다."

"네."

내가 방에서 여행 준비를 하려고 하자, 엘리제는 옆에서 양손을 가슴께에 얹고서 불안한 표정을 띠었다. 그 후, 엘리제는 교복에서 메이드복으로 갈아입었나 싶더니 여행 가방을 하나 들고서 서 있었다.

"그런가, 미안하군. 생각이 안 미쳤다. 돈이라면 줄 테니 냉큼 백작가로 돌아가서 효도라도 해라."

그녀에게 일만 닢의 금화가 든 주머니를 건네려고 하자 그녀는 전력으로 고개를 내저었다.

"흥, 부족하다는 건가……. 욕심 많은 녀석 같으니라고. 그럼 2만 닢이라면 어떠냐?"

"아니에요! 돈이 아니에요!"

"그럼 보석인가? 액세서리인가? 기다려라, 가는 길에 있는 적당한 가게에서 사주마."

그녀는 붕붕 또 강하게 고개를 내저었다.

"노르드 님과 함께하고 싶어요."

"뭐야, 그런 건가."

아니?! 무슨 소리를 하는 거야, 엘리제?

─────【엘리제 시점】

아앗! 노르드 님의 저택에 가는 건 두 번째⋯⋯.

그때와는 전혀 다르게, 지금의 저는 노르드 님께서 길러주시는 것이나 마찬가지.

언제 노르드 님께서 요구하셔도 좋게끔 승부 속옷이랄지, 린이 가르쳐준 동정을 죽이는 속옷이라는 것을 입었습니다. 하지만 노르드 님께서는 저를 범하기는커녕 때때로 거세게 말씀하시기는 해도, 그 태도는 숙녀를 대하는 신사 그 자체입니다.

과거에 큰 죄라도 저지른 것처럼 나쁜 모습을 과시하듯 행동하시는 노르드 님⋯⋯. 저로서는 그가 짊어진 과거를 도저히 헤아릴 수 없습니다만, 그에게 다가가서 조금이라도 그 죄를 알고 함께 짊어질 수 없을까 생각하게 되었습니다.

괴로우실 텐데 그에 대해서는 한마디도 토로하시지 않으십니다⋯⋯. 이건 아직 한참 저와 노르드 님의 거리가 멀기 때문이겠죠.

좀 더 노르드 님에 대해서 알고 싶어요.

둘이서 하나로 녹아들 정도로⋯⋯.

─────【노르드 시점】

"왜 둘 다 이쪽에 앉지?"

저택으로 돌아가는 길, 마차 좌석에서 엘리제와 마리는 내 양옆에 앉아 딱 달라붙었다.

말랑, 탱글♪

둘이 나란히 앉는 정도라면 여유롭지만 셋이면 피부가 밀착해버려서…… 내 팔에 닿는 두 미소녀의 탐스러운 과실.

"마리는 오라버니 성분을 보급해야만 하는 거시다."

"마차는 흔들리니, 이쪽이 좋을 것 같아서요."

아니, 흔들리는 건 두 사람의 가슴이야…….

신체는 어른, 마음은 로리인 마리가 어리광 부리고 싶어 하는 것은 어쩔 수 없다고 쳐도, 엘리제가 부끄러워하면서 밀착해 오는 것은 아무리 시간이 지나도 긴장되고 만다.

어디인지는 말 안 하겠지만…….

두 사람에게 바지가 부풀었다는 사실을 들키지 않게끔 신중하게 일어서서 맞은편 좌석에 앉자, 마리는 탁탁 달려와 내 옆자리를 확보하고 말았다.

"꺅!"

엘리제도 마리를 따라 하려고 했지만, 우연히 마치의 바퀴가 돌멩이를 밟았는지 덜컹 흔들려서 엘리제의 몸이 나를 향해 쓰러졌다.

"노……, 노르드 님, 이, 이건……."

엉겁결에 엘리제의 몸을 받아안았지만, 그녀를 안은 채 뒤로 쓰러지고 말았다. 내 부푼 고간을 푹 덮은 엘리제가 가진 모성의 상징. 옷 위에서도 뚜렷하게 느껴지는 그 부드러움에 그곳은 훨씬 딱딱해지고 뇌는 녹을 것 같아졌다.

"이제 괜찮겠지. 계속 내 몸을 덮고 있지 마라."

너무 기분 좋아 입꼬리에서 흘러나올 것 같은 침을 참으면서 말을 쥐어짜 냈다.

말보다도 내 욕정이 엘리제에게 훨씬 쥐어짜질 뻔한 사실은 비밀이다!

"죄송합니다. 노르드 님께 이런 천박한 곳을."

하지만 내 고간을 뒤덮은 상태인 엘리제의 탐스러운 과실과 마차의 흔들림이라는 합체 기술로 인해서, 서로 옷을 입었는데 승천할 뻔할 만큼 기부니 조타!

하아……, 하아…….

가, 강해……. 순진한 얼굴로, 이 무슨 에로 성녀냐!

아우우우우우우웃!

또 한 번 비벼진 상황에서 마차가 급정차하고 말았다.

이 무슨 무서운 슴가냐……. 다행인 건지 유감인 건지 판단을 망설이던 참이지만.

그대로 엘리제 쪽에서 흔들거렸더라면, 내 킬리만자로에서 하얀 연기가 피어오를 뻔했다.

마차 안까지 소리가 울렸다.

"우리 구역을 그냥 통과하려고 하다니 우습게 보는 거냐? 제대로 통행료를 지불해야지이!"

정차한 이유는 간단한데, 우리가 탄 마차 주위를 그야말로 핫호! 하며 거칠게 환영해 줄 법한 도적들이 에워싸고 있었던 것

이다.

나는 객차 앞 창문을 통해 주위를 살폈다. 마부를 맡은 모런이 내 손을 번거롭게 하고 싶지 않았는지 당황해서 전했다.

"노르드 님! 여기는 제가……."

"모런, 너는 마리의 곁에 있어 줘라. 나는 무식한 놈들과 이야기를 나누려 한다."

모런은 내 말을 듣고 고개를 끄덕이더니, 마부석에 있던 호위용 검을 손에 집었다.

"오라바니!"

"노르드 님!"

나는 걱정하는 두 사람에게 "무슨 일이 있어도 객차에서 나오지 말고 몸을 낮추고 있어라"라고 전하고는 밖으로 나왔다.

"언제부터 가도가 너희의 구역이 되었지? 나는 모르겠군."

"오늘부터다! 재미 보던 중에 미안하지만, 귀족 씨. 그 미인 두 사람과 가진 것을 몽땅 놓고서 떠나가 주지 않겠어? 그러면 댁의 목숨만큼은 살려줄게."

엘리제와 마리가 슬쩍 창문에서 밖을 살피고 있었다.

"어라라? 이상한 사람들이 업써요."

"네……, 어떻게 된 일일까요?"

갑자기 엘리제와 마리 앞에서 모습이 사라진 도적들. 엘리제와 마리는 두리번두리번 주위를 둘러보며, 무슨 일이 일어났나 의아해하는 기색이었다.

"재미있는 소리를 하는군. 이미 너희는 여기에 없는데……."

"무슨 바보 같은 소리를……?!"

"이제야 깨달았나."

도적들이 마체테를 뽑아서 나를 베려고 덤벼들었지만, 아무것도 없는 곳에서 머리나 발을 부딪치고 말았다.

상대 쪽에서는 내 모습이 보이지만, 나 말고 다른 사람은 원래 그대로 풍경이 보일 뿐이다.

내 가족을 빼앗으려고 한 죄는 무겁다.

내 암흑 마도 【단계(斷界)】로 도적 백 명을 봉인했다.

"조, 좁아아아아――!!"

"괜찮다. 곧 익숙해질 거다. 백 년쯤 들어가 있으면 마도가 풀릴 테고 말이다."

"그럼 죽어버려!"

"그보다 식료품은?"

"있잖아, 너희라는 음식이……."

【단계】는 백 사람을 넣어도 괜찮다!

"오라바니, 멍청해 보이는 놈들은 어디 있는 거시냐?"

"노르드 님, 아까 습격해 온 사람들은 어디에 있나요……?"

"별거 없다. 아까 전 것은 내가 만든 환영이다. 용사학원의 학생된 자, 언제나 대비가 필요하니까. 방심하지 말라……라는 뜻이다, 하하하하."

정작 나는 방심하다 엘리제에게서 씨를 뽑힐 뻔했지만…….

엘리제는 어쨌거나, 마리에게 차마 그런 인간쓰레기들을 계속 보여줄 수 없어서 어물쩍 넘겼다.

결국은 거악이 소악당을 삼킨 것에 지나지 않으니까.

우리가 탄 마차가 빌런스 공작령으로 들어가자 상황은 일변했다.

"모런, 내 환영 따위는 필요 없다고 전해 뒀을 텐데?"

"죄송합니다, 노르드 님……. 영지민들이 용사학원에서 좋은 성적을 거두신 노르드 님을 꼭 환영하고 싶다고 해서……."

길가에는 영지민들이 그득그득 몰려들었다.

일부러 마중할 필요는 없으니 느긋하게 쉬게 해주고자 나는 영지민들에게 말을 걸려고 했다.

"우민들, 잘 들어라! 내 마중 따위를 할 틈이 있다면 마차의 말처럼 일해라! 그리고 빌런스가에 좀 더 세금을 납부해라! 알았으면 시시한 모임을 바로 해산해라."

히익?!

노르드어로 변환되어, 말을 거는 게 아니라 방해꾼 취급을 하며 더 일하라고 부추기고 말았다.

어, 어쩌지…….

그들이 화나서 우리를 습격하면.

도적들과는 달리, 그들은 나를 환영하러 와 줬으니까…….

"우어어어어어————————!!"

"노르드 님께서 우리에게 직접 말을 걸어주셨다고!"

"역대 영주님께서는 우리들 따위는 노예…… 아니, 그보다 못한 벌레라고만 생각하셔서, 한 번도 말을 안 걸어주셨는데!"

어?

"덤으로 우리에게 힘내라고 격려해 주시다니……."

"워르드 님께는 죄송하지만, 빨리 노르드 님이 뒤를 이으셨으면~."

"쉿, 목소리가 크다고."

결국 우리는 마라톤 주자처럼, 길가를 채우고 깃발을 흔들며 응원해 주는 관객처럼 늘어진 영지민들에게서 환영받으며 저택으로 돌아왔다.

"아아, 마치 노르드 님과 결혼식을 치른 것 같은 환영이네요오."

엘리제가 뺨에 손을 대고서 기뻐하는 모양이었지만, 듣지 않은 것으로 쳐두겠다.

아버지인 현 당주 워르드보다 인기인이 되어 버려서 곤란해졌다. 그리고 나는 저택에 도착하자마자 워르드에게 호출당해 지시를 받고 말았다.

"노르드여, 나를 대신해 메타민 마을의 징세를 진행해라!"

나는 노르드가 행한 악행과 그 전말을 떠올렸다…….

『벼락용사』 작중에서 명확하게 그려진 노르드의 악행. 메타민 마을에서 벌어진 일이었다.

────【회상】

"네 마을만이 미납인데, 언제가 되면 납부하는 거냐!"

메타민 마을 촌장이 사는 남루한 텐트를 점거한 노르드는 의자에 걸터앉아서 다리를 꼬고서 거만한 태도를 취하더니 눈앞에 있는 테이블을 발로 걷어찼다.

촌장이 모든 것을 잃은 와중에 정성껏 접대하려고 내놓은 허브차가 담긴 목제 컵이 구르고 촌장에게 뜨거운 물이 쏟아졌다. 하지만 촌장은 뜨거움을 필사적으로 참고서 넙죽 엎드린 자세를 유지했다.

"아버지!"

"너는 물러나 있거라."

화상을 걱정하는 촌장의 젊은 딸이 달려왔지만, 그가 제지하며 아내에게 딸을 맡겼다.

"노르드 님, 부디 용서하시길……. 지난번 홍수로 제방이 터져서, 밭뿐만이 아니라 비축까지도 전부 물에 잠겨, 하루하루 생활조차 곤란합니다……."

노르드는 엄지를 세우며 옆으로 누이더니, 자신의 목 앞까지 선을 쓱 그었다.

"뭐라고? 내 알 바가 아니다! 우리 영주는 말이지, 매일 목숨을 걸고서 너희 영지민을 마족의 위협에서 지켜 준다. 세금은 그 대가다. 그것을 납부 못 하는 녀석들은 살아갈 가치가 없어!"

"물론 저도 압니다. 하지만 이 꼬락서니로는 도저히 세금 따위는……."

"그럼 초야권을 써 볼까. 네 딸은 몇 살이냐?"

노르드가 입맛을 다시면서 촌장에게 묻자, 노르드의 의도를 깨달은 촌장은 엎드린 자세에서 지면에 더 이마를 비비듯이 애원했다.

"그것만큼은 부디 봐주십시오!"

"뭐야아, 불만인 거냐아? 이 몸이 일개 마을 아가씨에게 씨를 뿌려주겠다고 하는 거다. 오히려 고마워하지 않으면 곤란한데에!!"

노르드는 어머니를 걷어차고서, 10대 전반으로 보이는 딸의 손을 끌고서 준비한 텐트에 틀어박혔다.

────시, 싫어어어어어────!

텐트에서 딸의 비명만이 울려 퍼졌다.

"이제 여기도 볼 장 다 봤군."

노르드를 따라온 추종자인 귀족이나 종자들이 바지 벨트를 다 여미고, 노르드가 증거인멸이라는 양 손바닥에 검은 불꽃을 꺼냈을 때였다.

"노르드으으으으────!"

갑자기 케인이 성검을 들고서 베려고 덤벼들었지만…….

케인은 성검의 힘을 끌어내지 못한 채 패했다. 다음 장면으로 전환했을 때, 오려낸 그림처럼 새빨간 배경과 새까만 나무, 그리고 거기에 매달린 사람 같은 형체가 비쳐서, 나에게는 트라우마가 되고 말았다.

하아…….

마을에 가려니 엄청 마음이 무겁다.

사축이던 이전 생에서도 직장에 출근하기는 괴로웠지만, 지금은 내가 마을에서 선행을 베풀어도 수정력에 의해서 뒤틀릴지도 모른다는 생각만 해도 발걸음이 멀어진다.

정말이지 대대로 명령을 안 듣는 도시나 마을에 대한 제재는 빌런스가 영식의 역할이라니 너무 괴롭잖아……. 게임 같은 일이 벌어질 바에야, 학원에 다니는 편이 훨씬 낫다.

내 무거운 마음과는 정반대로 마차는 멈추지 않고 나아가, 메타민 마을 외곽까지 다다르고 말았다.

어라?

홍수로 토지가 황폐해지기는커녕 푸르른 채소나 황금빛 밀이 마을 밭 일대를 뒤덮어, 진짜 비옥한 토지라는 느낌이 든다.

왜 한촌이었는데 토지가 비옥해진 거지?

드라켄 강은 범람의 ㅂ자도 안 보이고…….

덤으로…….

————노르드 님~!

————영식님의 마차다아아————!

————고맙습니다~!

농작업을 하던 마을 사람들이 검은 늑대 문장이 그려진 내 마차를 향해서 손을 흔들었다.

나, 뭔가 일을 저질렀던가?

어쩌면 마을 사람이 총출동해 환영을 해서 나를 방심시켜 독탄 음식을 대접한 뒤, 괴로움에 몸부림치는 나를 푹 찌른다는 책략일지도 모른다.

위험이 위험하다.

엘리제도 그렇지만 하마터면 속을 뻔했다.

마차는 촌장의 집 앞에서 멈췄다.

게임 내에서는 그야말로 맨몸뚱이로 피난 왔다는 땅바닥 텐트 생활이었는데, 지금 내가 보는 집은 전혀 달랐다.

귀족의 저택에 비교하면 꾸밈없기는 하지만, 돌이나 모르타르로 지은 2층 주거 건물로 내 전세의 본가보다도 훨씬 크다······.

결국 마을 사람들은 농작업을 멈추고 마차 뒤를 따라와서, 촌장의 집 앞에 멈춰선 나와 마차를 집 안에서 나온 사람들과 함께 에워쌌다.

손에 횃불이나 날붙이는 들고 있지는 않은 모양이었지만, 역대 빌런스 공작가의 영식과 노르드의 악행을 통해 생각해도 안심하기에는 아직 이르다.

나는 검자루에 손을 얹고 경계하면서 촌장의 저택으로 들어갔다. 집 안은 귀족의 사치스러움까지는 못 미치기는 하지만, 대강 가구는 갖춰졌고 그림이나 항아리가 놓여 있었다.

내가 자리에 앉자마자 『벼락용사』 때처럼 촌장은 이유를 가르쳐주었다.

"노르드 님께서 마을에 들르셨을 때, 강바닥을 깊게 파주신 덕분에 저희 마을은······ 아니, 인근 모든 마을이 홍수를 모르고 삽니다."

들렀다기보다 갈리아누스로 격류를 두 동강 내면서 수행을 했던 것 같다…….

"그럼 어째서 세금을 체납했는지 변명이 있다면 말해봐라!"

"네, 노르드 님께서 돌아오신다는 소식을 들어서, 납세와 함께 감사의 말을 전해드리고 싶었습니다."

즉 서프라이즈란 소리?

부어라 마셔라 노래 불러라 하는 환대를 받고 만 나. 식사에 독을 타지도 않았고 그냥 맛있었다.

촌장이 집에 묵고 가라고 애원해서, 침대 옆에 두 자루의 검과 양손의 네 손가락에는 미스릴제 반지를 끼워두었다.

너클처럼 언제든지 전력으로 날려 버릴 수 있도록 말이다.

그에 더해서 잠옷 대신 【암 수트】를 두르고 자면, 언제 적이 습격해 올지도 모르는 상황에서 적이 예상보다 많은 날에도 안심할 수 있겠지.

꾸벅꾸벅 졸고 있노라니 문 너머에 여러 명의 기척을 감지했다.

"크크크……, 너무 알기 쉬워서 웃기는군."

아무래도 잠들었을 때 습격하려는 계산인가 보네.

괘씸한 놈들을 끌어들이기 위해서 자는 척하기로 한 나. 잠긴 방문이 열리나 싶더니, 몇 사람이 살며시 들어왔다. 그런 줄 알았더니 내 침대 옆에서 같이 자기 시작했다.

어?!

"저기…… 노르드 님께서는 어떤 아이가 취향이실까요?"

귓가에서 속삭이자 묘하게 간지러웠다.

나는 침구를 두르고서 벌떡 일어나서 더 놀랐다.

섞으면 위험!

"백 보 양보해서 마을 아가씨들이 잠자리에 숨어드는 건 좋다. 하지만 그중에 유부녀를 섞지는 말아라."

나이가 무색하게 동안이라는 느낌이 들기는 하지만 촌장의 아내 등 몇 명이 섞여 있는 거냐…….

"노르드 님께서는 엄청나게 성욕이 왕성하고 절륜하시다고 들어서요……."

하아……. 그건 게임 그대로의 소문이 유포되어 버린 거구나.

어쨌거나 마을 아가씨와 그 플러스알파를 달래려고 하자 내 침대에 천연덕스럽게 W자로 앉은 자와 눈이 마주쳤다.

"처음 뵙겠어요, 엘리입니다♡"

"다 들여다보이는 짓을 하지 마!"

"들켜 버렸나요?"

"그런 건 당연히 금세 알아보지."

이봐! 엘리제! 마을 아가씨 안에 슬쩍 섞이면 어쩌라고!

"와앗! 변장해도 노르드 님께서는 저를 제대로 알아봐 주시는군요, 기뻐요!"

"……."

백치인지 순수한 건지 책사인지, 나에게는 엘리제가 무슨 생각을 하는지 전혀 알 수 없었다…….

마을 아가씨들은 반쯤 억지로 돌려보냈지만, 거침없이 다가오는 엘리제의 밀어붙이기에 기가 막혀서 나는 대답하고 말았다.

"나는 이제 피곤하니…… 멋대로 해라."

"고맙습니다, 노르드 님."

엘리제는 다정한 눈빛 속에, 통통 튀는 음색에서도 알만큼 기쁨이 섞인 미소를 나에게 보냈다. 그녀의 웃는 얼굴을 보면 역시나 성녀 최유력 후보라 주목받을 만하다. 다만 나에게 웃음을 보내면서 뒤로는 케인과 결탁해 내 목숨을 노린다고 생각하면, 역시 경계를 풀 수는 없겠지.

노르드는 그녀를 조교했지만, 결국 그녀는 타천한 것 같은 흑화한 표정으로 몇 번이나 심장을 도려냈으니까…….

그런 광기로 가득 찬 게임 내의 엘리제와는 달리, 내 눈앞에 있는 엘리제는 지상으로 날아내려 온 천사로만 보인다.

나는 경계하느라 마을 사람이 권하는 메타민산 과실주도 계속 거절했지만……. 촌장의 딸이 권한 것만큼은 게임 내에서 벌인 노르드의 악행도 있고, 거절하자니 마음이 켕겨 무심코 들이켜고 말았다.

거나하게 취한 기분으로 환대를 마치고, 준비된 방에 들어가니 꿈인지 생시인지 판단하기 어려워졌다. 엘리제보다 먼저 잘 것 같으냐! 그렇게 버텼지만…….

꾸벅꾸벅 물을 마시는 새처럼 목이 흔들렸다. 눈꺼풀은 마감을 마친 가게의 셔터처럼 닫히고 말았다.

　의식이 일순 끊겼나 싶더니, 나는 칼날을 겨눴던 케인에게 제재를 가했고, 그는 대지에 드러누워 구르고 있었다.
　『크크크……. 하아, 하아……. 케인, 아니꼽지만 칭찬해 주마. 이 몸을 이렇게까지 몰아넣었으니까아! 하지만 네놈이 나를 이기는 건 불가능하다.』
　케인을 향해서 고개를 젖히고 단호히 말한 나였지만, 허세를 잔뜩 넣어서 얼버무리고 서 있는 것이 신기할 지경이다.
　잠시 시간이 지나고 기절한 케인을 확인하자 단숨에 허탈감이 덮쳐와서, 나도 땅에 엎어지고 말았다. 가까스로 몸을 뒤척여 위를 보고 드러누운 상황에 엘리제가 달려왔다.
　역시나 노르드의 암노예.
　케인 따위는 돌아보지도 않고서 나를 간호해 주는 것인가 하고 생각했는데, 내 위에 올라탄 엘리제가 하소연했다.
　『저는 당신에게 억지로 범해져서, 당신의 아이를 품었는데…….』
　엘리제는 커다란 눈물방울을 내 뺨에 떨어뜨렸다.
　내 오른쪽 팔은 팔꿈치 밑이 없고, 왼팔도 상처에서 뼈가 노출되어 버려서 나이프는커녕 포션조차 손에 들 수가 없다. 오른쪽 다리도 감각이 이상해서 어쩌면 결손된 것일지도 모른다…….
　어쨌거나 나약하고 체중이 가벼운 엘리제가 내 몸 위에 올라탄 것조차 무겁다고 느끼고 말 정도였다.
　아아, 어딘가에서 본 적 있는 광경이다.

이건 무슨 엔딩이었더라?

어렴풋한 기억이지만, 노르드는 엘리제를 임신시킨 후 배를 때리는 지독한 방식으로 그녀를 낙태시켰다.

솔직히 인간이 할 짓이 아니라며 노르드를 향한 혐오가 쌓였었지.

『잘 가요, 노르드……. 당신에게 인간의 마음만 있었더라면 저는…….』

엘리제가 시퍼런 칼날을 내리쳤다. 양손으로 나이프 자루를 역수로 움켜쥐고서, 나를 향해 엄청난 살의를 실었다.

『그만둬! 네놈도 내 아이 따위는 바라지 않았을 텐데! 나는 네 놈의 바람을 이뤄…… 으헉! 으헉! 으헉!』

원망을 동반해 엘리제의 일격이 내 심장을 꿰뚫었다. 너무나도 심한 통증에 통각이 마비되어 있는데 신체가 멋대로 비명을 질렀다.

이제 내버려 둬도 나는 죽을 텐데, 몇 번이고 엘리제는 심장에 칼날을 박아 세웠다.

『잘 가요, 노르드. 저는 평생 당신을 계속 원망하며, 이 앞날을 살아가겠어요.』

『엘리제에에에에에……, 죽고 싶지 않아아아아…….』

몸에 남은 힘을 쥐어짜서 엘리제에게 손을 뻗었지만 닿지 않았다. 마지막 일격을 받은 내 의식은 다시 끊어졌다.

헉?!

응? 비인가?

아니, 다르다.

엘리제 손에 죽어서 눈을 떴나 싶었더니, 꿈속에서 나를 죽였던 장본인이 내 얼굴을 들여다보고 있었다. 비가 아니라 엘리제의 눈물이 내게 쏟아지고 있었던 것이다.

네 손발로 엎드려서 내 위에 올라탄 엘리제는 울면서 호소했다.

"저는 노르드 님을 해치지 않아요. 노르드 님께 무슨 일이 생기면 저도 당신 뒤를 따라 죽겠어요."

설마 엘리제는 내 잠꼬대를 다 들었나?

엘리제의 눈동자에는 내가 비쳤는데, 그 정도로 맑은 그녀의 눈에는 거짓이나 꾸밈 따위는 전혀 없는 것처럼 여겨졌다.

그녀가 내 잠꼬대를 어디까지 들었는지는 모르겠지만 악몽의 내용이 그녀에게 전해진 것은 확실한 모양이었다…….

"멋대로 나를 죽이지 마라, 그리고 네놈은 네놈 멋대로 살아라. 따라 죽는다고 하면 나는 설령 노쇠하더라도 차마 못 죽으니까!"

홀리고 싶지 않은 마음에서 가벼운 말투를 던졌다. 그 김에 그녀에게 사실을 털어놓으려고 했다.

"어쨌거나, 나는 엘리제에게 살, 살."

"살살? 아아, 제가 거칠게 행동하는 게 싫으시군요! 괜찮아요, 저는 노르드 님 앞에 나서지 않아요. 계속 곁에 있을 테니까요."

엘리제는 키득 웃으며 앞으로도 정숙한 메이드직을 수행할 생각인 모양이었지만, 수정력에 가로막혀서 나는 진실을 밝힐 수 없었다.

"내 한심한 모습을 누군가에게 입 뻥긋해 봐라. 말하면 네놈은 해고다. 잠들면 잊어버려라."

"네! 금세 잊어버릴게요. 그럼 안녕히 주무세요, 노르드 님."

"그래."

엘리제는 내가 어렸을 적에 메이나 씨가 해주었던 굿나잇 키스를 하고 내 옆 침대로 이동했다.

제기랄! 일일이 하는 짓이 비겁하다.

이 이상, 홀릴 것 같으냐고 엘리제에게 등을 돌리며 생각을 굴렸다.

내가 아는 한, 엘리제는 강한 남자를 좋아한다. 『벼락용사』에서는 노르드에게 몇 번이나 쓰러져도 포기하지 않고 일어서는 케인의 강한 마음에 끌렸던 거겠지.

또한 내가 노르드어로 강한 체하면 할수록 그녀의 눈동자는 나에게 황홀해지는 것처럼 보였다. 내가 노르드로 전생해 버린 지금은 나약한 케인을 쓰레기나 바퀴벌레를 보는 것처럼 멸시하는 눈을 보며 괜히 싫어한다.

나는 악몽에 헛소리하는 한심한 모습을 보였다. 언젠가 그녀는 분명 틀림없이 내 곁을 떠날 것이다!

전력으로 후륜을 미끄러뜨리며 아키나산을 주행해도 종이컵에 따른 물이 전혀 흘러넘치지 않을 만큼 완벽한 작전이었다…….

아침에 일어나자 내 예상대로 옆 침대에 엘리제의 모습은 없었다.

그런가, 모든 것이 다 까발려져서 내 곁을 떠난 건가…….

신난다!

이로써 나는 사망 플래그를 신경 쓰지 않고서 이세계 슬로 라이프를 만끽할 수 있다, 그렇개 생각하고서 주먹을 쥐고 있을 때였다.

아니?!

"아으응……, 노르드 님……, 안녕히 주무셨나요."

엘리제가 잠자던 침대와는 반대쪽에서 들려오는 목소리.

대체 언제부터————— 옆 침대에서 잤다고 착각한 거지? 그렇게 주장하는 양 엘리제는 나와 같은 침대에서 붙어 자고 있었다. 더군다나 훤히 비치는 네글리제를 걸치고, 안에 팬티만 입은 망측한 차림새로…….

————【엘리제 시점】

설마 노르드 님께서 그런 깊은 어둠을 품고 계셨을 줄이야. 얼음처럼 저에게 마음을 굳게 닫으신 노르드 님…….

조금씩 조금씩이라도 좋으니 그 얼음이 녹아서 저를 돌아봐 주실 때까지, 저는 노르드 님 곁에서 떠날 생각이 없습니다.

지금의 저는 지위도 명예도 돈도 필요 없습니다. 그저 노르드 님의 곁에 있게 해줬으면 좋겠습니다.

하지만 노르드 님의 저를 향한 경계심을 보면 마치 우리는 전생에서 긴 연애 끝에 비련의 결말을 맞이한 연인 사이 같아요…….

아아……, 그렇다면 이번 생에서는 꼭 노르드 님과 행복한 결혼을 바라고 싶습니다. 이런, 그 방면 소설을 조금 지나치게 읽어버린 걸지도 모르겠네요.

저는 노르드 님이 내는 고른 숨결에조차 평온함을 느끼고 맙니다.

어렸을 때 어머님께서 쓰다듬어 주시면 평안하게 잠들 수 있었다는 사실을 떠올리고, 잠든 노르드 님의 침대 옆에 앉아【암 수트】를 두른 그를 쓰다듬었습니다.

그러자 어떻게 됐을까요!

【암 수트】는 순식간에 벗겨져서, 노르드 님은 잠옷만 걸친 차림새가 되었습니다.

살짝 그를 손으로 쓰다듬자 듬직한 가슴팍에 저도 모르게 두근거리고 말았습니다.

언젠가 노르드 님의 품에 안겨서 얼굴을 묻고 싶어요.

그런 마음에서 얼굴을 찰싹 그의 가슴팍에 붙였습니다. 두근, 두근 하고 그에게서 전해지는 고동에 제 고동은 빠르게 맥을 칩니다.

지금이라면 좀 더 노르드 님을 느낄 수 있을지도 모릅니다.

그렇게 생각해서 눈가를 가로막고 있던 앞머리를 귀에 걸고서, 동경하는 노르드 님의 수려한 얼굴을 물끄러미 쳐다보았습니다.

"저를 두려워하지 않으셔도 돼요. 저느 노르드 님의 암노예니까요……."

보면 볼수록 좋아지고 맙니다.

어쩌면, 제 입맞춤으로 노르드 님이 눈을 뜨실지도 모릅니다.

그런 생각을 하기만 해도, 두근두근 크게 울리는 가슴의 소리를 배경음으로.

응.

눈을 감고서 잠드신 노르드 님의 입술에 천천히 제 입술을 가져다 대고서 포갰습니다. 제 퍼스트 키스를 노르드 님에게 바치자 온몸에 뭉클, 행복한 기분이 돌아다닙니다.

얼음처럼 투명한 푸른 눈동자와는 정반대로, 노르드 님의 입술에 키스하기만 했는데 그의 입술은 벌꿀처럼 달콤해서 의복 전체가 녹아서 떨어져 버릴 것 같을 만큼 뜨거움을 느끼고 말았습니다.

저는 노르드 님 앞에서는 전라나 마찬가지…….

하아, 하아…… 푹 빠져 버릴 것 같아요. 아앙……, 그러면 안되는데……♡ ♡ ♡

저는 탐하듯이 노르드 님께 입맞춤을 거듭했습니다. 나중에 벗겨진 【암 수트】를 【힐】로 복구해 놓으면 됩니다!

그다음은 잠에 취한 척하고, 이대로 옆에서 붙어서 자고 싶습니다!!

정말이지 엘리제에게는 방심할 틈이 없다고 생각하면서도, 【암 수트】가 있어서 안심이다!

아무 데도 흠집 나지 않았다고 확인을 끝마쳤을 때였다.

────마물 무리다아아아────!!

마을 사람이라 여겨지는 자의 외침 소리가 온 마을에 울려 퍼졌다.

창문을 통해 밖을 보니 한 마을 아가씨가 고블린 무리에 둘러싸여, 공포에 질린 나머지 허릿심이 빠져서 움직이지 못하고 있었다.

"히, 히익, 오, 오지 마, 오지 말라니까……."

────기기기기, 여자, 여자, 범한다.

"부숴라! 갈리아누스!"

나는 베갯머리에 놓아두었던 갈리아누스를 손에 들고는 창 앞에서 휘둘렀다. 그러자 쇠사슬로 이어진 검신이 나뉘어져 고블린들을 향해서 뻗어갔다. 갈리아누스는 킹 아나콘다처럼 기어가며 고블린들을 휘감았다.

"세게 조여라! 갈리아누스!"

────아아아아아아!!

내 목소리 하나에 쇠사슬이 단숨에 줄어들어서 검신에 휘감긴 고블린들을 세게 조이고, 수십 마리의 신체가 녹색 선혈을 흩뿌리며 고깃덩어리로 변했다.

손에 수납된 갈리아누스의 피를 털었을 때, 여기저기서 나타난 마물의 무리가 마을을 둘러쌌다. 두 개의 강에 끼인 메타민 마을 양쪽 강 건너편에는 엄청난 숫자의 마물이 있었는데, 이미 도망칠 곳은 없었다.

"뭘 하고 있지? 빨리 집으로 들어가라!"

"고, 고맙습니다. 당신께서는……."

"노르드다. 보면 모르겠나?"

이런, 【암 수트】를 입은 상태였어……. 일요일 아침에 방영하는 히어로물 라이벌 캐릭터 같은 변신 수트를 입은 채 바깥에 나가니, 부끄러움이 갑자기 치밀어올랐다.

나로서는 도저히 남 앞에서 코스프레는 못 할 것 같다.

하지만 몬스터 숫자가 저만큼 많다. 경우가 경우인 만큼 그런 말을 할 수 없다.

어쩌면 내가 여기에 있다는 사실을 아는 인물의 소행일지도 모른다는 의심이 샘솟았지만, 그보다도 지금은 엘리제와 마을 사람들의 안전을 먼저 해결해야 한다.

"엘리제, 너는 여기에 남아 마을 사람들을 지켜라."

"노르드 님?"

"나는 마물들을 사냥하고 오겠다."

"저도 노르드 님과……."

내가 한 말을 이번 생의 이별처럼 착각했는지, 엘리제는 내 손을 잡고서 떨어지기 싫어했지만…….

"자만하지 마라! 아무리 네가 내 뒤를 잇는 성적을 거두었고 해도 걸리적거리는 것은 틀림없다! 나와 함께 싸우겠다면, 지금의 100배는 노력해야겠지. 알았다면 서둘러 우민들을 모아서 숨어 있어라."

"하지만, 노르드 님……."

"내가 지기라도 한다고?"

엘리제는 붕붕 크게 고개를 옆으로 내저으며 내 물음에 몸짓으로 대답했다.

"부디 무운을."

"물론이다. 오늘 밤은 너와 우민들에게 드래곤 스테이크를 베풀어 주마."

"네!"

설령 마물이 몇 만이든 나 혼자라면 상대가 되지 않는다.

하지만 마을 사람들의 목숨과 그들이 소중히 아까운 토지를 유린당하지 않도록 지켜야 한다면 난도가 현격히 높아진다.

마을 남자들과 모런에게 지키라고 시켰지만, 수가 수인만큼 언제까지 버티기는 어렵겠지.

뭐, 때마침 잘됐다.

최근 용사학원에서 실력을 아껴야만 하는 상황뿐이었으니 스트레스가 쌓이던 참이다.

나는 마을 감시대에 뛰어오르고서 스킬을 행사했다.

【헬즈 아이】.

내 왼눈의 홍채에 마도진이 떠오르고 스코프처럼 초점이 조여 들어, 강 건너편 상태를 손에 잡힐 듯이 알아냈다.

"흥, 고양이 수인인가······."

내 헬즈 아이가 선두에 몬스터들을 이끄는 고양이 같은 귀를 가진 여자 수인의 모습을 포착했다.

나는 놈이 누구인지 안다.

플라노아 대륙의 마왕 아즈라일 수하 사천왕 중 하나인 마오.

"뭔데, 뭔데? 흠흠. 큰군대개미는 짝을 지어 다리를 만들어라 라고."

독순술로 마오의 입매를 보자 그런 말을 몬스터들에게 지시하고 있었다.

그렇군, 나쁘지 않다.

주력인 육상형 몬스터를 재빠르게 강 건너편으로 퍼뜨리기에는 안성맞춤인 작전이겠지.

상대가 내가 아니었더라면.

크기가 강아지 정도 되는 큰군대개미가 마치 사다리처럼 동료 개미를 발 받침으로 삼아서 위로 차곡차곡 쌓여 포개진다.

신년 첫 소방 의식에 쓸 것 같은 긴 사다리를 짜 올린 뒤 놈들은 단숨에 몸을 뉘였다. 큰군대개미의 몸으로 만들어진 다리가 걸리고 말았다.

고블린이나 코볼트 등의 소형 몬스터들이 투명한 황색 다리에 뛰어올라서 달리고 있었다.

————인간들, 사냥한다!

최초의 한 마리가 강 건너편에 발을 디딘 그 순간.

"유감이로군. 이 강을 건너는 값은 너희 목숨이다."

【블랙 프로미넌스 리미트 버스트】

마을 쪽 제방 위에 갑자기 나타나, 참격에 마도를 입혀 쏘았다.

황색 다리로 수면이 뒤덮이고, 강을 건너던 몬스터는 몸이 쪼개져 검은 불꽃에 불타고, 다시 그 불꽃이 다른 몬스터에게 불똥으로 튀었다.

그에 그치지 않고, 내 참격은 강 건너편 제방을 찢어발겼다.

"후하하하하! S급 마물이 피라미 같구우운!"

아프리카의 버팔로가 크게 무리 지어 강을 건너려 하다가 물살에 휩쓸리는 영상이 떠올랐다. 바다로 이어지는 강의 탁류가 많은 마물을 삼켜서 끌고 갔다.

와이번이나 그리폰 등 비행형 마물이 가까스로 마오를 포함한 지상형 마물을 움켜쥐고서 끌어 올렸다.

일기가성.

막대한 마도력과 꺼림칙할 만큼 선명한 검기로 적을 순식간에 섬멸하는 것이 노르드의 특기 분야.

나도 그것을 모방해서…….

"산을 무너뜨리고, 바다를 베고, 하늘을 꿰뚫는다. 똑똑히 맛보아라, 칠흑보다 어두운 【메멘토스】를 말이지!"

구우────────────────────────

──────────────────────────────

──────────────────────────────

──────────────────우우우우우웅!

내가 펼친 콜ㅇ니 레이저조차 능가하는 거대한 칠흑의 빔. 고

작 몇 초를 못 채웠지만, 상공을 향해서 한 바퀴 쏘자 하늘을 뒤
덮은 마물들이 차례차례 증발했다.

【메멘토스】가 마물들을 잡아먹고, 새까맣게 뒤덮였던 하늘에
는 원래의 상쾌한 푸르름이 되돌아왔다.

공중에 띄운 뒤 떨어뜨린다.

이거 기본이지.

케케묵은 격투 게임 이론이지만 이세계라면 현역이다. 내 남
아도는 힘의 여파는 애커센 왕국을 통째로 쓸어 버리니, 이 작
전이 가장 좋다고 여겨졌다.

마물 패잔병들이 도망친다.

신난다, 이겼다고! 마을도 제대로 지켰고.

하지만 또 노르드어를 꺼내고 만 나…….

"천치 같은 놈들! 잘 들어라! 나를 쓰러뜨리고 싶거든 10만 따
위는 숫자에 들어가지 않지. 최소한 100만은 이끌고 와라. 뛰어
난 정예만 갖춰서 말이지!"

왜 쓸데없이 부추기는 거야?!

안 돼, 이건 확실한 사망 플래그인데…….

내가 머리를 싸매자 엘리제가 숨을 헐떡이며 내 곁으로 달려
왔다.

"노르드 님――――――――――――――――!"

"저 정도의 마물을 상대하니 모처럼 익힌 내 검기가 둔해지
겠군."

"하지만 도망친 마물들은 내버려 둬도 괜찮을까요?"

"크크크……, 내게 칼날을 들이댄 자들을 그냥 살려둘 것 같 나? 놈들에게 【마커】를 심어두었다. 개미 새끼 한 마리도 놓치 지 않는다."

엘리제의 걱정을 제쳐두고, 나는 이마에 손을 댄 채 그 손가락 틈새로 그녀를 보며 단호하게 말하고 말았다.

아무래도 전투로 고양된 나머지 노르드병(중2병) 발작이 나오 고 만 모양이다. 나와 엘리제의 대화를 듣고 있던 촌장이 감탄 의 목소리를 흘렸다.

"오오……, 참으로 믿음직하십니다……. 역시 저희의 판단은 틀리지 않았어요. 노르드 님께서는 그야말로 검은 용사라 불리 기에 걸맞은 분이십니다."

어? 뭔가요, 그 검은 용사는?

나는 아직 용사학원을 졸업하지 않았는데요…….

게다가 그런 필요 없는 칭호를 붙이면 케인이 질투할 테고, 마 왕군이 노릴 테고, 알기 쉽게 말해서 위험한 거 아닌가?

마을에 평온이 돌아오고 우리가 집으로 돌아가던 도중, 마물 들에게 유린당한 것으로 추정되는 쇼타스러운 녀석을 발견했다.

구르는 몸을 막대기로 찔렀다.

"대답이 없군. 그저 시체인 모양이다."

"안 죽었어!"

"오옷?! 살아 있었어……."

그러고 보니 그라함이 케인의 체력을 언데드급으로 올렸다고 말했던가.

"빌런스가의 영지에 무슨 용건이지? 그렇게 알몸으로 있으면 마물로 오인당해서 목숨을 잃게 돼도 모른다고."

"시끄러워, 시끄러워! 내 엘리제를 소중히 여기지 않는 것으로 모자라, 마을 여자들에게 손을 대다니, 너는 용사학원에 있어도 되는 녀석이 아니야!"

"나는 엘리제에게 선택을 맡기고 있다. 엘리제가 내 방에 오는 건 엘리제의 의사에 지나지 않아."

왜냐하면, "오지 마!"라고 해도 멋대로 와 버리는걸. 이제 어쩔 방도도 없어.

"거짓말이다!"

"크크크……, 나보다는 네 쪽이 마을 아가씨를 덮치고 싶어 하는 모양인데. 나를 거짓말쟁이라 부르기 전에 부실한 것을 가려라. 네 사랑하는 엘리제가 이쪽을 외면하고 있다."

"헉?!"

내가 고간을 가릴 손수건을 던져주자, 황급히 앞을 덮는 변태 용사.

얇은 천을 두른 고간 전사에게, 오지랖이지만 길에서 주운 무기를 떠밀었다.

"진정한 용사라면, 간단히 자신의 무기를 빼앗기지 마라. 모처럼 내가 복제…… 크흠, 크흠."

노르드가 멋대로 성검의 복제품을 건넸다고 스포일러 할 뻔했기에, 황급히 입을 막고서 헛기침했다.

이런 재미있는 일을 까발리면…… 너무 아깝다.

그렇게 생각한 나는 사실 노르드보다 성격이 나쁠지도 모른다.

오지 않아도 되는데 엘리제가 마차에서 굳이 내려와 케인을 향해서 삿대질했다.

"케인! 당신이 노르드 님을 험담하는 건 용서하지 않아요! 노르드 님께서는 자신의 목숨도 아끼지 않고, 일천만이나 되는 마물의 무리를 상대해서 검은 용사가 되셨어요!"

엘리제에에에에━━━━━━━━━━━━!

진짜 성과는 어린이 라멘 정도인데, 지로 라멘 곱빼기급으로 수북이 과장해 버렸다…….

더군다나 검은 용사라는 칭호가 굳어졌고.

"거짓말이다아아아아아━━━━━━━!"

"의심할 여지 없는 사실이에요."

아니, 거짓말입니다…….

거짓말! 과장! 혼동!

방송윤리기구가 이세계에도 존재했다면 실컷 두들겨 맞았을 것이다.

나를 칭찬해 주는 건 좋지만, 이런 엘리제는 참 난감하다…….

"자, 노르드 님, 돌아가요!"

"……."

아? 어? 케인을 두고 가도 돼?

엘리제는 내 손을 끌고서 마차에 올라타더니 상황을 잘 아는 우리 집안 메이드 같은 느낌으로 "부탁합니다"라고 마부에게 말을 걸었다. 마차는 아연해하는 나를 아랑곳하지 않고 출발했다.

"에, 엘리제……. 나를 두고 가지 마————————!"

벌러덩 넘어져서 흙투성이가 된 케인. 그녀는 케인에게 눈길도 주지 않고 앞을 보고 있었고, 나는 마차를 얇은 천 하나만 걸치고 쫓아오는 케인이 불쌍해서 참을 수 없었다.

————빌런스 공작가 정문 앞.

【집으로 돌아올 때까지가 소풍입니다.】

눈앞에 펼쳐진 광경을 보자 나도 모르게 그런 말이 떠올랐다.

"뭘 하고 있지, 너는?"

"미야옹♪"

일부러 풀어놓듯이 도망 보냈는데, 설마 이렇게까지 노골적이면 쓴웃음조차 안 난다…….

마차가 앞으로 몇백 미터면 정문에 다다르게 될 참에, 하얀 짐승 귀와 흑백 줄무늬 꼬리를 가진 수인인 마오가 나타났기 때문이다.

더군다나 마오는 버려진 고양이처럼 몸이 쏙 들어가는 나무 상자 안에서, "마왕군을 그만두고 왔어!"라고 태연하게 말했다.

내가 연민을 포함한 도끼눈으로 마오를 바라봐도 그녀는 천연덕스럽게 굴었다.

어째서 나에게는 관리직을 아무렇지 않게 그만두는 녀석이 모여드는 걸까……?

"너, 그렇게 귀여운 척하고서, 내 마음을 끌 속셈이지!"

"아, 안 빠져! 꺼내줘! 꺼내줘! 노르드도 차아암!"

상자가 엉덩이에 꽉 끼어서, 나오지 못하는 마왕군 전 사천왕.

이 녀석은 조심스럽게 말해도 바보겠지…….

"나는 너 같은 유감스러운 녀석과 진지하게 맞붙은 것을 깊게 후회한다……."

————내 방.

엘리제는 마오를 보고서 대체 누구인지 헤아리지 못하는 모양이었지만, 마왕군 사천왕이었는데도 묘하게 친밀한 그녀의 태도에 당황했다.

"내 오랜 친구다."

"맞아, 맞아."

나는 대충 말하고서 얼버무려 두었다.

엘리제는 물론이고 집안사람 누구 하나도 마오의 정체를 아는 자는 없었다. 알게 되면 틀림없이 큰일이 벌어지게 될 것이다.

"뭐? 내 강함을 알리고 원군을 요청했더니, 새끼손가락을 잘릴 뻔했다고?"

"맞아, 맞아. 노르드의 힘은 이상할 정도로 강해! 마왕이라도 못 이긴다고."

손가락을 자른다니, 무슨 야쿠자냐고…….

"그나저나 너, 고양이 수인 치고는 강한 편이로군."

"고양이가 아니야! 호랑이! 더군다나 백호라고."

"자, 고양이 통조림!"

"먄?!"

은제 그릇에 흰살생선을 갈아 넣은 것을 던지자 마오는 화려하게 입으로 물어서 잡았다.

"고양이잖아……."

"고양이가 아냐……. 마시써, 마시써."

마왕군에서 발을 뺀 마오는 제대로 밥을 먹지 못한 모양이었다. 고양이 먹이를 해치우더니 은접시 앞에서 양손을 맞댔다.

"마오여, 너는 사회를 우습게 보고 있다. 한 번쯤 상사에게 질책받은 것 가지고 간단히 직장을 포기하다니 있을 수 없는 일이다! 돌아가서 다시 시작하고 와라!"

솔직히 내가 전생에서 얼마나 상사에게 쪼였는지 이 녀석에게 끝없이 설교하고 싶어졌다.

"싫어. 노르드가 키워줄 때까지 계속 붙어있을 거야."

"아아! 정말! 이놈이고 저놈이고 내가 키워주기를 바라다니 이상하잖아!"

기가 막혀서 외치자 워르드 전속 집사가 찾아와 나에게 알렸다.

"노르드 님, 주인님께서 부르십니다."

"알았다. 바로 가겠다. 마오! 네 처우는 뒤로 미루겠다. 내가 돌아올 때까지 기다려라."

"네에에에——에……."

마오는 토라진 듯이 마지못해 종자들을 따라서 내빈용 방으로 갔다.

─────워르드의 서재.

"마물이 대규모로 습격했다고?"

"그래, 전부 처리했지만."

"그러냐. 하지만 노르드여, 자만하지 마라. 그 정도의 한촌을 지켜봤자, 빌런스가에는 아무런 영향을 끼치지 않……."

아동에게 노동을 시켜놓고서 이 모양이다…….

투덜투덜 치근치근 워르드의 설교가 이어질 것 같은 분위기에, 갑자기 누군가가 워르드의 서재 문을 두드렸다.

『워르드 님, 급보입니다.』

"뭐지? 지금 어리석은 자식을 꾸짖고 있는 참이다!"

『노르드 님과도 관련된 일이라서요!』

워르드는 콧소리를 흥 낸 뒤, 종자에게 방으로 들어오라고 허가했다. 종자는 일단 멈춰서서 우리에게 인사한 후, 발코니 문을 열어젖히고 끄트머리로 피해서 무릎을 꿇었다.

"보십시오! 메타민 마을에서 보낸 공납입니다!"

종자가 내미는 손바닥 앞으로 메타민 마을에서 온 마차 행렬이 끊이지 않고 이어졌다. 마차는 그대로 공작가의 자재 창고로 짐을 운반했다.

"뭐?! 뭐라고?! 설마 네가 했다는 거냐?"

"그래, 이 정도는…… 나에게 식은 죽 먹기…… 아니, 가만히 있는 수준이지."

"큭!"

열등감 덩어리인 워르드는 강하게 이를 악물었는지 신경질적인 얼굴이 일그러졌다.

그리고 멍청한 마왕군 간부 마오를 구속했지만, 내 인생 최대의 오점이 될 법해서 입 다물어 두었다.

그건 그렇고. 처음에는 귀가할 생각이 없었는데, 워르드의 얼굴을 보고서 알게 된 점이 있었기에 돌아오기를 잘했다.

마물 습격 이야기를 했을 때 그의 표정을 보아하니 진심으로 놀라고 있었다.

워르드의 본래 목적은 마을 아가씨들을 범하게 만들고 마을을 태운다는 영주로서의 비정함을 몸에 익히게 하는 것이었으리라.

그럼 누가 그렇게 마물들을 불러들였다는 걸까?

"분하지만 네 공적은 인정하지 않을 수 없군⋯⋯. 네 얼굴은 꼴도 보기 싫으니 잠시 내 앞에 나타나지 마라! 바캉스라도 갔다 오너라."

"말 안 해도 가주겠어."

종장　가짜 마왕을 쓰러뜨렸을 텐데……

나는 에로게임 내 이벤트를 떠올렸다.

『벼락용사』에서는 마오에게서 마왕군이 애커센을 침공할 준비를 하고 있다는 정보를 알아낸 케인이, 마왕을 쓰러뜨리고자 미리 선수를 쳐서 비툰에 있는 마왕의 거성으로 출격했다.

하지만 사실 마왕은 이미 용사학원으로 진군해 왔었지. 케인은 마왕의 대역을 쓰러뜨리기는 했지만, 노르드가 마왕에게 매료되어 최종 보스로 진화한다는 흐름이다.

허를 찔린 케인은 살아남은 애커센 왕국 백성에게서 지독한 매도를 받아 평가가 현저히 떨어지게 되어 버리지만, 노르드를 쓰러뜨리고 마왕을 물리친 용사로 인정받아 영원히 표창받는다.

그럼, 『벼락용사』와는 정반대로 내가 마왕성 팰리스로 침공하면 된다!

아무것도 알리지 않고서 용사학원을 나와, 마왕이 쳐들어왔는데 도망친 겁쟁이 자식이라는 비난을 받는 것이다. 여태까지 유능하게 움직였던 내가 모두에게서 무능의 낙인을 찍히면, 아무리 엘리제라 해도 참을 수 없어서 내 곁을 떠나 케인으로 갈아탈 것이다!

교수실에서 용사학원의 학생들에게서 제출받은 과제를 채점하면서, 내가 완벽한 몰락 계획을 짜고 있노라니 해리가 뛰어들어왔다.

"노르드 선생님! 큰일입니다. 마왕이 용사학원과 케인을 지명하며 왕도에 마물의 대군을 이끌고 쳐들어왔습니다!"

"공성과 학생 전원을 두드려 깨워라! 3분 안에 준비를 마치고, 교정에서 대기해라. 나는 릴리안 및 다른 교수들과 협의하러 가겠다."

"네!"

그럼…… 가보도록 할까.

해리가 방을 떠난 뒤, 발코니에 나가 【서몬 슬레이브】라는 마도를 사용했다. 그러자 은색 비늘로 뒤덮인 와이번이 나타나, 난간을 발톱으로 움켜쥐고서 멈췄다.

큐르르르릉♪

나에게 코끝을 비벼대며 어리광 부리는 와이번 쿠쿠르.

마오가 이끌던 몬스터 중 한 마리로, 다 죽어가던 것을 구해줬더니 무척 잘 따르길래 키우기로 했다.

"쿠쿠르! 나를 마왕성 근처까지 옮겨라."

큐르르르르————————!

나에게 날개가 있는 등을 보이며 퍼덕퍼덕 날갯짓을 하길래 올라탔다.

이것은 그야말로 나에게 도피행이라고 할 수 있었다.

내가 공적에 안달해서 가짜 마왕을 사냥해 우쭐한 얼굴로 돌아왔을 때 모두가 보낼 유감스러운 얼굴이 떠오른다. 나는 오히려 밤에 나를 덮치러 오는 변태 성녀 엘리제를 케인에게 돌리고, 조용히 느긋한 슬로 라이프를 보낼 수 있게 될 거다.

룰루랄라 기분 좋게 상공을 날고 있노라니, 행선지의 하늘에 구름이 꼈다…… 아니!

몬스터들이 하늘을 뒤덮고 있는 거군.

비행계 몬스터만 따져서 30만쯤은 가볍게 될 법한 분위기였다. 노르드어로 부추긴 탓인지, 육상계 몬스터와 합해서 진짜로 100만쯤 동원했을지도 모른다.

"노르드 님! 여기는 저한테 맡겨주세요!"

"뭐?!"

어딘가에서 들은 적 있는 목소리가 뒤에서 울려 왔다…….

"신을 등진 악한 자들에게 사랑의 여신 에로리스의 성스러운 심판을 내려주소서!"

【가디이이이스 퍼니시먼트으으으으!】

뒤돌아보자 쿠쿠르의 등에서 일어나 눈부신 에론교 문장이 달린 비숍 스태프를 든 엘리제가 있었다. 성녀급이 되는 자만이 다룰 수 있을 공성 성마도 【가디스 퍼니시먼트】를 펼친 상태였다.

불꽃놀이다~!

불성실한 말이 나올 뻔했다. 【가디스 퍼니시먼트】가 몬스터들에게 육박하고, 빛다발이 눈앞에서 확산했다. 빛다발이 놈들을 감싼 뒤 슉 하는 소리와 함께 증기를 피우자 칠흑이었던 하늘에 푸르름이 돌아왔다.

피어오르는 증기에 【가디스 퍼니시먼트】의 빛이 반사해 헤일

로처럼 보여서 몬스터들이 하늘에 불려 간 것 같았다…….

"왜 엘리제가 여기에 있지?! 나는 아무도 모르는 사이에 도망치려고 했는데……."

"노르드 님께서 그 정도의 몬스터로 도망치시리라고는 도저히 생각할 수 없어요. 오히려 희희낙락 마왕성을 요격하러 가시는 거겠죠."

"어, 하지만, 방금 그건…….."

"네! 노르드 님의 곁에 있을 수 있게끔 훈련했어요. 이래도 안 될까요?"

"공성 마도를 전문으로 하는 자라면 상 중의 하라고 할 만하지만, 회복 마도를 다루는 자로서는 최상급이군…….."

설마 내가 한 말을 충실히 지켜서 수행에 힘썼을 줄이야…….. 늘 남에게 우위를 취하고 싶어 하는 노르드어라도 칭찬하고 말 지경이다.

"하지만 그것과 이것은 별개다! 지금 당장 내려서 용사학원으로 돌아가라."

"아직 여력이 남아도니까, 한 번 더 일격을 펼치려고 해요."

뭐?!

아니, 이러다가 나 말고 엘리제가 마왕군으로 모자라 마왕까지 사냥해 버릴 기세라고!

"엘리제! 피라미를 상대할 틈은 없다. 지금 마왕성에서는 애커센을 일격으로 멸망시키려 하는 책모를 꾸미고 있다. 나는 서둘러 그것을 막으러 가야만 한다. 즉 마왕이 친정에 나섰다고 하는 것은 양동 작전을 위한 거짓이다."

"역시 노르드 님이세요. 용사학원, 아니요, 애커센 왕국의 그 누구도 알아채지 못한 일을 예상해서 선수를 치려 하시다니! 저는 점점 더 노르드 님께 빠져 버릴 것 같아요."

엘리제가 다 쓰러뜨려서 문제라는 말이 튀어나올 것 같아 적당히 거짓말을 꾸며냈다. 『벼락용사』에서도 그런 묘사는 없었고.

내 거짓말을 믿은 엘리제는 몸을 찰싹 붙였다. 상공에서 이렇게 꽁냥거리는 장면을 용사학원의 학생, 특히 케인에게 보여주면 곤란한데.

"쿠쿠르, 날개의 회전수를 레드존까지 올려라!"

큐르르르르━━━━━━━━━━━━━━━♪

"레드존? 회전수?"

"아, 아무것도 아니다······. 잘못 말했다."

길들인 쿠쿠르에게는 뉘앙스가 통하지만, 엘리제는 어리둥절하게 고개를 갸웃거렸다.

"피곤하시죠? 회복해 드릴게요."

내가 가속 부스트 버프, 엘리제가 회복 마법을 걸면서 쿠쿠르를 꼬박 계속 날게 했다. 덕분에 고작 몇 시간 만에 마왕성에 도착하고 말았다.

실례하겠습니다.

놔두고 가면 엘리제가 또 버서크 힐러가 될 우려가 있기에, 둘이서 마왕성에 침입했다.

"~~~?! ——……."

마왕성은 왕국 침공에 몬스터를 총동원시켰기 때문인지 텅 비어 있었다. 몇 없는 오크 위병의 입을 막고 처리하자 실이 끊어진 꼭두각시 인형처럼 추욱 쓰러졌다.

어스름한 마왕성을 안쪽으로 더 깊숙이 나아가자, 해골 장식을 넣은 진부하고 커다란 문이 살짝 열려 있고 그 틈새에서 빛이 새어 나오고 있었다.

안을 들여다보니…….

뭐라고?! 왜 마왕 아즈라일이 팰리스에 있지?! 친정에 나섰던 게 아닌지…….

게다가 그 마도진은 바르바르스!

저게 발동하면 대륙 통째로 대지를 가르고 만다.

나는 마도진 발동을 막기 위해서 아즈라일 앞에 모습을 드러냈다.

"마왕으로 추대받는 주제에 찔끔찔끔 마도진이나 만들고 있다니, 하는 짓이 쪼잔하군. 어차피 네 가랑이 사이에 있는 물건도 별거 아니겠지."

"평정을 가장하는 모양이다만 수읽기가 얄팍하구나, 검은 용사 노르드. 무언가 은근슬쩍 힘을 숨기는 모양이다만, 이 아즈라일을 우습게 보면 곤란하다. 힘을 일깨우지 않은 용사 케인 따위는 대역으로 충분하다. 내 허를 찌르려 한 모양이다만 멋지게 양동 작전에 걸려들었어."

실력을 숨기는 것도 쉽지 않구나. 마왕이 내 실력에 반응해서 루트 분기가 갈라졌어…….

"하아……, 그렇게 말이다. 반대였더라면 좋았을 것을."

"후하하하하핫! 자신의 나쁜 운을 원통해하거라! 어?!"

그래, 마왕 네가 말이지…….

서둘러 돌아가 뒤에서 케인의 뒤치다꺼리라도 해주려고

내가 풀 버스트 모드로 이행하자 아즈라일은 뻔히 보이게 새파래졌다.

"미안하군, 나는 너 따위와는 비교도 안 될 만큼 강해진 모양이야……."

"이, 인간 따위가아아————————!"

"이봐, 삼류. 놀랄 여유는 없다고. 죽기 전에 너에게 묻고 싶다. 왜 마오를 버리는 말로 삼으려고 했지?"

"하하하핫! 열등한 짐승을 내가 키워줬으니 오히려 감사받고 싶을 지경이다."

"지금, 마오를 짐승이라고 했나?"

"그래, 몇 번이고 말해주마. 그런 건 축생이다! 우리 마족의 가축이다! 그런 하등생물은 우리 마족이 사육해야만 한다고. 그보다…… 네놈, 나를 삼류라고 했나?"

"했지. 그게 어쨌길래? 삼류에게 삼류라고 진실을 알려주는게 뭐가 잘못이지? 싫으면 내 앞에서 삼류가 아니라는 걸 제대로 증명하라고. 증명하지 못한다면 너는 먼지벌레다. 싫다면 화장실 벌레라도 좋다!"

"네놈! 절대로 살려서 돌려보내지 않을 테니, 각오해 둬라!"

"각오? 너를 상대로? 크크크……, 웃기는군. 너무 웃어서 죽을 것 같아. 대단하구나, 너는 훌륭해. 남을 웃겨서 살기를 없앨 수 있는 디버프를 걸 수 있으니까아!"

"나를 어디까지 우롱할 셈이냐!"

"미안, 미안. 우롱할 마음은 없었어. 그저 제대로 실력이라는 걸 제대로 인식하기를 바랐을 뿐이야, 아즈라일 군."

아즈라일의 말에 무심코 열받고 말았다. 『벼락용사』에서는 녀석 손에 강제적으로 리그레션(시조각성)을 일으키게 된 마오가 백호의 마수로 변해, 폭주하다가 케인의 품 안에서 숨을 거뒀으니까……. 녀석은 끝까지 마오를 동료로 삼을 마음 따위는 없이 버리는 말로 취급했다.

나는 【워프】를 발동하고, 마왕의 등 뒤에서 어깨에 손을 얹었다.

"이, 인간 따위가 마왕을 깔보지 마라!"

"크크크, 내가 보는 곳은 여자의 그곳뿐이다. 죽어도 네 몸은 안 봐."

발그레♡

"노르드 니이임……, 마왕을 쓰러뜨린 뒤에는…… 저를 침대로 밀어 넘어뜨려서 제 그곳을……."

"엘리제, 위험하니까 물러서 있으라고 했잖아!"

엘리제의 발언이 제일 위험하다.

내가 엘리제에게 정신이 팔려있던 참에 아즈라일이 EX(엑스트라) 디버프를 사용해 왔다.

【그래비톤】.

공격력, 마도력, 회복력, 정신 대미지, 즉사 회피 확률 등 모든 스테이터스가 내려가고 말았다.

"후하하하하하하하하하하하! 인간! 나를 우롱하고, 방심하니까 디버프를 먹는 거다! 지금의 네놈은 열등한 먼지벌레보다 못한 존재! 나에게 이길 수 있을 리가 없다!"

흐음.

아즈라일은 이겨서 의기양양한 듯이 높다란 웃음소리를 냈지만, 방심은 너도 하지 않느냐는 태클을 담아 무영창으로 마도를 펼쳤다.

내가 펼친 마도는 아즈라일에게 딱 맞았다.

아무래도 내가 받은 디버프의 효과가 만족스러웠던 나머지, 공격을 받아낸 뒤 통하지 않는다는 자세를 보이고 싶었나 보다.

"커헉!"

아즈라일의 오른쪽 어깨가 죽지부터 도려내져서 통째로 없어졌다.

"어, 어째서 이런 힘이 아직 있는 거냐?! 무언가 레갈리아(보구)라도 쓴 거냐! 대답해라, 인간!"

"크크크……, 인간, 인간 노래를 부르는 시끄러운 녀석이군. 첸의 국민을 노예로 삼은 죄로 죽음이 확정된 너에게 가르쳐주지. 내 이름은 노르드 빌런스. 네가 몇 번을 전생하든 나에게는 절대로 이길 수 없다는 사실을 혼에 새겨주마."

내가 천천히 아즈라일에게 발길을 옮기자, 아즈라일은 공포에 빠졌는지 뒷걸음질을 쳤다.

"이런, 질문에 대답을 깜빡했군. 아까 전 건 【다크 웨이브】다. 안심해라, 네 디버프는 제대로 통하고 있어. 다만 유감스럽게도 디버프를 당해도 내가 더 강한 모양이라고."

"마, 말도 안 돼……. 있을 수 없어……. 암속성 내성이 있는 내가 제일 약한 마도에 당하다니, 인간 따위가 나를 웃도는 힘을 가졌다니……."

"나는 천재다. 더불어 아주 조금이지만 범인이 행한다는 노력이란 소양을 쌓아봤다. 어떠냐? 마치 마왕인 네가 쓰레기 피라미 같다는 생각조차 든다."

"네, 네노오오옴━━━━!"

"마오가 얼마나 괴로워했는지 아나?"

"으어어어어어어어억!"

나는 【다크 웨이브】로 아즈라일의 남은 팔다리를 없애 나갔다.

"너무 약해. 마왕을 자처하는 자니까 좀 더 강자를 상상했는데, 실로 실망이다……."

갈리아누스를 발도처럼 뽑아 휘두르자 쇠사슬로 이어진 검신이 잘그락잘그락 뻗어서, 마왕의 몸체를 둘로 갈랐다.

"이럴 수가?! 내가, 인간 따위에게……."

최후의 순간을 맞이하려고 하는 마왕을 향해서 마음속으로 중얼거렸다.

'뭐, 용사학원을 공격했어도, 너는 살아남을 수 없었겠지만.'

내가 아즈라일을 갈리아누스로 물리치고서 검을 검집에 넣자, 엘리제는 내 고간을 응시하면서 부끄러운 듯이 몸을 요염하게 꿈틀거리며 손가락을 꼼지락거리고 있었다.

"저, 저기…… 노르드 님의 중요한 곳도, 그 검고 듬직한 검처럼 안에서 뻗어서, 저를 귀여워해 주시려나요?"

뭐?

나는 마왕을 쓰러뜨린 것조차 잊고서 입을 떡 벌렸다.

애는 얼마나 그쪽 방면의 상상력이 풍부한 거냐고!

콜록……, 콜록…….

"노르드라고 했던가아! 기억해 둬라! 나는 마왕 중에서도 최약체! 내 원수는 나머지 여섯 마왕이 갚아줄 것이……다."

"웃기는군. 마족이라 이름을 대면서, 서로 친한 척 원수나 갚는다니……."

마왕 아즈라일의 시체를 어둠으로 돌려보내자, 엘리제가 달려와서……, 응?!

기습적으로 내 입술을 빼앗았다. 성녀 주제에 무슨 이리 정열적인 키스를…….

으으음…….

떼어놓으려고 해도 엘리제가 내 머리와 등을 끌어안으며 나를 놓아주지 않았다. 엘리제의 풍만한 가슴이 나에게 닿아, 그녀의 고동과 체온이 전해졌다.

"푸하아……. 노르드 님께서 무사하셔서 다행이에요. 만약 무슨 일이 생겼더라면 저도 노르드 님의 뒤를 따르겠다는 각오를 했어요……."

"내가 죽는다고? 시시한 걱정을 했군. 그보다 아무렇지도 않았나?"

"노르드 님께서 제 걱정을 해주시다니……."

"나는 네가 제대로 된 성녀가 될 수 있을지 걱정했을 뿐이다. 너를 잃으면 애커센은 큰 타격을 입으니까."

"그래도 기뻐요."

태양처럼 밝은 미소를 내게 보내는 엘리제가 눈부셔서, 나는 눈길을 피했다…….

"살았다!"

"혹시 당신께서 아즈라일을?!"

내가 마왕을 사냥함으로써 지하 감옥의 봉인이 풀렸는지, 줄줄이 수인들이 해골의 방(멋대로 명명했다)에 모여들었다.

그중에는 하얀 털결에 줄무늬 꼬리를 가진 수인도 있었다.

【브륀힐드】.

슉♪

붙잡혔던 수인들을 엘리제가 간호한 뒤, 나는 아즈라일의 혼조차 남지 않게끔 마왕성을 흔적도 없이 없앴다.

─────【케인 시점】

교실에서 창밖을 바라보았다. 아아, 내 사랑하는 엘리땅…….

회복과동에 있을 엘리땅의 모습을 찾아다닐 때였다. 그녀가 없다는 사실에 낙담하고 있노라니 교정으로 집합하라는 연락을 받았다.

"이봐, 케인! 케인! 넋 놓고 있을 여유가 없다고! 봐!"

친구인 해리가 나를 부르며 하늘을 손가락으로 가리켰다. 하늘에서 해리로 시선을 옮기자, 그는 창문에서 바깥으로 뛰쳐나가 마도를 영창하기 시작했다. 노르드에게 호된 훈련을 받은 우리는 당황하지 않고서 냉정하게 준비를 시작했지만, 먼저 바깥으로 나갔던 다른 교실 학생들은 새파래진 얼굴로 다리를 떨고 있었다.

그러고도 귀족이냐!! 언제나 평민에게 잘난 척하면서! 이 학원은 내가 지키겠어!

가장 한심한 것은 노르드다.

"노르드는 평소 잘난 척만 하는 주제에 정작 중요할 때 없다니, 최악의 쓰레기잖아!"

적 앞에서 도망친 노르드에게 분개하고 있노라니 나를 비웃듯이 열받는 목소리가 울려 퍼졌다.

"크크크……. 케인, 내가 적 앞에서 도망쳤다는 소리라도 하는 거냐?"

어느샌가 지휘대가 마련되고, 노르드가 망토를 나부끼며 서 있었다.

"노르드?!"

""노르드 선생님!""

"그래서 너는 안 되는 것이다."

"시끄러워! 나는 아직 제 실력을 발휘하지 않았을 뿐이야. 그보다 노르드! 너는 대규모 몬스터 무리에 쫄아서 틀어박혀 있었잖아!"

"이 몸이 겁먹어서 틀어박혀? 크크크, 하하하하, 아핫핫핫! 재미있는 소리를 하는군. 네놈들이 나 없이도 싸울 수 있는지 보고 있었다. 하지만 안 되겠군. 각자 멋대로 움직여서 연대라는 것이 전혀 되먹지 않아. 내가 가르쳐준 대로 해라!"

뿔뿔이 흩어졌던 용사학원의 학생들은 노르드의 한마디에 집합해, 너무나 분하지만 멋진 대열을 짜고 있었다…….

"케인, 네놈도 땡땡이치지 말고 【파이어볼】을 쏴라! 설마 새대가리라 해도 잊었다는 소리는 안 하겠지."

"큭! 【파이어볼】."

분하지만 노르드의 지휘는 적확했다. 노르드의 지휘에 따라 몬스터의 습격은 소탕되어 공격도 잦아들기 시작했다…….

"허억, 허억, 이게 전부인가? 마왕군도 별거…… 아니……로군……."

무질서하게 진군해 왔던 몬스터 무리는 가까운 거리에서 날아온 마도에 의해 노릇하게 구워졌다. 하지만 피로 때문에 한숨을 쉬고 있는 사이, 한층 커다란 마물이 우리를 내려다보고 있었다. 이런 거구인데 언제 다가온 거지?

내 키의 두 배쯤은 될 마물. 그야말로 불꽃이 타는 것처럼 붉은 피부에 근육이 불끈 솟은 체구, 그리고 이마에 날카로운 뿔 하나가 나 있다. 오거 계열이라 여겨지는 마물은 더듬거리는 말투로 외쳤다.

"용사는 어디냐! 나의 이름은 마왕 오……, 아즈라일! 강한 자는 앞으로 나와라! 나를 쓰러뜨려 봐라!"

마왕 아즈라일은 소문으로 듣던 모습과는 어쩐지 달랐지만, 본인이 마왕이라고 하니까 그렇겠지! 마왕을 내가 쓰러뜨리게 되면, 내 주가는 올라가고…… 엘리땅은 노르드 곁을 떠나 반드시 내 곁으로 돌아와 줄 것이다!

아즈라일은 손에 놈의 몸보다 커다란 뾰족뾰족한 메이스를 들고 있었다. 탱커 학생들이 방패를 들고 있었지만…….

"우어어어어어어어어————!"

아즈라일이 손에 든 무기를 휘두르자 포효와 함께 쓸려나가더니 돌멩이처럼 날았다.

"마왕이 이런 파워 타입이란 소리는 못 들었어."

"뭐냐, 케인. 네 녀석, 떠는 건가? 그라함이라는 스승을 얻고서 강해지지 않은 거냐? 저 정도의 삼류에 겁먹을 줄이야……. 그런 녀석이 용사를 목표로 하는 건 일만 년은 이르다."

젠장! 젠장! 젠장! 나는 떨리는 다리를 때렸다.

저 녀석에게만큼은 질 수 없어! 예전의 나와는 다르다고!

"마왕! 내가 용사다!! 엑스칼리버 임플로전!"

울적함과 회한과 질투를 전부 엑스칼리버에 담아, 아즈라일의 팔을 베었다.

"그 정도로 용사라 이름을 댈 줄이야……."

가까스로 메이스의 궤적은 빗기게 했지만, 팔을 베어 떨어뜨리려 했으나 외피가 단단해서 깊게 베인 상처를 입히는 데 그쳤다…….

"노르드! 뭘 하는 거야! 그대로 아즈라일에게 극대 마도를 쏴라!"

"크크크……, 케인, 바라는 대로 네놈까지 통째로 날려주도록 할까, 쏴라!【샌드 스톰】."

노르드의 호령에 맞춰, 공성과 선생님들이 손이나 검이나 지팡이를 들고서 마도를 펼쳤다.

모인 모래 알갱이가 기세 좋게 쏘아져, 아즈라일의 몸을 깎아나갔다.

"이 정도로, 이 정도로……."

아즈라일의 메이스가 모래 먼지에 깎여서 사라진 것을 절호의 기회라 여긴 나는……,

"끝장이다! 하앗————!"

엑스칼리버를 휘둘러 아즈라일의 목을 벴다.

팔을 베었을 때와는 달리, 이번에는 손에 감각이 있었다.

뒤를 돌아보자 모두가 마른침을 삼키고 있었다.

데굴데굴 지면을 구르는 마왕의 목.

그와 동시에 아즈라일이 뿜어냈던 꺼림칙할 정도의 투기가 사라졌다.

"내 엑스칼리버가 통하지 않는다고 호언장담하더니, 통했잖아! 어떠냐, 마왕! 죽기 전에 기억해 둬라! 내가 용사 케인이다, 멍청아!"

축구처럼 아즈라일의 목을 걸어차려고 하자, 스르륵 다리가 헛돌았다.

"용사! 너만은 길동무로 삼겠다.【충각납함(衝角吶喊)】."

아즈라일의 목이 감겼던 눈을 부릅 크게 뜨더니, 그 뿔이 붉게 빛을 뻗었다. 그것이 레이피어만큼 길어져서 나를 향해 날아왔다.

가까스로 치명상만큼은 피했지만, 오른쪽 어깨에 뿔이 박히고 말았다.

"케인! 【데토네이션 트루 레드】."

글렌이 아즈라일의 목을 노려서 특대 화염 계열 마도를 쏘았다.

"우와아아아아!"

나는 아즈라일과 함께 폭염에 삼켜졌다…….

"콜록……, 콜록…….."

"케인이 마왕을 쓰러뜨려 버렸다…….."

"하지만 노르드 선생님이 진두지휘를 잡았으니까…….."

"그런 피라미를 쓰러뜨려 봤자 아무런 가치도 없다. 원하는 놈에게 줘라."

"노르드 선생님에게 공훈을 양보받아서 잘됐구나, 케인. "

바보 노르드 자식! 폼 잡을 생각일지도 모르겠지만, 나중에 돌려달라고 해도 안 줄 거야. 게다가 노르드는 지휘를 했을 뿐이지 실제로 마왕을 쓰러뜨린 건 나니까.

"다들 봤어? 내가 마왕을 쓰러뜨렸어. 어때, 굉장해? 굉장하지! 이제 용사의 칭호를 받아도 되겠지? 학원장님에게 잠시 교섭하고 올게."

어라? 노르드 녀석, 어디로 간 거야!

내가 환호성을 지르고 지휘대 쪽을 보자 아까 전까지 거만하게 명령을 내리던 노르드의 모습은 이미 없었다…….

"케인, 언제 문신을 새겼어?"

어쩐지 몸이 달아올라서 겉옷을 벗자 해리가 내 어깨를 보고 물었다. 어째서인지 어깨에 오거의 얼굴 같은 문장이 나타났는데, 나빠 보여서 좋다!

"그, 그래, 새겼어. 어때, 멋지지?"

"으~음, 어쩐지 난폭해 보여……."

"해리는 뭘 모르네에, 여자는 나쁜 남자를 좋아해, 나쁜 남자를 말이야."

해리에게는 문신이라고 설명했지만, 아즈라일의 뿔에 어깨를 찔린 상흔이 변화한 것이다.

엘리제와 동침할 때 이 문장을 서프라이즈로 보여주면, 그녀는 나에게 다시 반할 것이다. 그때까지 비밀로 해둬야지!

──────【노르드 시점】

용사학원 상공.

"엘리제, 잘 들어라. 나는 너를 납치하고 적 앞에서 도망친 대죄인으로서 재판받게 되겠지. 아마 모든 작위를 박탈당해, 평민이 되어 변경에 보내질 거다."

"왜, 마왕을 쓰러뜨린 노르드 님께서 재판받아야만 하는 건가요! 저도 같이 죄를 뒤집어쓰겠어요."

"너로서는 도저히 견딜 수 없는 생활이다. 쿠쿠르에서 내려줄 테니, 내가 잘못했다고 주장해라. 그러면 막달리아가는 완전히 부활할 수 있다."

"싫어요! 집은 오라버니가 어떻게든 할 거예요. 저는 죽어도 노르드 님의 곁을 떠나지 않겠어요."

"정말이지 너란 녀석은……."

내가 완고한 엘리제에게 애를 먹고 있자 상공에까지 목소리가 울려 퍼졌다.

"오라바니이이이이이!"

"노르드 니이이이임!"

마리에 글렌, 게다가 용사학원의 학생들이 나에게 손을 흔들고 있었다.

이상해…….

적을 앞에 두고 도망친 나를 따스하게 맞아들일 리는 없을 텐데.

이유를 알기 위해서 나는 쿠쿠르를 지상에 내렸다.

"노르드! 어디 갔었어?"

"나는 너희를 버리고 적 앞에서 도망친 겁쟁이다."

"뭐어? 아까까지 있었으면서 무슨 잠꼬대를 하는 거야……. 노르드의 지휘 덕분에 이길 수 있었는데."

"내가 지휘했다고?"

"그래."

"역시나 오라바니예여! 멋지게 진두지휘하시고 피라미 용사까지 도우시다니…… 그에 더해서 잔당을 사냥하러 가시다니, 존경을 뛰어넘으면서 외경의 마음을 느껴써요."

마리가 하트 의장의 달린 스태프를 들면서 빙글 한 번 돌리자, 딱 한순간 내 모습이 보였다.

설마, 설마, 마리가 나로 변신했어?

"마리, 내 대역을 했던 건가?"

"응! 마리는 있죠, 오라바니로 변신해서 싸웠어요. 다들 힘들게 싸워찌만, 오라바니가 된 마리가 나와떠니 기세가 회복해써요!"

소곤소곤 둘이서 이야기하며 묻자 순진한 표정을 짓는 마리. 나는 귀여운 여동생에게 아무 말도 할 수 없게 되고 말았다.

내가 모두에게 칭찬받자,

"노르드는 대단한 활약도 안 했는데, 자기 부하 귀족들에게 칭찬받아서 팔자가 좋구마안! 하지만 내가 마왕을 쓰러뜨렸어 어어어어————————————————!"

케인은 아즈라일 밑에 있는 사천왕 중 하나, 귀인(鬼人) 오거스의 뿔을 자랑스럽게 들고 왔다. 나는 금세 알아챘지만 케인은 아무래도 깨닫지 못한 모양이다.

하지만 여기에서 태클을 걸면 내가 진정한 마왕을 쓰러뜨렸다는 사실을 들키고 만다.

"너도 마침내 내 신발 바닥을 핥을 수 있을 만한 실력에 다다랐나……. 나는 너에게 공적을 양보해 줬을 뿐이다. 기껏해야 마왕을 쓰러뜨린 것에 취해 있어라."

"억지를 쓰기는! 하지만 나는 마왕을 쓰러뜨렸으니 작위 서임은 확실하다. 이제 엘리제라고 부르겠어. 나와 결혼해 줘."

마왕을 쓰러뜨렸다고 착각한 케인은 내게 이겨서 의기양양한 우쭐대는 표정을 지은 뒤, 내 옆에 있던 엘리제 앞에 무릎을 꿇고서 튄 피를 뒤집어쓴 꼴로 갑자기 프러포즈를 했다.

아니, 아무리 그래도 좀 분위기 좀 파악해!

그렇게 생각했을 때였다.

"무리예요. 거짓말쟁이, 바람둥이, 겁쟁이, 무능. 경박하고, 사교성 없고, 일주일에 한 번만 목욕하고, 발에서 냄새 나고, 동정티가 나고, 썰렁한 소리만 하는 절망적인 단어 센스……. 도저히 결혼할 수 있을 리 없어요!"

엘리제에게서 튀어나온 온갖 욕설 하나하나가 케인을 찔렀다. 혼이 빠져나간 그에게 명복을 빈다며 선향 하나라도 올려주고 싶어졌다.

추가로 몰아붙이기가 들어왔다.

마오가 우리의 앞에 나타나 비밀을 폭로하기 시작한 것이었다.

"그 녀석 대역이다! 진짜 마왕은 노르드가 쓰러뜨렸어!!"

"어?!"

끄아아아아아——! 왜 사실을 밝히는 건데!

내가 뭉크의 절규를 지르는 옆에서 용사학원의 피해를 확인하러 온 릴리안이 마오의 양어깨를 붙잡고서 힐문했다.

"잠깐만, 그건 정말인가?"

"실은 나…… 모두에게 말 못 했지만 마왕 수하인 사천왕이었어……. 그러니까 진짜인지 가짜인지는 얼굴 형태를 보면 알아……."

마왕에게 대항할 자를 육성하는 용사학원에서 자신의 정체를 밝히다니, 죽고 싶어서 환장한 것으로만 여겨졌다.

"마오!"

"아버님! 어머님!"

수인이 붙잡혀 있길래 돌아오는 김에 데려왔는데, 아무래도 마오의 가족이었던 모양이다.

"학원장님, 마오는 우리 가족이 붙잡혀서 어쩔 수 없이 마왕에게 힘을 보탰을 뿐입니다."

"아아아아아아아아앗————?!"

뭐 어쨌다는 거냐? 릴리안 녀석…… 얼빠진 소리를 지르고…….

포로였던 수인들을 본 릴리안은 남자에게 정신 나간 것 같은 소리를 지르며 놀랐지만, 마음을 진정시키더니 수인들과 마오를 동반해 학원장실로 사라졌다.

어차피 시종직에 있는 마오와 그 부모니까, 마오가 마왕군에 협력했다는 사실을 입 다무는 대가로 첸의 황제에게 용사학원에 기부금을 달라는 부탁이라도 하겠지.

————며칠 후.

나는 고궁을 연상시키는 거대한 궁전에 초대받았다.

"노르드 님, 손님께서는 이쪽 하오리를 입으시는 것이 규칙입니다."

"그런가? 그렇다면 어쩔 수 없으니 입어주마."

"감사합니다."

나는 토끼 귀 여관이 입혀주는 노란색 하오리를 걸쳤는데, 하오리를 가지고 온 문관은 무릎을 꿇고서 깊게 고개를 숙였다. 그뿐만이 아니라 주위에 있던 무관과 문관도 마찬가지……. 뭔가 묘하게 나에게 저자세다.

분명 내가 구한 마오의 부모가 첸에서도 나라의 근간에 관여하는 중요 인물이었던 거겠지.

내가 무척이나 화려한 의자에 앉게 된 뒤, 마오의 아버지가 여러 조정 신하들 앞에서 선언하기 시작했다.

"제45대 수제(獸帝) 바오 간 첸은 지금을 기해 퇴위해, 제위를 노르드 빌런스 님에게 선양한다. 이후, 국호를 첸에서 빌런스로 개정한다. 그럼 내 딸 마오의 혼례 의식을 시작하지."

뭐?

나는 이 사람이 무슨 소리를 하는 거지? 그런 표정으로 입을 떡 벌릴 수밖에 없었다. 마오의 아버지가 한 말의 정보량이 너무 많아서 패닉이 일어날 뻔했다.

더 나아가 나를 혼란스럽게 만드는 일이 일어났다.

하얀 베일을 쓰고, 어깨부터 가슴께까지 시스루인 그야말로 웨딩용 차이나 드레스라는 차림새로 나타난 마오. 거기에는 선머슴이라 불렸던 면모 대신 정숙한 황녀 같은 분위기가 감돌았다.

"뭘 황녀 같은 차림새를 하는 거냐! 마오는 그저 시종무관이잖아!"

그렇다, 마오는 『벼락용사』에서는 비극의 히로인으로 퇴장해 그 후 따위는 언급되지 않아!

"아아, 그거? 모두에게는 입 다물고 있었지만, 나…… 첸의 황녀였어. 뭐 지금은 노르드의 황비지만♡"

"이봐, 이봐, 이봐! 진심이냐? 너, 나를 이용하려고 했을 뿐이잖아. 딱히 나를 아무렇지도 않게 생각했잖아. 기브 앤 테이크란 거다."

"처음에는 그랬지만, 나를 믿어주고 정말 사랑하는 부모님까지 구해줘서 감사…… 아니, 반하지 않을 여자가 어디 있겠어? 지금이라면 엘리제가 왜 노르드에게 끌렸는지 알겠어."

"……."

악몽이라고밖에 말할 방도가 없는 농담을 그만뒀으면 좋겠어…….

"그 결혼, 잠시 멈춰요오오오오오오오오오오————
————!"

마오가 내 옆 의자에 앉자 수성궁(獸聖宮)의 중후한 문이 활짝 열리고, 늘어선 바오의 총신들 사이로 커다란 목소리가 울려 퍼졌다.

"엘리제?!"

무관들이 엘리제를 제압하려고 뛰어들었지만, 그녀는 로터스에게 물려받은 메이스를 교묘하게 다루며 무관들의 맹공을 전혀 허락하지 않았다.

"엘리제, 걱정하지 말라고. 첸은…… 아니, 빌런스는 일부다처제니까."

"부탁이니까 내게 상담도 없이, 멋대로 결정하지 마."

"알았어, 앞으로는 부부끼리 사이좋게 결정하자♡"

"혼약을 파기한다."

"혼약을 파기해 주세요!"

————워르드의 방.

일단 나는 제위를 기꺼이 마오의 아버지에게 되돌려줬다. 나를 황제로 옹립하려고 한다면, 첸을 철저하게 파괴하겠다고 통신란에 곁들여서.

"노르드, 마리안느! 나는 너희처럼 뛰어난 아이들을 둬서 실로 자랑스럽다. 여태까지 매정하게 대해서 미안하다. 하지만 앞으로는 부모 자식 셋이서, 화목하게 살지 않겠느냐."

워르드는 그렇게 말하더니 깊숙이 우리에게 고개를 숙이고 악수를 청했다. 소파에 나란히 앉은 우리는 웬일로 워르드에게 칭찬받고 말았다. 나와 마리는 얼굴을 마주 보며 태도가 확 뒤바뀐 워르드를 수상쩍어했지만, 아즈라일을 쓰러뜨린 이야기를 해달라길래 얘기하자 믿기 어려울 만큼 워르드의 기분이 좋아 보였다.

그렇게나 우리를 질색하던 워르드가 우리를 칭찬하는 행동을 이해할 수 없어서, 워르드의 방에서 떠날 때 【스파이 아이】를 잠복시켜서 놈의 동향을 캐냈다.

나와 마리가 방을 떠나자 워르드는 자신의 아내이며 우리의 어머니인 달리아의 초상화를 물끄러미 말없이 바라보고 있었다. 달리아의 용모는 어른으로 변신한 마리와 쏙 빼닮았다.

그저 내 기우였나 싶었을 때였다.

"너희들, 잠시 자리를 비워 다오."

"알겠습니다."

워르드는 집사나 메이드들을 방에서 물리더니 수상쩍은 움직임을 보이기 시작했다. 그리고 일어서서 책으로 채워진 책장을 밀기 시작했다.

띠리리리리띠링♪

그때, 엘프 귀의 남자가 활약하는 국민적 액션 판타지의 수수께끼 풀이 소리가 내 뇌리에 울렸다.

책장을 이동시킨 곳에 있던 벽에 숨겨진 문 같은 것이 보였기 때문이다.

이런 곳에 문이 있었다니, 『벼락용사』를 플레이했을 때는 전혀 알아채지 못했다.

워르드는 주머니에서 열쇠고리를 꺼내더니 몇 겹이나 걸린 자물쇠를 하나하나 풀어갔다.

"달리아, 기다려 줘. 지금 곧 갈 테니까."

뭐?!

문이 열리자 입구가 어둡고 무서운 지하로 통하는 계단이 보였다. 워르드가 손가락을 딱 튕기자 불덩어리가 켜져서 계단과 그 앞을 비췄다.

스파이 아이여, 워르드를 쫓아라!

스파이 아이에 【기척 차단(강화)】의 버프를 걸어두길 잘했다.

스파이 아이는 내 눈이 되어 워르드의 발자취를 따라 계단 깊숙한 안쪽으로 내려갔다. 워르드가 계단을 100칸 정도 내려가자 또 문이 출현했다.

워르드가 내열 금고를 연상시키는 중후한 문을 열자 무언가 공간 안쪽에서 가느다란 목소리가 들려왔다.

······여줘, ······여줘.

······여줘, ······여줘.

마리가 화장실에서 볼일 볼 때 들었던 그 목소리다······.
감도 상승! 스파이 아이로 주워들을 수 있는 소리와 시야를 높이자 나는 할 말을 잃었다.

······여줘, 죽, 여줘······.

몸체가 찢어지고, 척추가 노출되어 상반신만 남은 모습의 달리아라 짐작되는 몸이 녹색 보존액 같은 액체가 들어간 원통형 유리 용기에 들어 있었다.
그런 상태임에도 불구하고 달리아는 살아 있는 건지, 워르드에게 애원하듯이 유리 용기 안에서 손을 뻗었다. 워르드도 그에 호응해 유리 너머로 손을 포갰다.
얘기가 다르잖아!
워르드는 나와 마리에게 달리아가 변경의 요양소에 있다고 했었다.
"달리아······, 내 말을 들어줘······. 겨우 노르드가 용사학원에 입학해서, 모두에게 용사라 불리게 될 정도까지 되어 줬나 봐. 마리안느도 노르드를 본받아 노력하고 있어. 이 얼마나 효성이 지극한 아이들일까."

뭐야, 막장 부모인 줄 알았더니 정말로 우리의 성장을 기뻐하고 있었구나.

달리아의 애처로운 모습에 놀라움을 느꼈지만, 악역 영주의 전형으로 보이던 워르드가 내 상상보다도 인간미 있다는 점에 훈훈해질 뻔했더니.

윽?!

"이제 곧이야. 마리안느도 너를 받아들일 수 있는 몸으로 성장하고 있어. 나는 반드시 너를 부활시킬 테니까. 노르드를 이용해 마족들을 근절하고 성지 아크로에로스를 탈환해, 그 땅에서 노르드의 막대한 마력을 촉매로 의식을 치르면 네 혼이 확실히 그릇인 마리안느에게 정착하겠지."

"……여줘, 죽여줘……."

"걱정할 필요 없어. 그 애들도 효도를 할 수 있어서 기뻐할 테니."

워르드가 유리 용기에 이마를 대고서 달리아를 사랑스럽게 바라보며 다정한 웃음을 띠었지만, 달리아는 떨리는 목소리로 죽음을 바랐다.

"나는 너만 있으면, 지위도 부도 그 무엇도 필요 없어. 막달리아가 몰락한 지금, 애커센 왕국은 내 수중에 떨어졌다. 나라 전체를 희생해서라도 너를 부활시킬 테니 기다려 줘."

"부……탁……이……야……, 죽……여줘……."

달리아에게 마음을 고백하더니 굳게 주먹을 쥐고서, 결의에 흔들림이 없다는 사실을 드러내는 워르드.

워르드 녀석……, 이렇게까지 미친놈이었던 건가?!

자식 둘과 왕국 백성을 희생해 아내 단 한 사람을 부활시키려 하다니……. 나는 워르드에게 들키지 않게끔 지하실에서 스파이 아이를 철수시켰다.

솔직히 워르드와 달리아를 지하실과 함께 통째로 묻고 싶은 마음으로 가득했다.

후우…….

스파이 아이가 수중으로 돌아오자 한숨을 내쉬고 말았다. 역시 수정력이란 것으로 마왕을 쓰러뜨려도 사망 플래그는 따라오는 모양이다.

워르드는 이른바 세카이계 장르의 얀데레 공작님이었던 건가. 확실히 미치기는 했지만…….

그리고 사망 플래그에는 인젝션(마족인자)이라는 요소도 있다.

『벼락용사』에서 노르드는 오거스와 싸웠을 때 놈을 업신여겨서, 인젝션이 심어지고 말았다. 바로 증세가 나오지는 않지만, 인젝션은 서서히 몸을 마족으로 바꿔 간다…….

아무래도 케인이 오거스와 싸워 승리한 모양인데, 케인은 겁쟁이니까 『벼락용사』의 노르드처럼 프라이드 높은 고위 마족의 원한을 살만한 바보 같은 짓은 하지 않았겠지.

정말, 이럴 때 입은 재앙이라는 말을 뼈저리게 깨닫는다…….

내가 살아남기 위해서 앞으로 어떻게 처신해야 할지를 생각하고 있을 때였다.

"순애로군요!"

"우앗?!"

내 책상 아래 어느샌가 숨어들었던 엘리제가 다리 사이에서 웃는 얼굴로 나왔다.

"어떻게 내가 하는 생각을 알았지?!"

스파이 아이에서 흘러나오는 영상은 내 뇌에 직접 들어온다. 그러니 엘리제가 모를 텐데…….

"오랫동안 노르드 님을 사모하고 있었으니 그런 건 금세 알게 돼요."

감시 카메라로 워르드를 염탐해 얻은 내 정보가 엘리제에게 바로 누설되었다니, 도저히 웃을 수가 없다.

"노르드 니임, 자못 마음고생이 크셨겠죠. 제가 봉사로 치유해 드릴게요."

영애인 만큼 이전에는 머뭇머뭇 옷을 벗었지만, 지금은 손놀림이 익숙해졌다. 메이드복의 블라우스 버튼을 풀고 브래지어를 뺀 엘리제는 나에게 발칙하게 탐스러운 과실을 선보이고 말았다.

아니?!

게다가 눈에도 포착할 수 없는 속도로 나를 치유하려고 한다.

눈을 위로 치켜뜨며 나를 바라보는 엘리제. 너무나도 야하고

귀여운 모습에 저항할 기력이 시들었지만, 그에 반해 아들놈은 너무 번듯해지고 말았다.

이래서야 야한 오피스 러브물 같잖아!

엘리제에게 마음속으로 태클을 걸자 침대 아래에 숨어 있던 마오가 모습을 드러냈다.

그런 좁은 곳에 숨어 있었던 거냐고!

"잠깐 기다려! 엘리제의 변함없는 테크닉 따윈 질렸겠지. 내가 짜내 줄·게♡"

꼬리를 쓰다니 너무 하이 레벨 아니야?

마오는 검지와 엄지로 고리를 만들어야 할 상황에서 꼬리로 고리를 만들며 혀를 야하게 움직이고 있었다.

아니, 무슨 플레이를 하려는 거냐고!

""봉사하겠습니다♡♡♡""

"앗, 아아아아아아아아아아아아아―――!"

현자가 된 나에게 문득 좋은 아이디어가 떠올랐다.

어쩔 수 없으니, 막장 부모도 한꺼번에 교육해 줄 수밖에!

후기

구매해 주셔서 정말로 감사합니다.

본작은 제9회 카쿠요무 Web 소설 콘테스트에서 많은 독자님에게 지지받아 서적화가 진행되게 되었습니다. 제가 처음 읽은 라노벨이 요시오카 히토시 선생님의 『우주 제일의 무책임 남자 시리즈』인데, 설마 그 10년 후 판타지아 문고에서 데뷔하게 될 줄은 꿈에도 상상 못 했습니다. 그 당시의 저에게 너는 판타지아 문고로 데뷔할 거야~라고 알려주고 싶은 기분입니다.

그렇고 하니 이제 뒷사정을 이야기해도 괜찮을까요? 카쿠요무에서 수상 연락을 받아서는 들뜬 마음이었습니다만, 첫 미팅에서 편집자 코바야시 님에게 "너무 민감해서 낼 수 없습니다"라는 말씀을 들었을 때는 어안이 벙벙했습니다. 그럼에도 불구하고 이렇게 세상에 나올 수 있었던 것은 코바야시 님의 노력 덕분이라 뭐라고 감사를 드려야 할지 모르겠습니다. 또한 본작 일러스트를 온 선생님께서 담당하셨습니다만, 코바야시 님에게서 데이터를 받고 한눈에 본 순간 신음하고 말았습니다. 으~음, 멋져, 온 선생님, 제 뇌를 들여다보셨나요? 라고 생각할 만큼 이상을 구현화 해 주셨습니다.

감사라고 하면, 본작을 집필할 때 소설계 유튜버 H 선생님 및 채널 구독자 여러분에게서 많은 조언을 받았습니다. 또 W 선생님에게는 소설을 쓰는 데 필요한 기초를 배웠습니다. 만약 선생님과 여러분의 조언이 없었더라면 수상할 수 없지 않았을까, 그렇게 생각합니다.

편집자 코바야시 님, 일러스트레이터 온 선생님, 교정 및 제본에 관여해 주신 여러분, 많은 분께 지지받아, 서적화할 수 있었던 것을 다시 감사드립니다. 고맙습니다.

토우이

EROGE NO HAKUSHAKU REIJO O HOSHI MAIDOCHI SASERU AKUYAKU ONZOSHI NI
TENSEI SHITA ORE WA ZAMAA O KAIHI SURU
SONO KEKKA, MAIN HEROINE GA YUSHA GAKUIN DE MAINICHI GYAKUYOBAI NI KURU
NODAGA……
©Toui, Won 2025
First published in Japan in 2025 by KADOKAWA CORPORATION, Tokyo.
Korean translation rights arranged with KADOKAWA CORPORATION, Tokyo.

에로게임 백작 영애를 봉사 메이드로 타락시키는 악역 도련님으로 전생한 나는 정의구현을 회피한다 1

2025년 12월 15일 1판 1쇄 발행

저　　　　자	토우이
일 러 스 트	온
옮 긴 이	정우주
발 　 행 　 인	유재욱
이　　　　사	조병권
편 　 집 　 부	정영길 조찬희 박치우 이소의 정지원 최유정 김혜주
디자인랩팀	김보라 전세연
디지털사업팀	김지연 윤희진 장혜원
라이츠사업팀	김정미 이지현 유아현
영업마케팅팀	최원석 윤아림
물 　 류 　 팀	백철기 이새롬
경영지원팀	최정연
인쇄제작처	㈜코리아피엔피
발 　 행 　 처	㈜소미미디어
등　　　　록	제2015-000008호
주　　　　소	서울시 마포구 토정로222, 502호 (신수동, 한국출판콘텐츠센터)
판매 및 마케팅	(070) 8822-2301

ISBN 979-11-384-8854-9
ISBN 979-11-384-8853-2 (세트)